Mario Bergner



# Umkehr der Liebe

*Hoffnung und Heilung für Homosexualität*

Projektion J Buch- und Musikverlag GmbH, Wiesbaden

Titel der Originalausgabe:
*Setting Love in Order*


Published by Hamewith Books
an imprint of Baker Book House Company
P. O. Box 6287, Grand Rapids, Mi 49516-6287


Rheingaustraße 132, D-65203 Wiesbaden

ISBN 3-89490-087-3

Die Bibelstellen wurden, soweit nicht anders angegeben,
der Einheitsübersetzung entnommen.

Übersetzung: Ulrike Becker
Umschlaggestaltung: Jäger & Waibel
Satz: Projektion J Buch- und Musikverlag GmbH
Druck: J. Ebner Ulm, Graphische Betriebe GmbH & Co. KG, 89007 Ulm


1 2 3 4 98 97 96 95

*Für Annelyse DeBellis und Leanne Payne,*
*zwei Frauen, deren Liebe zu Jesus*
*und deren Liebe zu mir mich zu einem*
*besseren Mann gemacht haben.*

# INHALT


Zum Geleit .......... 9

Vorwort .......... 11

Dank .......... 13

Kapitel 1 »Entscheide dich!« .......... 15

Kapitel 2 Aus der Verleugnung herausfinden
Sich dem Bösen und der Ablehung stellen .......... 35

Kapitel 3 Gestörte Liebe
Das Entstehen von Homosexualität .......... 57

Kapitel 4 Die Ordnung der Liebe wiederherstellen
Die Verwirrung der Symbole auflösen .......... 75

Kapitel 5 Christus in uns
Die Hoffnung auf Herrlichkeit .......... 99

Kapitel 6 Die Liebe zum eigenen Geschlecht .......... 117

Kapitel 7 Der Haß gegenüber Frauen .......... 141

Kapitel 8 Die Liebe zum anderen Geschlecht .......... 163

Anmerkungen .......... 211

# ZUM GELEIT

»Wie mich der Vater geliebt hat, so habe auch ich euch geliebt. Bleibt in meiner Liebe!« (Joh 15,9).

*»Gib allen alles, begehre nichts, erbitte keine Gegenleistung; ruhe ganz und voller Vertrauen in mir, so wirst du mich besitzen. Dann wird dein Herz frei sein, und keine Finsternis wird deine Seele bedrücken. Danach trachte, darum bete, ersehne dies eine – daß alle Selbstsucht von dir genommen werden möge und du Jesus in völliger Selbstvergessenheit nachfolgen mögest, daß du dem eigenen abstirbst, um in mir ewig zu leben. Dann werden alle eitlen Phantasien von dir fliehen, und alle böse Unruhe und alle grundlose Angst werden verschwinden. Dann wird alle Angst und Furcht weichen, und all die verstörte Liebe in dir sterben.«*

(Thomas von Kempen, *Imitatio Christi*)

*»Den Tod, den er erlitten hat, damit ich lebe, und das, was jeder Gläubige, und so auch ich, erhofft, hat mich aus dem Meer der perversen Liebe gezogen und mich auf das Ufer der rechten Liebe versetzt.«*

(Dante, *Göttliche Komödie*)

*»Stell die Ordnung der Liebe wieder her, der du mich liebst.«*

(Gebet, das dem Hl. Franziskus zugeschrieben wird)

# VORWORT

Dies ist aus vielerlei Gründen ein wichtiges Buch. Zum einen werden viele, die Befreiung und Heilung von sexuellen Neurosen benötigen, diese allein schon dadurch finden, daß sie dieses Buch lesen. Hier wird allen, die sich danach sehnen, ein sicherer Weg zur Heilung aufgezeigt.

Kein Buch könnte besser beschreiben, was es bedeutet, sich selber die eigentlichen Gründe für sein Verhalten einzugestehen als dieses, das aus der Hand eines Mannes kommt, der selber unter einer beträchtlichen Verwirrung auf sexuellem Gebiet gelitten hat. Er macht sich und anderen nichts mehr darüber vor, wie die eigenen Abwehrmechanismen gegen das Böse und gegen den Verlust an Liebe und Zuwendung zur sexuellen Unordnung und zur Entwicklung der Homosexualität beigetragen haben. Mario Bergner beschreibt seine sexuelle Neurose sehr ehrlich als zwiespältiges Verhältnis gegenüber dem eigenen Geschlecht und als Homosexualität: Er schreibt, wie dies für den Betroffenen war und wie er davon frei wurde. Er beschreibt seine Homosexualität auch sehr offen als eine Verwirrung der Symbole und erzählt, wie er sich von den krankhaften Symbolen trennte und sie durch die gesunden Symbole ersetzte, die der Herr ihm schenkte. Seine Abschnitte über Misogynie (den Haß gegenüber Frauen) sind außerordentlich, und er beschreibt wie kein anderer, wie die »andersgeschlechtliche« Ambivalenz aussieht und welch einer Anstrengung es bedarf, sich als Mann davon frei zu machen, auf Frauen die eigene Problematik zu übertragen.

Marios Ehrlichkeit – vor Gott, vor sich selbst und vor anderen – ist allein schon heilsam. Ich habe noch keinen kennengelernt, der sich selbst so schonungslos offenbart wie er. Dadurch können Menschen, die ähnliche Nöte haben, ihre eigene »Story« lesen. Viele erkennen zum ersten Mal: »Ich bin mit diesen Gefühlen nicht allein«, oder mit diesen »Phantasien«, oder mit dieser »Angst, in den Abgrund des Nichts zu stürzen«. Manch einer wird, nachdem er dieses Buch gelesen hat, zum ersten Mal verstehen, was »Trennungsangst« eigentlich ist und daß es selbst für diese schlimmste aller Verletzungen Heilung gibt. Dadurch, daß Mario so persönlich von diesen Dingen spricht, bricht die Freude des Herrn durch.

Mario Bergner mußte sich schon lange mit dem Bösen im menschlichen Leben herumschlagen: erkennen, was es ist und wie es zustande kommt. Nachdem er das Böse, das ihn so sehr verletzt hatte, erst einmal erkannt und benannt hatte, schreckte er auch nicht davor zurück, das Böse in sich selbst zu erkennen. Und er benannte es, sobald er es erblickte. Vielleicht fragen wir uns, warum manche so viel und manche so wenig Heilung erfahren. Mario zu beobachten oder seine Geschichte zu lesen, gibt uns eine erste Antwort auf diese Frage. Der Grund liegt darin, daß er Sünde in seinem Leben umgehend bekannt hat und sich mit aller Kraft davon abgewandt hat, sobald er sich ihrer bewußt wurde. Er liebt das Heilige, das Schöne, das Gerechte, das Wahre, und er weiß, daß sie Teil der aufregendsten Suche und Reise sind, auf die wir uns je begeben können: die Ordnung der Liebe wiederherzustellen.

Leanne Payne,
*Pastoral Care Ministries*

# DANK

Mein Dank gilt dem Team von *Pastoral Care Ministries*, meiner christlichen Familie – Leanne Payne, Rev. William Beasley und Rev. Anne Beasley, Ariane de Chambrier, Rev. Conlee und Signa Bodishbaugh, Rev. Bob und Connie Boerner, Patsy Casey, Denis Ducatel, John Fawcett, Jean Holt, Jonathan Limpert, Val McIntyre, Dr. Jeffrey Satinover, Ted und Lucy Smith. Zusammen sind wir durch die ganze Welt gereist. Wir haben Gott die Ehre gegeben, über seine heilende Kraft gestaunt und freudige Erinnerungen für das ewige Leben angesammelt.

Meinen Freunden und Mitstreitern im Dienst der sexuellen Erlösung – *Exodus International* in San Rafael, Kalifornien; Rev. Andrew Comiskey und dem Team von *Desert Stream* in Los Angeles; Rev. Michael Lumberger und dem Team von *Dunamis Ministries* in Pittsburgh; sowie Katherine Allen und dem Team von *Sought Out Ministries* in Virginia Beach – ihnen danke ich für unsere Einheit in Christus, die verkündigt, daß Jesus Homosexualität vergibt und heilt.

Den Dozenten, Studenten und Mitarbeitern der *Trinity Episcopal School for Ministry* in Ambridge, Pennsylvania, danke ich für ihre Gebete, ihre Herausforderungen, ihre Unterstützung und ihre Flexibilität angesichts meiner Reiseplanung. Dr. Stephen M. Smith, meinem akademischen Berater während meiner Jahre am Theologischen Seminar, danke ich für seine Ermutigungen. Auch danke ich Patricia Miller, daß sie mir liebenswürdigerweise durch ihren Rat geholfen hat, dieses Buch zu schreiben und zu überarbeiten.

Mein Dank gilt auch Hal B. Shell, Rev. David Brown und meiner ehemaligen Selbsthilfegruppe in Milwaukee; sie alle haben mir ihre Liebe geschenkt und mich während meiner frühen Heilungsphase ermutigt.

Ich danke guten Freunden überall auf dieser Welt – Rev. Jim und Donna Adkins, Rev. Norman und Jackie Arnold, Rev. David und Jo Blackledge, Ron und Lin Button, Dr. Stuart und Marilyn Checkley, Cliff und Lyn Davis, Kathleen Demien, Rev. Larry und Claudia Evans, Jenny Flanagan, Rev. Joseph Garlington, John und Susan LeCornu, Artemis Limpert, Christiane Mack, Rev. Clay und Mary McLean, Mary Pomrening, Rev. Gerry Soviar, Dr. Daniel Trobisch und Dr. Roland und Elke Werner –sie haben mein Leben durch ihre Gebete, ihre Liebe und ihre Freundschaft bereichert.

Ebenso danke ich denen im Verlagswesen, die immer an dieses Buch geglaubt haben; Lila Bishop, meiner Lektorin, danke ich für ihre Freundschaft und für die Zeit, die sie in dieses Buch investiert hat; Steve Griffith, unserem Agenten bei *Hamewith/Baker Books*, und Jan Dennis danke ich, daß sie mich zur Veröffentlichung dieses Buches ermutigt haben.

Allen oben Genannten wünsche ich:

»Der Herr segne dich und behüte dich. Der Herr lasse sein Angesicht über dich leuchten und sei dir gnädig. Der Herr wende sein Angesicht dir zu und schenke dir Heil« (Num 6,24-26).

*Kapitel 1*

# »Entscheide dich!«

*»Auf dem Krankenbett wird der Herr ihn stärken; seine Krankheit verwandelst du in Kraft. Ich sagte: Herr, sei mir gnädig, heile mich; denn ich habe gegen dich gesündigt«* (Ps 41,4-5).

Während ich im Röntgenraum des Krankenhauses stand und mich für eine Aufnahme des Brustkorbs fertig machte, sagte die Schwester zu mir: »Bitte entfernen Sie alle metallischen Gegenstände, die Sie um den Hals tragen.«

Es handelte sich um ein eigentümlich geformtes Kreuz, in welches das Gesicht Jesu eingraviert war. Sie muß wohl die Angst in meinen Augen bemerkt haben, als ich sanft über dieses mir wertvolle Geschenk streichelte, das meine Eltern mir vor Jahren gegeben hatten.

»Wenn wir es in Abdeckband einwickeln, können Sie es während der Aufnahme anbehalten«, meinte sie.

»Danke«, antwortete ich.

Dieses Symbol Jesu an meinem Hals war das letzte Überbleibsel des christlichen Glaubens, den ich einst als Quelle der Hoffnung angesehen hatte.

Später, als ich in meinem Zimmer auf dem Krankenhausbett lag, mich leer fühlte und von Angst bedrängt, dachte ich noch einmal über die Geschehnisse der letzten Jahre nach. Meine Gesundheit hatte sich in den vergangenen dreizehn Monaten drastisch verschlechtert. Zwischen der ersten Geschlechtskrankheit im Januar und meiner Einlieferung in das *Boston City Hospital* wegen einer Soormykose [durch Kontakt übertragene Hautpilzerkrankung] lagen zwölf beängstigende Symptome. In meinen Gedanken deuteten die Ereignisse jener zwei Jahre, in denen ich mich in New York zum ersten Mal sexuell betätigt hatte, alle in eine Richtung – Aids.

Eine fünftägige Folge von Bluttests, die alle negativ ausgefallen waren, ließen nur noch eine Möglichkeit zu – eine Gewebeentnahme aus dem Rückenmark. Dies war der letzte Test, der noch zeigen konnte, warum die

Zahl meiner T-Lymphozyten so niedrig war. Mein Arzt hatte diesen Test bereits früher vorgeschlagen, doch ich hatte mich geweigert, weil ich wußte, daß es der letzte Test war, den man durchführte, um Aids zu diagnostizieren. Auch fürchtete ich mich vor den Schmerzen, die mit diesem Test verbunden waren. Doch da mir nun keine andere Wahl mehr blieb und ich völlig verzweifelt war, willigte ich ein, diesen Test am folgenden Tag durchführen zu lassen.

Als ich an diesem Abend auf meinem Bett lag, strich ich sanft über das Kreuz an meinem Hals. Der Name formte sich auf meinen Lippen: »Jesus, ... oh Jesus«, so betete ich. »Was habe ich getan? Ich habe mich mit vierzehn für dich entschieden und noch einmal mit achtzehn. Doch beide Male blieb mir die Heilung versagt, die ich gebraucht hätte, um von der Homosexualität frei zu werden. Warum, Herr? Warum können manche Menschen zu dir finden und sich auf ein Leben in der Kirche einlassen, und andere wie ich, deren Not so offensichtlich ist, finden überhaupt keine Hilfe?«

Ich erhielt keine Antwort. Aber eine Vision entstand vor meinen Augen. Verwirrt von dem Geschauten, setzte ich mich in meinem Bett auf. Zuerst dachte ich: Du wirst hysterisch, Mario. Schließ die Augen, dann wird es verschwinden. Doch selbst mit geschlossenen Augen konnte ich es noch sehen. Ich öffnete meine Augen, saß da und schaute zu, wie sich diese Vision wie ein Film vor mir am Fußende des Bettes entfaltete.

Zwei Szenen spielten sich gleichzeitig auf zwei mitten im Raum schwebenden Bildschirmen ab. Auf dem linken Schirm sah ich mich, wie ich als aidskranker Homosexueller in einem Krankenhaus behandelt wurde. Der Bildschirm auf der rechten Seite zeigte die Umrisse des Herrn, Kopf und Schultern, und hinter ihm erschien ein helles Licht. Dann sagte der Geist des Herrn: »Ich möchte deine ganze Person heilen, nicht nur deinen Körper. Entscheide dich!«

Da zu diesem Zeitpunkt meine einzige Sorge die körperliche Heilung war, verstand ich nicht ganz, was Heilung der »ganzen Person« bedeuten sollte. Doch ich wußte, daß etwas außerordentlich Reales geschah, und so wählte ich den Schirm mit dem Bild des Herrn. Sobald ich dies getan hatte, verschwand der andere Bildschirm. Danach schien es, als würde der gesamte Krankenhausraum von dem verbleibenden Bildschirm ausgefüllt. Ich befand mich in der Gegenwart Gottes. Ich war sprachlos.

Ich wartete schweigend vor dem Herrn. Zunächst fragte ich mich, ob ein Engel gegenwärtig sei. Das von hinten einfallende Licht war so hell, daß ich das Gesicht nicht genau sehen konnte. Doch nun war ich überzeugt, daß es wirklich Jesus selbst war, der in meinem Zimmer gegenwärtig war. Nach einer endlos erscheinenden Zeitspanne leitete mich der Geist des Herrn, für mich selbst zu beten. Er hob meine Arme empor und leitete mich, mir selbst die Hände aufzulegen und zu beten. Ich schlief schließlich ein, eine Hand ruhte nahe meines linken Schlüsselbeins, die andere Hand lag auf ihr.

Im Schlaf träumte ich von einem Mädchen, das mit mir zusammen das College in Milwaukee besucht hatte. (Damals hatte ich oft gedacht, daß sie das Mädchen wäre, das ich gerne heiraten würde, wenn ich hetero wäre.) Im Traum heirateten wir. Monate später, als Jesus begann, mich von meiner homosexuellen Neurose zu heilen, kam mir dieser Traum oft in den Sinn. Ich verstand ihn als ein Versprechen Gottes, das besagte, daß ich eines Tages eine Frau begehren und den Wunsch haben würde, sie zu heiraten.

Früh am nächsten Morgen kam eine Schwester herein, um vor der geplanten Rückenmarksbiopsie einen letzten Bluttest zu machen. Einige Stunden vergingen. Dann kam der Arzt, ein junger Assistenzarzt, in mein Zimmer. Verwundert unterrichtete er mich davon, daß dieser letzte Bluttest eine überraschende Zunahme der weißen Blutkörperchen ergeben habe. Daher wollte er die Biopsie verschieben, bis in ein paar Tagen eine neuerliche Überprüfung der T-Lymphozyten möglich wäre. In diesem Moment wußte ich, daß ich tatsächlich Heilung von Jesus empfangen hatte!

Ich blieb noch weitere fünf Tage zur Beobachtung im *Boston City Hospital*, dann wurde ich entlassen. Mein Arzt war völlig verblüfft. Ich erinnere mich noch an sein erstauntes Gesicht und die Falten auf seiner Stirn, als er den Kopf schüttelte und meine wundersame Genesung einem unerkannten Virus zuschrieb, der mich befallen habe.

Mein Arzt wies mich an, eine Woche später zu einer Nachuntersuchung zu kommen. Diesmal war auch sein Vorgesetzter dabei. Gemeinsam betrachteten sie mein Krankenblatt mit dem alarmierenden Zusammenbruch des Immunsystems, der ja dazu geführt hatte, daß ich ins Krankenhaus eingewiesen worden war. Erstaunt erzählte der junge Assistenzarzt dem älteren, erfahreneren Doktor, daß ich bereits wieder zur Arbeit ging und mich auch wieder sportlich betätigte.

Als ich während dieser Vision im Krankenhaus das Leben wählte, heilte mich Gott von meiner körperlichen Krankheit. Doch ich wußte noch nicht wirklich, daß ich mich auf einen Weg eingelassen hatte, der schließlich dazu führte, daß ich meine Homosexualität ganz verlor. Ich hatte keine Ahnung, daß mein Ja zu Jesus alle Bereiche meines Lebens radikal verändern würde. Ich wußte nur, ich wollte alles, was er mir zu geben hatte. Mein Gebet ist, daß alle, die dieses Buch lesen, sagen mögen: »Ja, Jesus«, und daß sie seine wundervollen Gaben empfangen mögen.

## In der Hand Gottes geborgen

Als ich mit vierzehn das erste Mal zu Jesus fand, wurde ich bei dem Gedanken an das ewige Leben von Freude überwältigt und war voller Hoffnung für meine Zukunft. Obwohl ich den verwirrten sexuellen Gefühlen, die in mir anwuchsen, keinen Namen geben konnte, so wußte ich doch, daß in mir etwas schrecklich schief lief. Unglücklicherweise war die Gemeinde, die ich besuchte, nicht in der Lage, mir mit der Heilung zu dienen, die ich so verzweifelt benötigte. Sie besaßen fast gar kein Verständnis dafür, daß Christus die Sexualität eines Menschen erlösen und tiefe emotionale Verletzungen heilen konnte.

Dennoch war Gott in dieser bibeltreuen Gemeinde gegenwärtig. In dem einen Jahr, in dem ich diese Gemeinde besuchte, kam es in meinem Leben zu vielen positiven Veränderungen. Indem ich die Morallehren des Christentums und die Weltanschauungen der Bibel annahm, fand mein Leben eine sinnvolle Ordnung. Durch eine gewaltige Predigtreihe, die der Hauptpfarrer über die Bergpredigt hielt, wurde ich, trotz der harten Realität meines häuslichen Lebens, zu einem fürsorglicheren und liebevolleren Menschen.

Irgendwann in diesem Jahr begegnete mir in einer Zeitschrift zum ersten Mal das Wort »homosexuell«. Nun konnte ich die sexuellen Gefühle, die unkontrollierbar in mir hochstiegen, benennen. Während ich weiter die Predigten dieses brillanten Pfarrers hörte, wurde mir immer klarer, daß die Homosexualität mit dem Christentum nicht vereinbar war. Da »der Homosexuelle« in mir sehr viel schneller heranzuwachsen schien als »der Christ«, beschloß ich, nicht länger den Gottesdienst zu besuchen. Doch ich glaubte weiterhin an Jesus und lebte mein Leben nach den christlichen Maßstäben, die man mir beigebracht hatte.

Ich litt noch weitere drei Jahre still unter dem Zwiespalt zwischen meinen homosexuellen Gefühlen und dem Christentum. Tief in meinem Innern befürchtete ich, daß, wenn die Homosexualität in mir stärker war als mein christlicher Glaube, das Christentum doch wohl eine Religion mit unrealistischen Erwartungen, leeren Versprechungen und falschen Hoffnungen sein mußte. In dieser Zeit begann mein Eifer nachzulassen, im Einklang mit den christlichen Maßstäben zu leben.

Mit achtzehn hörte ich das bemerkenswerte Zeugnis eines früheren Satanspriesters, der Christ geworden war, und so wurde mein Glaube neu belebt. Ich dachte mir: Wenn Jesus diesen Mann freimachen konnte, dann kann er für mich bestimmt das gleiche tun. Doch ich beschloß, auch weiterhin nicht zur Kirche zu gehen, da ich fürchtete, dort keine Hilfe zu finden. Ich betete über sechs Monate lang im geheimen und bat Gott, mich dahin zu führen, wo ich Heilung von der Homosexualität finden konnte. Einmal rief ich die nationale Vereinigung der amerikanischen Psychologen an, um den Namen eines Therapeuten zu erfahren. Weil ich mir die Therapie nicht leisten und auch meine Familie nicht um das Geld bitten konnte, rief ich jedoch nie an, um einen Termin zu vereinbaren. Mein neu gewachsener Glaube versagte schon bald. (Ich habe inzwischen die Erfahrung gemacht, daß die meisten Versuche, Christsein allein zu leben, scheitern, wenn der neugeborene Christ kein gemeindliches Zuhause findet, in dem er aufwachsen kann.) Da ich keine andere Möglichkeit sah, begann ich, meine homosexuellen Gefühle als Teil meiner selbst zu akzeptieren.

Kurz vor meinem neunzehnten Geburtstag, im Herbst 1977, ging ich an die *University of Wisconsin* in Milwaukee (UWM) und studierte Theaterwissenschaften. Ich traf viele intelligente und kreative homosexuelle Männer und Frauen, die wußten, was sie mit ihrem Leben anfangen wollten. Auf die eine oder andere Weise hatten sie sich mit ihrer homosexuellen Orientierung arrangiert. Während meines ersten Jahres an der UWM hatte ich einen Professor, der offen zu seiner Homosexualität stand und der meine Talente beim Schauspielen und Singen zudem sehr bestärkte. Je mehr ich diese Homosexuellen kennenlernte, um so mehr fühlte ich mich ihnen verwandt. Ich hatte die gleichen sexuellen Gefühle wie sie, nur daß ich meine verborgen hielt und sie sich offen dazu bekannten.

Mit einundzwanzig zog ich nach New York, nachdem ich erfolgreich für ein dortiges Theaterschulungs-Progamm vorgesprochen hatte. Dort kam ich ganz »heraus aus meinem Versteck« und begann, mich offen und frei als »schwul« zu bezeichnen.[1] Zum ersten Mal in meinem Leben sagte ich über meine sexuelle Orientierung die Wahrheit. Ich erlebte ein Gefühl von Freiheit, das ich zuvor nicht gekannt hatte. Die Wahrheit, selbst wenn sie unser gefallenes Menschsein betrifft, kann uns die Last abnehmen, die wir tragen, solange wir versuchen, unsere Maske vor dem Gesicht zu behalten. Es dauerte nicht lange, bis ich mich ganz mit meiner Homosexualität identifizierte. Ich war schwul und fing an, stolz darauf zu sein.

Als ich im Herbst 1980 in New York ankam, fand ich zu meiner Überraschung heraus, daß eben der Professor, der mich an der UWM so sehr bestätigt hatte, ebenfalls nach New York gezogen war. Er und sein Liebhaber waren als Lehrer für das Theaterschulungs-Programm angestellt worden, für das ich mich eingeschrieben hatte. Meine Freundschaft zu diesen beiden Männern wuchs, und sie wurden meine Mentoren. Sie sorgten sich wirklich liebevoll um meine Zukunft und rieten mir, mich nicht in die oberflächliche, narzißtische Schwulenszene zu investieren, die sich in den entsprechenden Bars finden ließ. Sie ermutigten mich vielmehr, etwas aus meinem Leben zu machen. So merkwürdig es klingen mag, von ihnen empfing ich etwas von der Zuwendung und Bestätigung, die ich mir immer von meinem Vater gewünscht und ersehnt hatte. An diesen beiden Männern war viel Gutes.

In jenem Jahr verbrachte ich Weihnachten mit Freunden in New York. Am Weihnachtsabend beschlossen einige von uns, die meisten waren schwul, zur Kirche zu gehen. Da wir wußten, daß eine Gruppe von homosexuellen Männern und Frauen in den meisten Kirchen nicht willkommen wäre, rief ich die Schwulen-Info-Hotline an, um eine Gemeinde zu finden, die Homosexuelle akzeptierte. Man empfahl uns einen liturgischen Gottesdienst für Homosexuelle, der von einer der großen Kirchen nahe des *Union Square* ausgerichtet wurde.

Meine Freunde und ich besuchten den Mitternachtsgottesdienst. Die Musik war sehr schön, und die Gemeinde bestand aus vielen Homosexuellenpärchen, die sich zärtlich im Arm hielten. Als die Predigt dran war, sprach der Pfarrer über das Schwulsein – nicht über Jesus. Er erwähnte die Geburtsgeschichte Jesu, die zuvor gelesen worden war, nur ganz kurz. Die wenigen Bezüge zur Schrift, die er machte, waren alle in den Zusammenhang seines eigentlichen Themas – das Schwulsein – gestellt. Seine Predigt enthielt keinerlei objektive Wahrheit, so wie ich es zuvor in der freien Gemeinde erlebt hatte, zu der ich als Jugendlicher gegangen war. Da ich das Echte gehört hatte, erkannte ich die Fälschung. Ich verließ diesen Gottesdienst mit der um so tieferen Überzeugung, daß die Homosexualität mit dem Christentum nicht vereinbar war.

Gegen Ende meines ersten Jahres in New York gaben meine zwei geliebten Professoren/Mentoren bekannt, daß sie nach Boston ziehen würden. Der bekanntere von den beiden war von der *Boston University* als leitender Dozent eingestellt worden. Als ich dies erfuhr, fragte ich ihn, ob er mich nicht als Lehrer in der Stimmbildungsmethode ausbilden könnte, in der er Experte war. Als er zustimmte, brach ich mein Studium ab und zog nach Boston. Aufgrund des exzellenten fachlichen Rufs dieser beiden Männer, die mich ausgebildet hatten, bekam ich einen Lehrposten an der Universität, nachdem die beiden ein Jahr später beschlossen, von Boston wegzuziehen.

Während ich in Boston lebte, ließ ich mich immer mehr auf den Lebensstil der Homosexuellenszene ein. Ich ignorierte den Rat meiner Professoren und besuchte regelmäßig Bars für Schwule. Sexuelle Kontakte und der Gebrauch von Drogen und Alkohol – Dinge, die für mich vor ein paar Jahren noch undenkbar gewesen waren – wurden ein Bestandteil meines Lebens. Ein Lichtblick in dieser Zeit war meine Freundschaft zu einer Frau, die lesbisch war. Als ich im *Boston City Hospital* lag, besuchte mich Shauna jeden Tag und tröstete mich liebevoll. Durch sie traf ich viele Lesben aus der politisch aktiven Frauengemeinschaft im nahen Cambridge. Eine von ihnen, Leiterin des politischen Forums der Lesben in Massachusetts, erklärte meinen Geburtstag spaßeshalber zum nationalen Feiertag.

Eines Abends im Herbst, nachdem wir am *Harvard Square* zu Abend gegessen hatten, gingen Shauna und ich auf den von Bäumen gesäumten Straßen von Cambridge spazieren. In einiger Entfernung sahen wir den roten Backsteinturm einer Kirche. Als wir näherkamen, konnten wir hören, wie ein schwarzer Gospelchor ein Lied über das Blut Jesu schmetterte. Die Musik war so faszinierend, daß wir vor der Kirche stehenblieben, um zuzuhören. Je länger der Chor sang, um so weiter zog es uns zum Eingang hin. Ihr Singen war wie ein sanfter Wind, der uns wie zwei abgefallene Blätter emporhob und in die hinteren Sitzreihen der Kirche blies.

Das Singen verstummte, und ein junger schwarzer Prediger sprach von der Kraft Gottes. Während er predigte, stolzierte er den Mittelgang hinauf und herunter und kletterte sogar über einige der Bankreihen. Ich fürchtete, er könnte bis zu uns vordringen. Wir waren die einzigen Weißen in der ganzen Kirche. Ich sah uns wie zwei deplazierte Bleichflecken auf einem schönen schwarzen Abendkleid aus Samt. Zu meiner Erleichterung kam der Prediger nicht in unsere Nähe. Während seiner gesamten Predigt riefen Leute »Amen« und »Das ist wahr!«

Nachdem er seine Predigt beendet hatte, stimmte die Gemeinde eine Reihe gewaltiger Loblieder an. Die Gegenwart Jesu erfüllte die kleine Kirche. Shauna und ich waren beide sprachlos. Ich war den Tränen nahe. Es war viele Jahre her, seit ich das letzte Mal die Gegenwart Jesu gespürt hatte.

Doch da ich immer noch vor dem Herrn davonlief, flüsterte ich Shauna mit erstickter Stimme zu: »Laß uns gehen, bevor der Gottesdienst zu Ende ist.« Draußen gingen wir schweigend zurück zum *Harvard Square*, während das Singen aus der Kirche immer leiser wurde. Als wir die Stimmen nicht mehr hören konnten, brach Shauna unser Schweigen: »Mario, dieses lesbische Mädchen jüdischer Herkunft hat soeben in dieser Kirche die Gegenwart Jesu gespürt.« Sie hatte Tränen in den Augen.

Mit sehr schwacher Stimme antwortete ich: »Ja, ich auch.«

Wir erreichten *Harvard Square* und trennten uns dort. Ich nahm den Zug nach Hause, und Shauna ging zu ihrer Wohnung. Wir sprachen niemals wieder darüber.

Bis zum Oktober 1982 war mir die harte Realität eines Schwulenlebens bewußt geworden. Dies war mein viertes Jahr, in dem ich meine Homosexualität offen lebte. Mein ursprüngliches Gefühl der Erleichterung darüber, »herausgekommen« zu sein, und die begeisterte Faszination vom Lebensstil der Homosexuellen waren verschwunden. Ich hatte angefangen, die häßlichen Seiten dieses Lebensstils zu erkennen – das pubertäre Bewußtsein der Schwulengemeinschaft, die durch Geschlechtsverkehr übertragenen Krankheiten, wegen derer ich mich mehrmals behandeln lassen mußte, die niederschmetternden Trennungen von verschiedenen Liebhabern und die einsetzende Aidskrise. Diese dunklen Schatten der Wirklichkeit lagen über den falschen Versprechungen von Glück und Freiheit, die den jungen Männern angeboten wurden, die man zur Homosexualität ermunterte.

In dieser Zeit erfüllten mich die Gedanken an meine christliche Vergangenheit mit Schmerz. Es war, als sei ich ein Fluß, in dem zwei Strömungen gegeneinander fließen – eine dieser Strömungen ließ ich nach außen sichtbar werden, meine Identität als Homosexueller, die andere lag tief in meinem Innern verborgen, meine christliche Identität. Als der Schmerz zunahm, fühlte ich mich immer hoffnungsloser und deprimierter, doch nach außen gab ich mich immer noch als der »gutangepaßte« Homosexuelle. Ich fing an zu glauben, daß die Hoffnung, die ich einst in Christus erlebt hatte, falsch gewesen sei, daß es sich nur um ein billiges Gruppengefühl gehandelt habe. Doch eine Sache verhinderte, daß der verborgene christliche Strom in mir versiegte: Ich glaubte immer noch, daß Jesus Gott war. Aus diesem Grund plagte mich auch weiterhin die Schuld, nicht so zu leben, wie es die christlichen Maßstäbe von mir verlangten. Außerdem sprach ich hin und wieder zu Jesus, auch wenn ich mir nie die Mühe machte, auf seine Antwort zu warten.

Eines Nachts, als ich von einer Schwulenbar nach Hause kam, ging ich die Treppen zu meinem Apartment hinauf und redete dabei laut zu Jesus. Ich war etwas beunruhigt, weil ich immer noch den Eindruck hatte, daß Gott über mich wachte, obwohl ich doch so offensichtlich einen Lebensstil gewählt hatte, der gegen seinen Willen war. Angetrunken rief ich ihm zu: »Ich wäre besser dran, wenn du mich einfach nur in Ruhe ließest. Dann könnte ich mein Leben führen, ohne von diesen christlichen Schuldgefühlen geplagt zu werden, die noch aus meiner Jugend übriggeblieben sind.« Dann fiel mir ein Vers aus der Bibel ein: »Ich lasse dich nicht fallen und verlasse dich nicht« (Hebr 13,5).

Als ich den zweiten Stock erreicht hatte, faßte ich einen Beschluß: Wenn Gott mich nicht in Ruhe lassen wollte, dann sollte ich versuchen, ihn ganz und gar zu verlassen. Diese Idee war mir zuvor noch nie gekommen. Ich stand vor der Tür, die das Treppenhaus von dem Flur trennte, der zu meinem Apartment führte. Dort sagte ich zu Jesus: »Jetzt ist's genug. Ich werde dich in diesem Treppenhaus verlassen. Und wenn ich durch diese Tür gehe, dann werde ich für immer frei sein von dir und diesen Schuldgefühlen.«

Nachdem ich durch die Tür gegangen war und den Flur zu meinem Apartment entlangging, wurden mir die Augen geöffnet und ich sah, wie buchstäblich Hunderte von Dämonen auf mich einstürmten. Nie zuvor hatte ich so etwas gesehen, doch ich wußte, was es bedeutete. Zu Tode erschreckt rannte ich zurück ins Treppenhaus, schloß die Tür hinter mir und sagte: »Ich hab's nicht so gemeint, Herr. Ich will dich nicht verlassen; mit dir zu leiden ist besser, als ohne dich zu leiden.«

Zögernd öffnete ich die Tür und schielte den Flur entlang. Da ich nichts sah, ging ich vorsichtig den Flur hinunter zu meiner Wohnungstür. Sobald ich in meinem Apartment war, verschloß ich die Tür hinter mir, ging ins Bett und versuchte, das soeben Geschehene zu vergessen.

Durch diesen Zwischenfall lernte ich, daß Gott uns seinen Willen nicht aufzwingen und uns auch nicht zu seinen Gefangenen machen wird. Gott hält jeden, der an ihn glaubt, fest in seiner Hand, und auch wenn er uns nicht fallen lassen wird, so haben wir doch die Freiheit, aus seiner Hand herauszuhüpfen. Darüber hinaus lehrt Jesus in der Schrift, daß sowohl er als auch sein Vater den Gläubigen im Glauben bewahrt und daß uns keine äußere Macht, und sei sie noch so stark, aus seiner Hand reißen kann.

> »Ich gebe ihnen ewiges Leben. Sie werden niemals zugrunde gehen, und niemand wird sie meiner Hand entreißen. Mein Vater, der sie mir gab, ist größer als alle, und niemand kann sie der Hand meines Vaters entreißen« (Joh 10,28-29).

## Gott in einer Schwulenbar

Zusätzlich zu meiner Teilzeitstelle als Dozent arbeitete ich als Kellner im Restaurant des *Marriott*-Hotels. Eines Abends, mehrere Wochen später, hatte ich gerade meine Schicht beendet und nahm die U-Bahn zum *Copley Square*. Ich blieb mitten auf dem Platz vor der *Trinity Church*, einem herrlichen und riesigen Gebäude, stehen. Während ich zum sternengeschmückten Universum hochschaute, fragte ich mich: »Wo ist Gott?«. Ich ließ *Trinity*

*Church* hinter mir, überquerte weiter den *Copley Square* und ging vorbei am *John Hancock Tower*. Dann folgte ich einer schlecht beleuchteten, engen Straße, die zu einer Schwulenbar führte, die ich häufig besuchte.

Drinnen ging ich zur Hauptbar und bestellte einen Wodka Martini on the Rocks. Während ich an meinem Drink nippte, ließ ich meinen Blick lange über die Männer in der Bar schweifen. Etwa hundert männliche Körper bewegten sich rhythmisch auf der Tanzfläche zu einem Song von Michael Jackson. Der säuerliche Geruch ihres Schweißes lag in der Luft. Ein kleiner, übergewichtiger Latino mit einem riesigen Fächer tanzte auf eine mir südamerikanisch erscheinende Weise. Die Tanzfläche wurde an zwei Seiten von langen, mit Teppich überzogenen Sitzreihen begrenzt. Lautsprecher, so groß wie Kühlschränke, standen an jedem Ende der Sitzreihen und plärrten ihre Musik heraus. Auf der einen Seite der Tanzfläche befand sich ein kleines, abgetrenntes Barzimmer. Der Raum war angefüllt mit kleinen Tischen, an denen sich Männer, die nicht tanzen wollten, gegenseitig anschrien, um sich zu unterhalten. In einer anderen Ecke standen einige Billardtische, an denen Schwarze und Latinos, alle etwa an die zwanzig, zusammenkamen. Ein Freund von mir nannte diesen Bereich immer *Swoozie Land*. Das war irgendein rassistisches Schimpfwort.

Die Bar wurde von imaginären Säulen getragen, die durch den Zigarettenrauch entstanden, der sich in den dicken Strahlen einiger starker Deckenscheinwerfer fing. In den vielen schlecht beleuchteten Ecken versteckten sich ältere homosexuelle Männer. Ihre Augen waren glasig und zutiefst leer. Hoffnungslos starrten sie die jüngeren Männer in der Bar an. Die jüngeren Schwulen, mich eingeschlossen, bezeichneten diese Männer als »Trolls«. Trolls waren nicht-menschliche Kreaturen, die niemals das Tageslicht erblickten. Sie lebten bei Nacht und ernährten sich von den Erinnerungen ihrer lange verlorenen Jugend. Es gab sogar spezielle Bars für die Trolls, die man »Runzelräume« nannte. Einige Male waren mein Freund Bob und ich in eine dieser Bars gegangen, um die Trolls am Klavier mit Broadway-Melodien zu unterhalten.

Die glasige Hoffnungslosigkeit in den Augen der Trolls bedrückte mich. Ich nippte immer noch an meinem Wodka Martini und dachte: Sicher liebt Gott diese Männer. Sicher hat Gott mehr für ihr Leben bereit als das hier. Dann betrachtete ich mein Bild in einem Spiegel, der ganz in meiner Nähe hing, und fragte mich: Werden meine Augen eines Tages ebenso dunkel und leer sein? Ein Schriftwort ging mir plötzlich durch den Kopf: »Das Auge gibt dem Körper Licht. Wenn dein Auge gesund ist, dann wird dein ganzer Körper hell sein. Wenn aber dein Auge krank ist, dann wird dein ganzer

Körper finster sein. Wenn nun das Licht in dir Finsternis ist, wie groß muß dann die Finsternis sein!« (Mt 6,22-23).

Ich fühlte in meinen Eingeweiden, wie mir der Mut sank, und ich wurde verzweifelt. Dann hörte ich über mir eine Stimme: »Du wirst mir helfen, diese Menschen zu erlösen.« Da ich dachte, es sei mein verkrampft witziger Freund Bob, drehte ich mich um und erwartete, ihn hinter mir stehen zu sehen mit seinem ewigen Grinsen und seinem spitzbübischen Ausdruck im Gesicht. Aber er war nicht da. Oh nein, dachte ich. Ich höre Stimmen. Umgehend bestellte ich einen weiteren Wodka Martini.

Mit meinem zweiten Drink in der Hand verließ ich die Hauptbar und überquerte die überfüllte Tanzfläche. In dem Versuch, die ungewollte Stimme zu übertönen, setzte ich mich direkt neben einen Lautsprecher auf eine der mit Teppichboden überzogenen Sitzreihen. Meine Ohren dröhnten von der Musik, dennoch hörte ich erneut die Stimme, nur diesmal noch klarer als beim ersten Mal: »DU WIRST MIR HELFEN, DIESE MENSCHEN ZU ERLÖSEN!« Ich wußte, es war die Stimme Gottes. Furcht ergriff mein Herz.

Ich stellte meinen unberührten Wodka Martini auf der Bank ab und erhob mich, um zu gehen. In diesem Augenblick hörte die Musik auf. Während ich meinen ersten Schritt über die Tanzfläche machte, um den Ausgang zu erreichen, bewegten sich alle Männer von der Tanzfläche weg – es war wie die Teilung des Schilfmeeres. Vor der Bar wartete ein Taxi. Der Fahrer öffnete die hintere Tür und fragte: »Brauchst du ein Taxi, Kumpel?«

»Ja.«

Er fuhr mich nach Hause. Sobald ich mein Apartment erreicht hatte, verbannte ich dieses Erlebnis aus meinen Gedanken und ging zu Bett.

Am nächsten Morgen mußte ich während des Frühstücks ständig über das nachdenken, was ich in der Bar gehört hatte. Ich rationalisierte es weg, indem ich mir sagte, daß mich wohl eine Mischung aus Müdigkeit und Wodka übermannt hatte. »Warum sollte Gott zu mir reden?« sagte ich mir. Er hatte noch nie zu mir gesprochen; warum sollte er es jetzt tun? Das Christentum lag weit hinter mir. Jahrelang war ich in diesem Zwiespalt zwischen Homosexualität und Christentum gefangen gewesen. Diese schmerzhafte Episode meines Lebens war vorbei, und ich war ihr nur mit knapper Not emotional und geistig gesund entronnen. Dieser Junge hier hat genug von der Religion.

Doch ich hatte nicht mit der unerbittlichen, unwiderstehlichen Liebe Gottes gerechnet. Er ordnete auch weiterhin geduldig die Umstände meines Lebens, um mir zu zeigen, welche Konsequenzen der Lebensstil, den ich gewählt hatte, haben würde. Mit jedem Symptom von Aids, das sich zeigte, nahmen meine Angst und Hoffnungslosigkeit zu. Es wurde immer schwerer, sich an die Illusion vom erfüllten Leben im Schwulen-Utopia zu klammern. Daher zerbrach mein Widerstand gegen Gott, als er mir in jener schrecklichen Nacht im *Boston City Hospital* die Wahl ließ. Ich ergriff seine Hand und mein Weg aus der Dunkelheit in seine unglaubliche Freiheit und sein unermeßliches Licht begann.

## Der Weg zur Umkehr

Nach meiner Entlassung aus dem Krankenhaus rief ich meine Schwester Annelyse in Milwaukee an und erzählte ihr von meiner wundersamen Heilung. Annelyse hatte bereits eine wichtige Rolle gespielt, als ich in meiner Pubertätszeit zu Christus fand. Nun besuchte sie gerade einen Kurs für Erwachsene in ihrer Gemeinde, der unter dem Titel »Wiederherstellung der Persönlichkeit durch das hörende Gebet« stand und von Leanne Payne geleitet wurde.

Einige Wochen später schrieb Annelyse mir einen langen Brief, steckte ihn in ein Exemplar von Leanne Paynes Buch *The Broken Image* [»Das zerbrochene Bild«] und schickte es mir. Da ich für die Kraft Gottes offen war und er mich körperlich heilen konnte, so dachte sie, sei es auch der richtige Zeitpunkt, weiterzugehen. Zunächst sollte ich eines klar und deutlich verstehen: daß Gott auch die Kraft hat, meine Sexualität zu heilen. Doch dazu war ich noch nicht bereit.

Als ich das Päckchen erhielt, schlug ich das Vorwort zu Leanne Paynes Buch auf und las den ersten Absatz, in dem sie Homosexualität sowohl als Neurose und als Problem bezeichnet. Da ich mich immer noch für diesen gutangepaßten Homosexuellen hielt, war ich entrüstet. Ich stellte das Buch in mein Regal, ohne den Brief darin zu entdecken.

Mehrere Monate vergingen. An einem Wochenende war ich allein und lag mit einer ernsten Erkältung im Bett. Für einen Mann, der um Haaresbreite der Diagnose »Aids« entgangen war, genügte ein einfacher Schnupfen, um vor Angst verrückt zu werden. Ich lag in mehrere Decken gehüllt auf meiner Couch und hatte Angst. Da erinnerte ich mich an das Buch, wußte jedoch nicht mehr, wo ich es hingestellt hatte.

Nachdem ich eine ganze Weile gesucht hatte, entdeckte ich eine Ecke des Buches, die über den Rand meines Kleiderschranks herausragte. Ich griff nach dem Buch, wobei es herunterfiel und Annelyses Brief auf den Boden flatterte.

Ihr Brief, der so voller Liebe zu mir war, machte mein Herz bereit, das Buch von Leanne zu lesen. In ihrem Brief erklärte sie, daß Gott allezeit für mich gegenwärtig sei; daß er selbst in all den vergangenen Momenten gegenwärtig gewesen war, als hätten sie sich heute abgespielt. Denn Gott steht über der Zeit; die Zeit ist etwas Geschaffenes. Daher ist er in der Lage, alle unsere Wunden zu heilen, egal, wann sie uns zugefügt wurden. Wir sind also nicht hoffnungslos an diese Wunden und Sünden der Vergangenheit gebunden, die auch unser Leben als Erwachsene noch bestimmen. Annelyse bat mich dann um Vergebung, wo immer sie mich lieblos behandelt und wegen meiner Homosexualität verurteilt hatte. Dies gab vielleicht den Ausschlag und motivierte mich, Leannes Buch zu lesen.

Ich hatte große Schwierigkeiten beim Lesen von *The Broken Image*. Da ich in dieser Zeit meinen homosexuellen Lebensstil noch nicht aufgeben wollte, gestattete ich es mir nicht, den Heilungen zu glauben, von denen in diesem Buch berichtet wurde. Obwohl ich wußte, daß Gott mich einige Monate zuvor von meinen körperlichen Leiden geheilt hatte, glaubte ich immer noch der landläufig beliebten Lüge, Homosexualität sei ein alternativer Lebensstil und keine Neurose, die der Behandlung bedarf. Dennoch erreichten mich einige der kraftvollen Wahrheiten in Leannes Buch – alle Menschen tragen die Wunden zerbrochener Beziehungen, den zerbrochenen Beziehungen zu Gott, zu anderen, zu sich selbst. Es gibt ohne das Kreuz Jesu keine Heilung. Durch seine Wunden haben wir Vergebung.

Ich hatte viele zerbrochene Beziehungen, doch eine davon bedrückte mich am meisten – die Beziehung zu meinem Vater. Ich fühlte mich von ihm so tief verletzt, daß es schien, als sei er eine finstere Gegenwart, die jeden meiner Schritte überwachte, obwohl wir doch weit über tausend Kilometer voneinander entfernt waren. Dem Beispiel von *The Broken Image* folgend, beschloß ich, täglich zu beten und den Herrn zu bitten, daß er mir Begebenheiten aus der Vergangenheit zeigen möge, die mit meinem Vater zu tun hatten und bei denen ich entweder vergeben oder Vergebung empfangen mußte. Erinnerungen wurden wach, eine nach der anderen. Viele waren so schmerzhaft, daß ich mich ihnen nicht stellen konnte, dennoch erlebte ich, wie ich Gebete zur »Heilung der Erinnerung« betete, so wie sie in *The Broken Image* beschrieben wurden. Niemals dachte ich daran, daß diese Art zu beten mich schließlich dazu führen würde, meine Homosexualität als Sünde zu bekennen und Heilung von dieser Neurose zu suchen. Ich glaubte einfach, daß ich darum betete, von den negativen Einflüssen der Vergangenheit frei zu werden, die mein Leben immer noch beeinträchtigten.

Seit ich nach über zehn Jahren zum ersten Mal wieder regelmäßig betete, wurde mir nicht nur bewußt, daß Jesus zu mir sprach, sondern auch, daß er versuchte, meinem Leben Richtung zu geben. Im Gebet hörte ich Gott zu mir sagen, ich solle eine Dozentenstelle an einer kleinen Universität in Ohio annehmen und ein Jobangebot in Montreal ablehnen. Nach sechs Monaten zog ich von Boston weg und ließ meine homosexuellen Freunde und das Nachtleben der Schwulenszene hinter mir. Nun lebte ich in Kettering, Ohio.

In jenen ersten Monaten an der *Wright State University* im Herbst 1983 überkam mich Einsamkeit. Ich hatte selten Gelegenheit, andere Homosexuelle zu treffen, und vermißte meine schwulen Freunde aus Boston. Gegen Ende der ersten drei Monate wurde ich depressiv. Mir wurde allmählich klar, daß Gott mich auch aufforderte, zwischen ihm und der Homosexualität zu wählen. Zum ersten Mal dachte ich ernsthaft daran, daß die Homosexualität durch den Glauben an Jesus Christus grundlegend revidiert werden könnte. Bis dahin hatte ich mir einen solchen Gedanken nicht erlaubt, da ich ja in diesem typischen Denken über politische und gesellschaftliche Toleranz drinsteckte, welches besagte, Homosexualität sei ein alternativer Lebensstil. (Es ist wirklich erstaunlich, daß gerade diejenigen, die sich ihrer Toleranz anderen gegenüber rühmen, sich selbst und anderen nicht die intellektuelle Freiheit gestatten, allen Gedanken nachzugehen, so z. B. dem Gedanken, daß Homosexualität heilbar ist.) Es gab keinen Tag, an dem ich nicht daran denken mußte, wie Jesus mich einige Monate zuvor auf so übernatürliche Weise körperlich geheilt hatte.

Als die Semesterferien in diesem Winter heranrückten, rief mich Annelyse an. Sie erzählte mir, daß Leanne Payne ihr Seminar über die Heilung der Persönlichkeit in ihrer Gemeinde noch einmal wiederholen würde; der Kurs sollte am ersten Sonntag im Dezember beginnen.

»Mario, wärst du bereit, an dem Seminar teilzunehmen, wenn du in den Ferien hier bist?«

Ich zögerte. Schließlich antwortete ich: »Ja.«

Sie erwiderte: »Schön. Ich habe dich bereits angemeldet.«

Ich war voller Angst, als der Tag kam, an dem das Seminar begann. Die Gemeinde traf sich im Auditorium einer Grundschule im Osten von Milwaukee. Als ich mich der Tür näherte, regten sich so viel Furcht und Angst in mir, daß mir übel wurde.

»Oh, Jesus, hilf mir«, betete ich. Zu meiner Überraschung sah ich in meinen Gedanken das Bild einer großen Mülltonne ohne Deckel, die mit verfaulendem Abfall angefüllt war. Ich betete weiter und sah, wie sich der

Deckel der Mülltonne zu bewegen begann und den stinkenden, dunklen Dreck bedeckte. Nur ein kleiner Teil des Tonnenrands blieb unbedeckt. Ich hatte den Eindruck, daß Gott mir versicherte, er werde nur die Dinge ans Tageslicht bringen, mit denen ich während des Seminars fertig werden konnte. Ich hatte befürchtet, daß alles auf einmal hochkommen und ich völlig zusammenbrechen würde. Im Rückblick erkannte ich deutlich, daß mein Widerstand, die Homosexualität als eine Neurose anzuerkennen, langsam nachließ. Gefühle und Depressionen, die ich jahrelang unterdrückt hatte, traten hervor. Ich war kurz vor einem Nervenzusammenbruch.

Als ich den Raum betrat, hatte Leanne ihr Referat bereits begonnen. Annelyse hatte mir im hinteren Teil des Raums einen Platz freigehalten und winkte mir zu. Nachdem ich mich gesetzt hatte, schaute ich mich im Raum, einer alten Turnhalle, um. Leanne stand unter dem Basketballkorb, der zur Decke hin weggeklappt worden war. Sie trug eine weiße Bluse und einen einfachen schwarzen Rock. Über ihren Schultern lag ein hübscher, lose gewebter Schal, der handgemacht aussah. Ich begann ihr gerade in dem Augenblick zuzuhören, als sie mit großer Freude Psalm 139 las. Insbesondere betonte sie die Verse 13-16:

> »Denn du hast mein Inneres geschaffen, mich gewoben im Schoß meiner Mutter. Ich danke dir, daß du mich so wunderbar gestaltet hast. Ich weiß: Staunenswert sind deine Werke. Als ich geformt wurde im Dunkeln, kunstvoll gewirkt in den Tiefen der Erde, waren meine Glieder dir nicht verborgen. Deine Augen sahen, wie ich entstand, in deinem Buch war schon alles verzeichnet; meine Tage waren schon gebildet, als noch keiner von ihnen da war« (Ps 139,13-16).

Sie hielt an dieser Stelle inne; dann sagte sie in etwa folgendes: »Ihr Lieben, Gott, der Vater, kannte euch schon, als ihr noch nicht geboren wart. Er erfreut sich daran, seinem Volk nahe zu sein. Er hat sich sehr darüber gefreut, in deinem Leben gegenwärtig zu sein, der menschgewordene Gott in seinem Sohn Jesus Christus. Gott ist in jeder schmerzlichen Erinnerung gegenwärtig, die dein Leben formt. Er ist gegenwärtig, um jede Verletzung in deinem Leben zu heilen.« Ich wußte, daß ich die Wahrheit hörte, so sicher wie damals in der ersten Klasse, als ich lernte, daß eins und eins zwei ergibt. Tränen kamen mir hoch, doch ich schluckte den dicken Klumpen Schmerz herunter, der versuchte, sich aus meinem Inneren zu lösen.

Von diesem Augenblick an war der Schmerz so groß, daß ich kaum noch etwas anderes wahrnahm. Im weiteren Verlauf von Leannes Referat schnappte ich hier und da ein Wort auf, das tief in mich hineinsank. Meist jedoch hörte ich nur: »Brabbel, brabbel, brabbel, Vater, brabbel, brabbel, brabbel, Vergebung, brabbel, brabbel, brabbel, das Kreuz Jesu.« Ich fragte mich, ob die Dame wohl nur einen Wortsalat von sich gab, oder ob es an mir lag? Heute weiß ich, daß meine Überlebensmechanismen der Verleugnung mir nur gestatteten, die Dinge zu hören, die meine Seele aufnehmen konnte.

Leanne ermutigte alle Anwesenden, ein Gebetstagebuch zu beginnen. Sie sagte uns, wir sollten alle unsere Gedanken vor Gott niederschreiben und mit Gott ins Gespräch kommen. Dann sollten wir auf das heilende Wort warten, das Gott uns schenken werde. Als ersten Eintrag in mein Gebetstagebuch schrieb ich:

*»7. Dezember 1983*
*Ich fühle eine gewisse Besorgnis, wenn ich daran denke, daß ich etwas an dem ändern sollte, das sich in mir so natürlich entwickelt hat, als ich zum Mann heranwuchs. Das mag vielleicht wie die politischen Ausreden der Homosexuellenbewegung klingen, aber es ist auch ein sehr reales Gefühl in mir.*
*Doch über allem anderen gilt meine erste Sorge meinem Glauben an Gott und Jesus und den Heiligen Geist. Und ich sage es noch einmal: Ich glaube nicht, damit Gott mich verändert, sondern weil ich glaube, kann ich die Möglichkeit ins Auge fassen, daß Gott dies tun könnte.«*

Ich war immer noch nicht davon überzeugt, daß eine Heilung von der Homosexualität möglich sei, doch ich war in meiner Beziehung zu Gott an einen Punkt gelangt, an dem ich ihn nicht länger verleugnen konnte. Niemals wieder wollte ich ohne Gott leben. Wenn er meine Homosexualität verändern wollte, dann war ich bereit, ihn machen zu lassen. Zu diesem Zweck erklärte ich mich bereit, alles zu tun, was er von mir verlangte. Und ich war ehrlich Gott gegenüber. Vieles in mir war gerne schwul. Ich genoß die Gemeinschaft unter Schwulen und die lustvolle Befriedigung, die mir homosexuelle Begegnungen vermittelten. Die Homosexualität war für mich nichts Ekelerregendes; es war vielmehr äußerst angenehm, und dies schrieb ich auch in mein Gebetstagebuch.

Die Zeit in Milwaukee brachte einiges Licht in die dunklen Ecken meiner Vergangenheit – Ecken, in denen sich schmerzhafte Kindheitserinnerungen versteckten, Erinnerungen, die ich bisher mit aller Gewalt verleugnet hatte. Ich begann mich zu fragen, wie natürlich man wohl die Homosexualität nennen konnte, wenn diese schmerzhaften Erinnerungen zur Ausbildung meiner Sexualität beigetragen hatten? In jenem Dezember unternahm ich einige Schritte, um die Heilung zu fördern, die Gott in mich hineingießen wollte. Ich hörte sogar mit meinen sexuellen Phantasien auf und drängte die Masturbationen zurück, die damit verbunden waren, obwohl dies großer Anstrengung bedurfte und viel Gebet benötigte.

Nachdem ich für das neue Schuljahr nach Ohio zurückgekehrt war, wurde ich depressiv. Ich begegnete nicht nur einer schrecklichen Einsamkeit, sondern erlebte auch all die aus meinem Innern hochgekommenen, unbewältigten Schmerzen. Ich erinnerte mich noch vage an den Namen einer Gemeinde, die einer meiner Studenten, der einzige Christ, den ich kannte, besucht hatte, und so entschloß ich mich, den Abendgottesdienst zu besuchen.

Während ich auf die einfache Evangeliumsbotschaft hörte, kristallisierten sich in meinem Verstand die Gründe heraus, warum sich meine Homosexualität entwickelt hatte. Das Buch *The Broken Image*, einige der Ratschläge von Annelyses Pfarrer, Dave Brown, Leannes Seminar und nun dieser schlichte Prediger – sie alle deuteten in eine Richtung: das Kreuz Jesu. Es war für mich nun offensichtlich, daß meine Homosexualität nichts anderes war als meine sündhafte Reaktion auf die an mir begangenen Sünden und auf die Verletzungen, die diese Sünden meiner Seele beigebracht hatten. Die Homosexualität war eine Abwehr gewesen, die meine Seele aufgebaut hatte, um mit dem Schmerz fertig zu werden. Zum ersten Mal erkannte ich auch, daß meine Homosexualität eine Sünde war, die ich bekennen mußte. Wir der verlorene Sohn am Schweinetrog »in sich ging« (Lk 15,17), so »ging auch ich in mich«, indem ich mich den Sünden meiner Vergangenheit stellte, meinen Sünden wie auch den Sünden anderer, die mich geprägt hatten.

Als der Prediger alle nach vorne rief, die sich mit Gott versöhnen wollten, ging ich zum Altar. Ich hielt meine Tränen mühsam zurück, und mein Körper zitterte unter der Gegenwart Gottes an diesem Ort. Ich stammelte heraus: »Nein, ich habe zu viele Sünden begangen.«

»Das macht nichts; bekenne einfach diese Sünden.« Indem er das zu mir sagte, verhalf er mir zu wirklicher Gnade.

Mit Tränen in meinen Augen bekannte ich alle meine Sünden, die Sünde der Homosexualität eingeschlossen.

Dann sagte dieser Pfarrer zu mir: »Bitte Jesus nun, dir das Buch des Lebens in der Hand des Lammes zu zeigen, und du wirst darin deinen Namen finden, geschrieben mit seinem Blut.« Und ich konnte es sehen!

Dieses Bild von meinem Namen, Mario Bergner, der mit roten Lettern in das Buch des Lebens geschrieben war, sank so tief in meine Seele hinein, daß aus meinem Innersten Tränen der Freude hervorsprudelten. Was dann geschah, kann man nur als ein Wunder bezeichnen.

Der Pfarrer fragte: »Möchtest du den Heiligen Geist empfangen?«

»Sicher«, sagte ich. Ich wußte nicht einmal, daß man um so etwas bitten konnte. Er rief einige der Ältesten herbei. Während einige mir die Hände auflegten, hoben andere meine Arme in die Höhe, und der Pfarrer betete: »Herr Jesus, komm und erfülle diesen jungen Mann mit deinem Heiligen Geist.«

Wie ein kräftiger Windstoß vom Himmel stieg der Heilige Geist in das Innerste meines Seins hinab. All die Angst und Sorge in meinen Eingeweiden verließ mich, und aus meinen Augen strömten noch mehr Tränen der Freude. Sekunden später sprudelte aus mir eine himmlische Sprache hervor. Ich sprach reine Worte des Lobpreises und der Anbetung Gottes.

Als ich an diesem Abend nach Hause fuhr, waren die nagende Furcht, die nackte Angst und dieser Knoten aus verwirrten Gedanken, die mich seit Jahren geplagt hatten, verschwunden. Ich war mit Gott im Frieden. Nüchternheit umgab meine Seele. Ich hatte nicht nur die Vergebung der Sünden und eine mächtige Taufe im Heiligen Geist erlebt, ich war auch von einer dämonischen Besessenheit befreit worden, die sich aufgrund meiner Sünden in meinem Körper festgesetzt hatte.

In dieser Nacht schlief ich zum ersten Mal seit zehn Jahren bis zum Morgen durch. Nach dem Aufwachen stand ich gemächlich auf, ging in die Küche und kochte Kaffee, ging dann nach draußen und starrte den blauen Morgenhimmel an. Immer noch von diesem tiefen Frieden erfüllt, fragte ich Gott: »Träume ich?«

Was in diesen elf Monaten zwischen meinem Krankenhausaufenthalt in Boston und meiner Umkehr in dieser kleinen Kirche in Ohio geschehen war, stellte die Vollendung meiner Bekehrung, die in meiner Jugend ihren Anfang genommen hatte, dar. In dieser Zeit brachten mich meine sündhaften Lebensumstände völlig ans Ende meiner selbst. Paradoxerweise wurde ich gleichzeitig von Jesus gnädig umworben und ins Reich Gottes eingeladen. Dies waren die schmerzhaftesten elf Monate meines Lebens, denn in dieser Zeit bewirkte Gott in mir »ein zerbrochenes und zerschlagenes Herz« (Ps 51,19), das ich ihm schließlich bei meiner Umkehr als Opfer hingeben konnte.

In den Tagen Jesu lautete ein beliebtes Wort der Rabbiner: »Buße ist wichtig, weil sie den Menschen Heilung bringt.«[2] Ich bin Gott dankbar, daß er mich in jenen elf Monaten vor den dummen Lehren beschützt hat, die den inneren Schmerz psychologisieren, statt manches davon, wie es richtig wäre, als Sünde zu benennen. »Denn es wird eine Zeit kommen, in der man die gesunde Lehre nicht erträgt, sondern sich nach eigenen Wünschen immer neue Lehrer sucht, die den Ohren schmeicheln« (2 Tim 4,3). Ein Teil dieses inneren Schmerzes besteht darin, daß die Seele sich danach sehnt, von der Sünde befreit zu werden. Unglücklicherweise erleben manche niemals, was eine tiefe Abkehr von der Sünde, durch die wir Gottes Vergebung erlangen, an Großartigem in unserem Leben bewirkt.

Umkehr unterm Kreuz Jesu ist die grundlegende Heilung für alle, die von einer Not, die ihr ganzes Leben beherrscht, frei werden wollen. Umkehr ist das Heilmittel für die Seele, damit sie zunächst vom Schmerz frei werden kann; denn nur dann kann echte Heilung folgen. Das Kreuz Jesu und die Umkehr, die es verlangt, gaben mir die Kraft, mich ganz von meiner sündhaften Vergangenheit zu lösen. Meine Identität bestand nicht länger darin, daß ich homosexuell war. Ich konnte mich nun auf die herrliche Reise der Identifikation mit Christus begeben. Das heilende Wirken, das Jesus in mir begonnen hatte, konnte nun bis zur Vollendung weitergehen.

*Kapitel 2*

# Aus der Verleugnung herausfinden

## Sich dem Bösen und der Ablehnung stellen

*»Totenreich und Unterwelt liegen offen vor dem Herrn, wieviel mehr die Herzen der Menschen«* (Spr 15,11).

Es liegt in der Familie. Mein Vater wurde in einem hübschen Städtchen in Sachsen, in Deutschland, geboren. Er war das jüngste von dreizehn Kindern und wurde von einem brutalen, autoritären Vater und einer bescheidenen, liebevollen Mutter erzogen. Niemals habe ich meinen Vater irgendeine Geschichte über seinen Vater erzählen hören, in der auch nur ein freundliches Wort vorgekommen wäre. Es ist für mich offensichtlich, daß mein Großvater meinen Vater nie als Person geachtet oder als Mann bestätigt hat. Als Folge davon konnte mein Vater mich nicht wirklich als Mann bestätigen. Die Sünden meines Großvaters gegenüber meinem Vater prägen diesen bis heute.

Mein Vater ist von den bösen Einflüssen einer Jugend im Nazideutschland noch nicht frei geworden. Seine persönlichen Ansichten sind durchtränkt vom Antisemitismus und der Idee vom weißen Herrenmenschen, die er einst in der Schule gelernt hat. Zwischen 1945 und 1948 war er in amerikanischer Kriegsgefangenschaft. In einem der vielen amerikanischen Gefangenenlager entlang des Rheins lebte er über ein Jahr im Freien in einem Drahtpferch. Er schlief in einem Dreckloch und hörte Nacht für Nacht die Schreie von Hunderten seiner Landsleute, die an Hunger starben. Irgendwie schaffte er es durch die Gnade Gottes zu überleben. Dann lieferten ihn die Amerikaner den Franzosen aus. Er wurde in ein Kriegsgefangenenlager in Soulac, in Frankreich, verlegt. Als er dort ankam, wog er noch etwa vierzig Kilo.

Seine Kindheit und die Gefangenschaft machten meinen Vater zu einem Menschen, wie es Gott sicher nie gewollt hatte. Seine Zerbrochenheit bewirkte, daß er sich seiner Familie gegenüber oft versündigte. Häufig schien er nicht in der Lage zu sein, sich zu kontrollieren, und er war völlig von dem tiefsitzenden Schmerz, dem Haß und der Wut abhängig, die in seiner

Seele saßen. Auch ich entwickelte mich in eine ähnliche Richtung, doch Jesus trat in mein Leben und durchbrach dieses Muster der Sünden der Väter, die auch die Kinder noch heimsuchen (vgl. Ex 20,5).

Mein Vater mußte die Menschen um ihn herum kontrollieren. Da es ihm nicht gelang, andere als Personen zu behandeln, die es zu achten gilt, betrachtete er die Menschen, die ihm am nächsten standen, nur als bloße Erweiterungen seiner selbst. Die Liebe, die er uns entgegenbrachte, war nicht bestätigend, sondern krankhaft, eine Liebe, die keine Grenzen zwischen sich selbst und uns kannte. Er manipulierte und kontrollierte seine Frau und seine Kinder und brachte sie dazu, Dinge zu tun, die er als ein Zeichen ihrer Liebe zu ihm betrachtete. Seine Forderungen waren so verwirrt und so alles verschlingend, daß alle, die in seine persönliche Welt hineingerieten, schließlich das Gefühl hatten, von seinen manipulativen Tricks verdorben zu werden. Ich kam am Ende zu dem Schluß, daß man es ihm einfach nicht recht machen konnte. Man wird ihn nicht davon überzeugen können, daß er jemals wirklich geliebt worden sei. Um mich von seiner zerstörerischen Kontrolle loszureißen, verließ ich mit zwanzig, verzweifelt und verbittert, für immer mein Elternhaus.

Mein Vater weiß, wie es ist, wenn man sowohl Opfer als auch Täter ist. Er war und ist ein gebrochener Mann, der die erlösende Liebe Christi braucht. Ich kämpfte noch mehrere Jahre, nachdem ich ihm bereits vergeben hatte, mit dem Bemühen, sein böses und falsches Verhalten mir, meinen Schwestern und meiner Mutter gegenüber zu verstehen. Noch mehr verwirrte mich, daß es einige seltene Gelegenheiten gab, bei denen er sanft und freundlich war. Seine Liebe zur Natur, zum Garten und zu Tieren war etwas, das ich bei den Vätern der Freunde meiner Kindheit selten erlebt hatte.

Meine Mutter wuchs in einer Weingegend Südfrankreichs auf. Sie war die Zweitälteste von sechs Mädchen, die von einer kalten, distanzierten Mutter und einem zärtlichen, aber alkoholabhängigen Vater großgezogen wurden. Fünf der sechs Mädchen heirateten Alkoholiker. Meine Mutter war die einzige, die das nicht tat; doch zweifellos entsprachen die Probleme meines Vaters an Schwere denen eines Menschen, der unter Alkoholabhängigkeit leidet. Er benutzte ständig spöttische und erniedrigende Bemerkungen, um meine Mutter klein zu halten.

Nach dem Krieg brandmarkten die Franzosen meine Mutter als Kollaborateurin, weil sie ein halb französisches und halb deutsches Kind, meine Schwester Maryse, zur Welt brachte. Sie behandelten sie und ihre Tochter auf gemeine und entwürdigende Art.

Obwohl meine Mutter uns ohne Zweifel liebte, beugte sie sich doch manchmal dem Bösen, das meinen Vater beeinflußte, und versäumte es, ihre Kinder zu schützen oder ihre eigenen Rechte als menschliches Wesen durchzusetzen. Sie entschuldigte das Verhalten meines Vaters, indem sie uns an »das harte Schicksal« erinnerte, »unter dem er hatte leiden müssen«, oder indem sie uns sagte, wie brutal er als Kriegsgefangener behandelt worden war. Beides stimmte, doch keines von beidem kann ein Verhalten entschuldigen, das nicht zu entschuldigen ist.

Meine Mutter wußte nicht, zwischen sich und anderen die richtigen Grenzen zu ziehen. Oft vertraute sie mir Dinge an, die eine Mutter ihrem Sohn nicht anvertrauen sollte. Zwischen uns entstand eine ungesunde Bindung, die zu der homosexuellen Neurose beitrug, die sich in mir entwickelte. Diese ungesunde Beziehung, die manche Psychologen »emotionalen Inzest« nennen, verkehrt die Rollen zwischen dem Kind und dem betreffenden Elternteil. In meinem Fall wurde ich zum Ersatzehemann meiner Mutter. Hemfelt, Minirht und Meier schreiben dazu:

> *»An dieser Stelle wurde eine liebevolle Bezeihung zwischen Elternteil und Kind irgendwie auf den Kopf gestellt. Im Denken des betreffenden Elternteils existiert der (selten bewußt reflektierte) Gedanke: ›Mein Ehepartner ist mir ziemlich egal, aber ich habe dieses Kind, das ich mehr liebe als alles andere.‹«*[3]

Im Endeffekt brauchte ich Gebet, um mich emotional von meiner Mutter zu scheiden und wieder gesund zu werden. Schließlich mußte ich die korrekten emotionalen Grenzen zwischen uns ziehen, um gesund bleiben zu können.

## Mangel an Zuwendung im Elternhaus

Meine Mutter wie auch mein Vater hatten vor ihrer Heirat schlimme Verluste durchmachen müssen. Meine Mutter mußte zusehen, wie das Geschäft ihres Vaters im Zweiten Weltkrieg zweimal bombardiert und zerstört wurde. Mein Vater erzählte mir einmal, daß er gegen seinen Willen in die deutsche Wehrmacht eingezogen worden war und daß dies für ihn damals so gewesen sei, als habe man ihn vorzeitig aus dem Schoß seiner Mutter herausgerissen. Er verlor sieben Geschwister im Krieg. Meine Eltern waren beide Jugendliche, als der Krieg begann. Sie verloren ihre Kindheit, ihre Angehörigen, ihre ihnen vertraute Heimat, ihr Zuhause und ihren erstgeborenen Sohn. Kurzum: Sie verloren alles, was ihnen in ihrem Leben vertraut gewesen war.

Der Schaden, den die Persönlichkeit eines Menschen bei so tiefgreifenden Verlusten nimmt, läßt sich nicht beschreiben. Wenn Menschen mit einem solchen Verlust an Geborgenheit und Zuwendung heiraten, dann versuchen sie, durch den Neuanfang das wiederzugewinnen, was sie verloren haben. Die neugegründete Familie wird zum Mittel, mit dem sie den Schmerz der Vergangenheit zu heilen versuchen. Sie bringen für diese Familie unglaubliche Opfer. Mein Vater hatte zwei oder drei Jobs gleichzeitig, um uns aus der Armut zu führen. Mit bloßer Willenskraft baute er ein erfolgreiches Unternehmen auf, erreichte ein gutes Einkommen, baute ein großes Haus in einer Vorortgegend und schickte seine Kinder aufs College. Er hatte sich vorgenommen, uns das zu geben, was ihm versagt gewesen war. Er und meine Mutter arbeiteten schwer, um unser Leben so gut wie möglich zu machen. Dafür liebe und achte ich sie.

Doch tief in ihrem Innern hatten die Verluste der Vergangenheit, ohne daß sie etwas dafür konnten, eine tiefe Leere hinterlassen. Die Leere verhinderte, daß sie für ihre Kinder emotional präsent waren, vor allem gerade dann, als diese es am meisten gebraucht hätten. Meine Eltern konnten uns das nicht geben, was sie selbst entbehrt hatten. So erlebten auch wir einen tiefen Mangel an Liebe und Zuwendung.

Mehr noch, wir sahen uns offener Boshaftigkeit und Ablehnung im Elternhaus gegenüber und es fehlten uns die grundlegendsten Dinge für eine emotional gesunde Kindheitsentwicklung. Wir aßen als Familie selten zusammen. Unsere Eltern lasen uns nie etwas vor. Sie behandelten uns nicht mit Würde und der Achtung gegenüber kleinen Personen, die zu Persönlichkeiten heranwachsen. Wenn uns etwas verletzt hatte, rannten wir selten zu Mama oder Papa, um uns trösten zu lassen. Manchmal rannten wir zu den eigenen Geschwistern. Meistens zogen wir uns in uns selbst zurück.

Wir waren in unserer Familie sieben Personen. Wir konnten alle zugleich zu Hause sein, und doch war jeder von uns völlig einsam. Wir besaßen nie die richtigen familiären Bindungen, die für eine gesunde emotionale Entwicklung nötig waren. Wir waren einander entfremdet. Nur in Zeiten größter Not hielten wir als Familie zusammen. Doch in den normalen, alltäglichen Schwierigkeiten waren wir nicht füreinander da.

Dick Keyes schreibt in seinem ausgezeichneten Buch *Beyond Identity* [»Was unsere Identität ausmacht«]:

> *»Wir wachsen nicht auf uns allein gestellt zu Individuen heran und finden unsere Identität nur im Kontext vieler verschiedener Beziehungen – zu den Eltern, zu Brüdern und Schwestern, zu älteren Verwandten, zum Ehepartner, zu den Kindern, zu Kollegen und zu Freunden.«*[4]

In diesen primären Familienbeziehungen entwickelt sich das Verständnis für das eigene Selbst. Wenn diese notwendigen Beziehungen fehlen, besitzen Kinder im Innersten ihrer Persönlichkeit womöglich niemals ein solides Bewußtsein für ihr eigenes Sein. Sie blicken auf andere und erwarten, daß diese ihnen sagen, wer sie sind. Meine Eltern versuchten, ihr Bewußtsein für ihr eigenes Selbst von ihren Kindern zu bekommen. Der Homosexuelle, der sich in seiner geschlechtlichen Identität unsicher ist, versucht, sich an Menschen des eigenen Geschlechts anzuhängen, um so seine Identität zu finden.

Wenn die emotionalen Grundbedürfnisse eines Kindes nicht befriedigt werden, so führt dies zu einer Art »Deprivationsneurose«, zu einem heftigen inneren Schmerz, der den Betreffenden zu dem Versuch treibt, dieses Defizit aufzuholen. Das Kind hat noch nie eine richtige Bindung an einen anderen Menschen erlebt und kennt folglich den Frieden nicht, den es bedeutet, wenn man sich in der Liebe eines anderen Menschen geborgen fühlt. Daraus entsteht ein pervertierendes Gefühl der inneren Leere. So kann der Versuch, diese Leere zu füllen, zur treibenden Kraft im Leben dieses Menschen werden. Er oder sie entwickelt womöglich überzogene Bindungen an Menschen, Dinge oder Suchtmittel. Diese Leere kann auch eine tiefe Angst hervorrufen. Wenn dies geschieht, dann wird die Linderung dieser Angst für den Menschen, der unter Deprivation[5] leidet, extrem wichtig.

Deprivation ist gekennzeichnet durch starke negative Gefühle, die unter Umständen den gesunden Menschenverstand in den Hintergrund drängen. Neid, Haß, Zorn und Ablehnung sind womöglich die einzigen Gefühle, die dieser Mensch empfindet. Er oder sie neigt dazu, subjektiv, aus diesen Gefühlen heraus, zu handeln. Anders als Menschen, die in der Lage sind, solche Gefühle durch intellektuelle und andere Abwehrmechanismen zu unterdrücken, kann der an Deprivation leidende Mensch die negativen Gefühle nicht unterdrücken. Um zu kompensieren, entwickelt er oder sie unter Umständen eine Sucht, die Vergnügen bereitet – Alkohol, Essen, Zigaretten oder Sex. Als Erwachsene können manche, die unter Deprivation leiden, nur sexuelles Verlangen fühlen. Deshalb erotisieren sie alle ihre Beziehungen.

Ein Mensch mit Deprivation fühlt sich häufig intellektuell inkompetent. Ein Mensch kann selten intellektuell richtig funktionieren und zum Beispiel sein volles akademisches Potential in Schule oder Studium entfalten, wenn keine sichere emotionale Basis vorhanden ist. Wenn die häusliche Umgebung diese Sicherheit nicht hervorbringt, dann bleiben die meisten Kinder in ihren schulischen Leistungen unter ihren Fähigkeiten. So war es bei uns zu Hause. Keiner von uns erzielte gute schulische Leistungen, bis wir von zu Hause fortgingen und über Freunde beziehungsweise Ehepartner ein emotionales Versorgungssystem aufbauten, das uns während unserer Ausbildung trug. Das folgende Zitat aus *Healing the Unaffirmed* [»Heilung des Unbestätigtseins«] von Dr. Conrad Baars und Dr. Anna Terruwe spiegelt meine eigenen Schwierigkeiten bei intellektuellen Zielsetzungen wider:

*»Ein Mädchen mit einer schweren Deprivationsneurose hatte immer den Eindruck, sie sei nicht in der Lage, etwas gut zu machen, obwohl sie in fast allen Gebieten ungewöhnlich begabt war. Sie besaß eine überdurchschnittliche Intelligenz, war künstlerisch sehr begabt und war auch in Handarbeiten sehr geschickt. Doch ihre Arbeiten wurden nie fertig; wenn sie etwas anfing, dann gab sie nach einer Weile auf und entschuldigte sich damit, daß sie ›es ja doch nie fertigstellen könnte!‹ Nach einem Jahr Behandlung überwand sie jedoch ihre Ängste und konnte bei den Dingen, die sie anfing, durchhalten. Nun gelang ihr alles, was sie sich vornahm. Erst da erzählte sie uns, wie sie zuvor niemals etwas lernen wollte, weil sie Angst hatte, zu versagen.«*[6]

Erst nachdem ich durch die Gemeinde, durch Leanne Payne und das Team von *Pastoral Care Ministries* Heilung und Bestätigung fand, wagte ich es, mein Grundstudium zu beenden. Leanne machte mir in dieser Zeit viel Mut. Sie ermahnte mich liebevoll, das Studium fortzuführen, und versicherte mir, daß ich die Ausbildung, die ich vor Jahren begonnen hatte, mit Gottes Hilfe abschließen konnte.

Deprivation kann sich in einem Menschen auch durch »vom Willen getragene Beziehungen« manifestieren, wie Dr. Baars und Dr. Terruwe bestimmte Beziehungsformen nennen. Weil diesem Menschen die tiefen positiven Emotionen fehlen, die wir normalerweise in einem liebevollen und sicheren häuslichen Umfeld gewinnen, kann er oder sie keine Freundschaften aufbauen, die sich auf positive Gefühle gründen. Daher sind viele solcher Freundschaften einzig vom Willen getragene Beziehungen.

*»Freundschaft setzt einen gegenseitigen Austausch von Gefühlen voraus, man muß emotional aufeinander eingestimmt sein. Doch gerade das fehlt bei einem Menschen mit Deprivationsneurose. ... Deprivationsneurotiker sind vielleicht in der Lage, oberflächliche Kontakte mit Bekannten, ja sogar guten Bekannten, aufzubauen, doch diese Kontakte entwickeln sich niemals zu emotional befriedigenden Freundschaften.*

*Es wundert daher nicht, daß alle Deprivationsneurotiker sagen, sie fühlten sich einsam.«*[7]

Mir ging es jedenfalls so. Zehn Jahre lang zog ich von einer Stadt zur anderen. Es war leicht, von einem Ort wegzugehen und zum nächsten zu ziehen, weil ich, abgesehen von den Familienbeziehungen und Freunden aus Kindertagen, keine festen, verbindlichen Beziehungen hatte. Auch halfen mir meine guten sozialen Fähigkeiten, mit Leichtigkeit oberflächliche Freundschaften zu initiieren und am Leben zu halten. Wenn ich in ein neues Lokal ging, konnte ich schnell viele »neue Freunde« um mich sammeln. Doch ich habe von diesen vielen Jahren nicht einen Freund zurückbehalten. Im Gegensatz dazu sind meine heutigen Freundschaften dauerhafte, zutiefst verbindliche Beziehungen, die auf gegenseitiger Verletzlichkeit und Vertrauen beruhen.

Ein weiteres Merkmal der Deprivation ist Überempfindlichkeit. Die negativen Gefühle, die bei einem Menschen mit Deprivation zugrunde liegen, werden unbewußt ständig in die gegenwärtigen Beziehungen hineingetragen. Die leiseste Kritik eines anderen kann tiefe Gefühle von Ablehnung oder Zorn hervorrufen. Manchmal wird sogar das zugrundeliegende Gefühl der Ablehnung auf Beziehungen oder Situationen projiziert, in denen eigentlich gar keine Ablehnung stattfindet. Als Folge davon fühlen sich Menschen mit Deprivation häufig abgelehnt, obwohl keine wirkliche Ablehnung vorhanden ist.

Meine tiefe Angst vor der Ablehnung führte dazu, daß ich andere Menschen auf Distanz hielt. Ich konnte zwar bei gesellschaftlichen Ereignissen unterhaltsam sein, doch ich ließ es nicht zu, daß mich jemand wirklich kennenlernte. Wenn mir jemand zu nahe kam, baute ich eine schützende Mauer der Unverwundbarkeit auf. Oftmals machten Bekannte Bemerkungen darüber, wie reserviert und distanziert ich wirkte.

Deprivation kann sich auch in paranoiden[8] Gefühlen äußern. Ich meine nicht Paranoia in dem Sinne, daß jemand ein auf Wahnvorstellungen beruhendes Gedankensystem zurechtspinnt – wie der Mann, der glaubt, die CIA plane einen Anschlag auf sein Leben. Ich meine Paranoia im Sinne eines tiefen Mißtrauens anderen gegenüber, basierend auf einer Unfähigkeit, ihnen zu vertrauen. Ein Mensch mit Deprivation hat nie die tiefen Vertrauensbeziehungen zu denen erlebt, die zu Hause primär für ihn gesorgt haben. Folglich geht er oder sie mißtrauisch neue Beziehungen ein. Wenn es in bestehenden Beziehungen zu Konflikten kommt, reagiert ein Mensch mit Deprivation womöglich übertrieben und unterstellt anderen Motive, die einfach nicht vorhanden sind.

## Aus der Verleugnung herausfinden

Schmerzliche, geheimnisvoll erscheinende Geschichten über die Schrecken des Krieges füllten meine Kindheit. Jeder in der Familie wußte, daß man dieses Thema besser nicht ansprach. Manchmal erwachte ich nachts aus dem Schlaf und hörte meinen Vater voller Schmerz schreien. Danach konnte ich die sanfte Stimme meiner Mutter hören, die ihn aus einem seiner vielen Alpträume aus der Gefangenschaftszeit aufweckte. Im Verlauf unseres Familienlebens explodierte mein Vater häufig wie ein Vulkan – angefüllt mit heißglühendem Zorn. Oft geschah dies ohne einen ersichtlichen Grund. Er erfüllte problemlos die Diagnose-Kriterien für eine post-traumatische, streßbedingte Störung[9]. Die zerstörerischen Folgen des Krieges waren in unserem Zuhause allgegenwärtig.

Die ungesunden Beziehungsmuster, die man in schlecht »funktionierenden« Familien findet, und die Überlebensrollen des Retters, des verlorenen Kindes, des Maskottchens und des Sündenbocks fanden sich allesamt in unserer Familie. Diese Rollen, die meine Schwestern und ich annahmen, machten es uns möglich, inmitten unseres chaotischen Familienlebens zu funktionieren. Dennoch hatten sie ihre schädlichen Seiten. Wir erkannten nicht, daß die Verhaltensmuster, die mit diesen Rollen verbunden waren, eine Folge von Störungen innerhalb der Familie waren, und wir nahmen diese gestörten Verhaltensweisen in unser Leben als erwachsene Christen mit.

Wie die meisten Kinder aus Familien ohne echtes Familienleben bewältigten wir den intensiven Schmerz, indem wir eine Haltung der Verleugnung einnahmen. Verleugnung kann man definieren als die bewußte oder unbewußte Weigerung, in einer bestimmten Sache der Realität ins Auge zu sehen. Wenn ein solcher Schmerz nicht umgehend geheilt werden kann, kann die Verleugnung einen Menschen davor bewahren, daß er als verletztes, nutzloses Etwas durchs Leben geht. In unserer Familie waren die Störungen so offensichtlich, daß wir bestimmte Dinge einfach nicht leugnen konnten. Trotzdem haben wir mit Erfolg das Ausmaß der Ausfallerscheinungen in unserer Familie und das Maß, in dem wir persönlich von diesem ungesunden Umfeld betroffen waren, einfach ignoriert.

Ich mußte über mehrere Perioden hinweg aus dieser Verleugnung herausfinden, da ich alles auf einmal nicht verkraftet hätte. Am schwierigsten war für mich, mir selbst einzugestehen, wie sehr mein Vater die Seite des Bösen gewählt hatte. Ich konnte manches von seinem boshaften Verhalten zugeben, doch niemals alles. Eine fühlbare Gegenwart des Bösen durchzog unser Zuhause.

Dr. Scott Pecks Buch »Die Lügner« half mir sehr, die Psychologie des menschlichen Bösen zu verstehen – sowohl seinen zerstörerischen Einfluß auf meinen Vater als auch sein Vorhandensein in den Tiefen meines Herzens. Die Einleitung zu Dr. Pecks Buch trägt den Titel »Vorsicht!«. Der Autor warnt seine Leser, daß mancher die Informationen dieses Buches mißbrauchen könnte, um anderen zu schaden. Er mahnt zur Vorsicht:

*»Es ist leicht, böse Menschen zu hassen. Aber denken Sie bitte an den Rat des Heiligen Augustinus, die Sünde zu hassen, aber den Sünder zu lieben. Erinnern Sie sich daran, wenn Sie einen bösen Menschen enttarnen: ›Das bin ich – ohne Gottes Gnade!‹«*[10]

Ich ringe damit, ob es richtig ist, einen anderen Menschen als hoffnungslos böse zu bezeichnen. Selbst die widerwärtigsten Sünder haben Erlösung am Kreuz erfahren. Und in jedem Menschen, egal, wie sündhaft er sein mag, bleiben verborgene Spuren dessen zurück, was es heißt, als Ebenbild Gottes geschaffen zu sein. Über die Zeiten hinweg haben die großen Heiligen des Christentums gelehrt, daß jeder Mensch das Kreuz Christi braucht, egal, was er getan hat. Von Katharina von Siena heißt es:

*»So groß ihre Abscheu vor der Sünde auch gewesen sein mag, nie wurde von ihr berichtet, daß sie vor einem Sünder, und sei er noch so verwerflich, zurückgewichen sei, solange noch die Hoffnung bestand, ihn zu Besserem zu gewinnen. Sie sah die Möglichkeiten, die unter einem nicht sehr vielversprechenden Äußeren verborgen lagen, und sie glaubte fest an die Existenz eines ›besseren Ichs‹ in der menschlichen Natur, so gefallen sie auch ist, jenes ›besseren Ichs‹, das Menschen Kraft und Mut gibt, das ›schlechtere Ich‹ zu überwinden.«*[11]

## Die Dinge sehen, wie sie sind – ein Geschenk Gottes

Glücklicherweise war ich in dieser Zeit, als ich aus der Verleugnung herausfand, sowohl durch meine Gemeinde als auch durch meine Arbeit bei *Pastoral Care Ministries* von liebevollen Christen umgeben. Diese teuren Freunde ermutigten mich sehr, mich dem Bösen in meinem Vater objektiv zu stellen, den wirklichen Menschen in ihm, für den Jesus gestorben ist, zu lieben und für seine Erlösung zu beten. Um das fertigzubringen, mußte Gott mir die Fähigkeit geben, die Dinge so anzuschauen, wie sie sind.

Leanne Paynes Buch »Krise der Männlichkeit« war in diesem Bereich eine außerordentliche Hilfe für mich. Sie schreibt:

*»Ein Kind kann selten zwischen den Eltern als Personen und ihrer Sünde, Krankheit oder Schwäche differenzieren. Für das Kind sind die Eltern und ihr Verhalten ein und dasselbe. Um später frei zu sein, muß der Sohn oder die Tochter diese Differenzierung lernen. Er/sie muß die Sünde vergeben und den Sünder annehmen. Um das tun zu können, müssen sie von Gott die Fähigkeit bekommen, die Dinge so anzusehen, wie sie wirklich sind. …*
*Es ist ein hartes Stück Arbeit, mit der Finsternis bei den eigenen Eltern konfrontiert zu werden und sie einzugestehen. Aber durch Gebet können die Widerstände gegen eine solche Konfrontation und Benennung überwunden werden. Nur so können die betroffenen Menschen ihre Identität sowohl von der der Eltern als auch von vergangenen Situationen trennen und zu wahrer Vergebung gelangen. Und nur so können sie auch damit beginnen, die volle Verantwortung zu übernehmen für ihre eigenen schmerzlichen Reaktionen auf das Problem. Sie können in dieser Angelegenheit ihrerseits Buße tun und ihre Sünden bekennen.«*[12]

Indem die Heilung mein Herz erreichte, wurde ich frei, meinen Vater objektiv zu lieben, ohne von ihm eine Gegenleistung zu erwarten. Wenn bei bestimmten Gelegenheiten das »bessere Ich« in meinem Vater sichtbar wird, so kann ich mich darüber freuen und es in ihm bestätigen.

Ich erinnere mich gern an einen Besuch bei meinen Eltern, als das »bessere Ich« meines Vaters einen ganzen Nachmittag lang zu Tage trat. Nachdem wir auf der Terrasse gegessen hatten, schlug mein Vater, der ja ein großer Liebhaber der Natur ist, vor, im nahen Park spazierenzugehen. Als wir losgingen, nahm er sanft die Hand meiner Mutter und sie schwenkten im Gehen die Arme. Öffentliche Äußerungen von Zärtlichkeit waren zwischen ihm und meiner Mutter immer sehr selten gewesen. Nachdem wir den Park erreicht hatten, sagte er mir, daß wir im Bach eine Ente mit ihren sechs Jungen sehen könnten, wenn wir dem Fußweg weiter folgten. Wir trafen tatsächlich auf die glückliche Entenfamilie. Mein Vater gebot uns, ruhig zu sein, um sie nicht zu stören. Gegen Ende des Spaziergangs kletterten wir auf einen ansehnlichen Hügel, auf dem ich früher während der langen, schneereichen Winter Wisconsins immer Schlitten gefahren war. Neben dem Hügel verlief eine Eisenbahnlinie. In der Ferne konnten wir den näherkommenden Zug pfeifen hören.

»Laßt uns warten, bis der Zug vorbeikommt«, sagte mein Vater. Als er da war, zählten meine Mutter und mein Vater die Waggons, wobei jeder seine Muttersprache benutzte. Am Ende rief sie die Zahl der Waggons auf französisch aus, während er gleichzeitig die Zahl auf deutsch sagte. Sie freuten sich, daß sie auf die gleiche Zahl gekommen waren und lachten.

Leider herrscht in meinem Vater jedoch meistens das falsche, stolze »schlimmste Ich« vor – jenes Ich, das mich als Kind so sehr verletzt hatte. Zwischen diesem Teil meines Vaters und mir mußte ich einige sehr klare Grenzen ziehen, damit mich das Böse in ihm nicht mehr verletzen konnte. Meine Achtung vor meinem Vater besteht nun darin, daß ich ihm keine Gelegenheit mehr gebe, an mir schuldig zu werden.

## Gescheiterte Versuche, das Böse zu verstehen

Bevor ich mit Gottes Hilfe lernte, mich der Wirklichkeit zu stellen, verfiel ich bei dem Versuch, das Böse in meinem Vater, in den Lebensumständen meiner Eltern und in unserer Familie zu begreifen, in zwei Extreme. Diese zwei Extreme bestanden in der Intellektualisierung und in der Überspiritualisierung. Dies waren Verteidigungsmechanismen, die ich neben der Verleugnung benutzte, um den inneren Schmerz unter Kontrolle zu halten.

Als ich in der Intellektualisierung gefangen war, spielte ich die Geschehnisse der Vergangenheit, besonders jene schrecklichen Momente unseres Familienlebens, die mir so sinnlos und grausam erschienen, endlos in meinen Gedanken durch. Ich versuchte, die psychologischen Verletzungen zu verstehen, die einen Menschen dazu brachten, sich gegenüber einem anderen menschlichen Wesen so furchtbar zu benehmen. Da ich hoffte, durch einen Einblick in die Schrecken des Zweiten Weltkriegs Antworten auf diese Frage zu finden, las ich mehrere Bücher zu diesem Thema. Kurz vor meiner Rückkehr zu Christus las ich Viktor Frankls *Man's Search for Meaning* [»Die Suche des Menschen nach dem Sinn«]. Ich erkannte darin eine große Wahrheit – die primäre Hoffnung des Menschen aufs Überleben gründet sich auf seine Beziehungen. Viele, die die Konzentrationslager Nazideutschlands überlebten, lebten nur auf den Tag hin, an dem sie wieder bei den Menschen sein würden, die sie liebten. Einigen genügte schon das Bild eines geliebten Menschen tief in ihrem Herzen, um genug Nahrung und Kraft für ihren Durchhaltewillen zu finden.

Nachdem ich zu Christus zurückgekehrt war, versuchte ich das Böse, das ich in meinem Vater, in mir und in der Welt sah, aus einer rein geistlichen Perspektive zu interpretieren. Nun tendierte ich dazu, das böse Verhalten meines Vaters (und anderer aus meiner Vergangenheit) damit zu erklären, indem ich darin nur noch dämonische Einflüsse sah. Ich fragte mich sogar einmal, ob Hitler eine Verkörperung des Teufels selbst gewesen sei.

Doch diese Haltung entschuldigt das Böse der Menschheit, da es die Schuld dafür allein dem Satan gibt. Wenn wir auch sagen können, daß der Satan das Böse in die Welt hereingebracht hat, so dürfen wir ihn doch nicht dafür verantwortlich machen, daß sich Menschen dazu entscheiden, diesem Bösen zu folgen. Wenn wir dem Satan die Schuld zuschieben, nehmen wir letztlich dem Menschen seine Verantwortung vor Gott. Er braucht dann auch nicht umzukehren.

»Der Sohn Gottes aber ist erschienen, um die Werke des Teufels zu zerstören« (1 Joh 3,8), das wußte ich. Wenn die Bibel uns auch nicht erklärt, wie Gott im Angesicht des Bösen der Welt gut und souverän bleiben kann, so zeigt sie uns doch Gottes Heilmittel gegen das Böse. Sie gibt uns sogar vier Berichte über dieses großartige Heilmittel – die Evangelien von Matthäus, Markus, Lukas und Johannes. Als ich betend zu Füßen des Kreuzes saß, erkannte ich, daß die Menschwerdung Gottes, sein Tod am Kreuz, zur Überwindung des Bösen und die Übernahme der Schuld der ganzen Welt durch das Böse in der Welt und in den Menschen nötig geworden war.

Manchmal hatte ich den Eindruck, während ich vergeblich versuchte, hinter das Warum und Wie des Bösen zu kommen, als schwebe mein Verstand irgendwo zwischen Wahnsinn und Normalität. In den Augenblicken, in denen ich fürchtete, das Leben sei nur ein gemeiner Witz oder ich würde nie völlig geheilt werden, wurde mein Herz durch das Bild Jesu am Kreuz genährt und gestärkt. Dann bat ich einfach nur darum, Jesus am Kreuz sehen zu können, wie er stirbt, um die Sünden der Welt auf sich zu nehmen. Manchmal betete ich einfach nur immer wieder den heiligen Namen: »Jesus, Jesus, Jesus, …«, bis meine Seele getröstet wurde. Im Namen des Herrn ist Kraft.

Bei anderen Gelegenheiten ging ich in eine katholische Kirche, setzte mich in die hinterste Reihe und schaute zu dem riesigen Kreuz über dem Altar hinauf. So ließ ich mir durch das Bild Jesu am Kreuz helfen und durfte erleben, was es heißt, erlöst zu sein. Wie das Bild eines geliebten Menschen Gefangene im Angesicht des Bösen in den Konzentrationslagern getragen hat, so nährte und heilte mich das Bild Jesu, während mein Körper und meine Seele vor Schmerz über das Böse, das meine Kindheit dominiert hatte, zitterten.

Corrie und Betsie ten Boom waren, zusammen mit ihrem Vater und ihrem Bruder, in der holländischen Widerstandsbewegung. Sie versteckten

Juden vor den Nazis und halfen ihnen bei der Flucht in die Freiheit. 1944 wurde die gesamte Familie verhaftet, und Corrie und Betsie wurden ins Konzentrationslager Ravensbrück geschickt. 96 000 Frauen starben in Ravensbrück. Betsie ten Boom war eine davon. Doch bis zu ihrem Tode hielt Betsie an einem Spruch über Jesus fest, der viele im Glauben ermutigte und ihnen half, durch die Schrecken dieses Ortes hindurchzukommen: »Es gibt keine Grube, die so tief ist, daß Jesus nicht noch tiefer wäre.«[13]

Im Gebet vor dem Kreuz konnte ich Gott all diese Warum-Fragen stellen, die leidende Menschen bewegen. »Warum läßt du mich die Macht des Bösen erleben und siehst der Unterdrückung zu?« (Hab 1,3). Eines Tages wurde ich im Gebet daran erinnert, daß auch Jesus am Kreuz Gott eine solche Warum-Frage gestellt hatte: »Mein Gott, mein Gott, warum hast du mich verlassen?« (Mk 15,34). Da wurde mir bewußt, daß der Vater diese Warum-Frage Jesu nicht beantwortet hat (ebenso wenig wie die des Propheten Habakuk). Doch drei Tage später antwortete Gott, indem er Jesus vom Tod auferweckte. Wir werden vielleicht niemals Antworten auf unsere Warum-Fragen bekommen, aber wir werden durch die Auferstehung Jesu, die uns im Gebet zugänglich ist, Trost für unseren Schmerz finden.

Schließlich lernte ich, mich auf das Heilmittel zu konzentrieren und die viel wichtigeren Wie-Fragen zu stellen. »Wie kann ich die heilende Kraft des Kreuzes auf diese Situation wirken lassen, Herr?« Die Antwort bestand darin, inmitten des Schmerzes aufzublicken und von mir weg zu schauen, den Schmerz zuzulassen und dabei die Augen ganz auf Christus zu richten, wie er von den Toten auferstanden ist und die Sünde und das Böse besiegt hat.

## Kein Raum in der Herberge

Durch weitverbreitete Informationen über die Folgen eines Lebens in einer Familie, die keine war, haben viele Menschen zur Wahrheit gefunden, die sie frei gemacht hat. Die negative Seite dieser Unmenge an Erkenntnissen besteht in dem Trend, das Trauma einer solchen gestörten Familie herunterzuspielen, indem ein Denkmodell geschaffen wird, das auf so viele Familien zutrifft. So kann es geschehen, daß wir übersehen, daß jede Familie ihre eigene Geschichte hat und keine von ihnen einfach nur als eine nicht-»funktionierende« Familie unter vielen betrachtet werden sollte.

Nur im Gebet offenbart Gott, wie einmalig jeder Familienverbund ist. Keiner gleicht dem anderen. Das besondere Leiden und die einmalige

Deprivation aus meiner Familiengeschichte könnte von keinem psychologischen System jemals angesprochen werden. Nur die alles umfassende Einwirkung des Kreuzes konnte sie heilen. Ich verstand nicht, welche wichtige Rolle das tiefe Gefühl der Ablehnung, das sich bis in die Vergangenheit meiner Eltern im vom Krieg zerrütteten Europa zurückverfolgen läßt, bei dem Disaster in meiner Familie spielte. All dies wurde mir eins nach dem anderen klar, während ich betete.

An einem Wochenende fuhren einige meiner Freunde und ich zu einer Heilungskonferenz in der *College Hill Presbyterian Church* in Cincinnati, Ohio. Als Vorbereitung für dieses Wochenende arbeiteten wir ein kleines Buch von Dr. Gary R. Sweeten mit dem Titel *Breaking Free from the Past* [»Von der Vergangenheit loskommen.«] durch.[14] Zwei Monate lang bearbeiteten wir die Aufgaben, zu denen auch gehörte, die eigene Familiengeschichte zu erkunden. Als wir uns zu diesem Einkehrwochenende trafen, besaßen wir bereits ein recht gutes Bild darüber, wie unsere Familiengeschichte aussah.

Der Aufbau der Konferenz sah auch Kleingruppen vor, in denen füreinander für die Freisetzung von allem Zerstörerischen aus der Vergangenheit gebetet wurde. Das Gebet für jeden einzelnen dauerte etwa eineinhalb Stunden. Am späten Samstagnachmittag kam ich an die Reihe. In der Zeit zwischen unserer Ankunft am Freitagabend und Samstagnachmittag hatte mich Gott an die vielen schmerzhaften Geschichten aus der Vergangenheit erinnert, über die in meiner Familie nie gern geredet worden war. Nun schienen sich für mich sechsundzwanzig Jahre, in denen wir diese Familiengeschichten umgangen hatten, in einem einzigen Thema zu kristallisieren: »Kein Raum in der Herberge.«

Der Leiter meiner Kleingruppe sagte: »Du bist dran, Mario.«

Ich hielt die Tränen zurück und antwortete: »Ja, ich weiß. Ich kann es nicht sagen.« Meine Kehle war vor Schmerz wie zugeschnürt, und ich konnte die Worte nicht herausbringen.

Dolores, eine Frau aus meiner Gemeinde, die auch in dieser Kleingruppe war, machte mir liebevoll Mut: »Oh doch, du kannst es. Wir sind für dich da, und auch Jesus ist jetzt für dich da.«

Ich sagte einfach nur: »Kein Raum in der Herberge.« Dann begann ich, bitter zu weinen.

»Was meinst du damit?« fragte jemand.

»Das ist die Geschichte meiner Familie. Wir haben immer nach einem Platz gesucht, den wir unser Zuhause nennen konnten, aber wir haben ihn nie gefunden. Als ich sieben Jahre alt war, erwähnte meine Schwester

Maryse meiner Mutter gegenüber ganz nebenbei meinen verstorbenen Bruder Karl. Ich hatte diesen Namen in unserer Familie noch nie gehört. Mein Vater tobte vor Wut und schrie: ›Diese französischen Ärzte haben ihn getötet. Sie haben ihn nicht richtig behandelt.‹

Ich kann mich gut daran erinnern, wie oft mein Vater Dinge herausgeschrien hat, die schlichtweg gelogen waren. Ob die Ärzte nachlässig gewesen waren oder nicht, kann ich nicht mit Sicherheit sagen, doch ich glaubte meinem Vater in dieser Sache.«

»Kannst du das den französischen Ärzten vergeben, Mario?« fragte mich einer aus der Gruppe.

»Nein, das kann ich nicht.«

»Laß Christus diesen Menschen durch dich vergeben.«

So setzte ich im Glauben die Vergebung für die Ärzte frei, die meinen Bruder, das Kind eines verhaßten Deutschen, falsch behandelt hatten. Ich sagte: »In Jesu Namen vergebe ich euch.«

Dann erinnerte ich mich an ein Foto, das meine Eltern vor einem Erdhügel mit einer Tür darin zeigte. Aufgrund dieses Bildes hatte ich geglaubt, meine Eltern hätten in einem alten Luftschutzbunker gelebt, den man nach dem Krieg in Wohnraum umgewandelt hatte. In meinem Herzen glaubte ich, meine Eltern konnten in Frankreich nach dem Krieg keine bessere Unterbringung finden, vor allem, weil sie ein deutsch-französisches Paar waren.

»Sie lebten in einem alten Luftschutzbunker im Süden Frankreichs. Das ist doch kein Zuhause«, rief ich voller Bitterkeit. Während ich weinte, trösteten mich mehrere aus der Gruppe im Namen Christi. Der Schmerz wurde schlimmer.

Einmal hatte mein Vater nach einem Ort in Deutschland gesucht, an dem wir uns niederlassen konnten. Er war nach Passau gegangen, einem hübschen kleinen Ort in der Nähe der deutschen Alpen. Doch es gab keine freien Wohnungen. Durch den Krieg herrschte in Deutschland und Europa eine große Wohnungsnot. Es gab auch in Deutschland keinen Raum für uns.

»Mein Vater ging sogar in sein eigenes Land zurück, um ein Zuhause für uns zu finden. Aber auch dort gab es für uns keinen Raum.« Meine Kehle wurde enger.

Ein weiteres Photo kam aus meinem Herzen hervor – es entstammte einer Sammlung von Bildern aus der Zeitschrift *Life*. Es zeigte eine junge Französin mit geschorenem Kopf. Sie trug ein Kind in ihren Armen. Die Überschrift lautete: »Die Schande einer weiblichen Kollaborateurin, die zur Strafe geschoren wurde, zeigt sich im Gesicht dieser [französischen] Mutter, die ihr von einem Deutschen stammendes Kind unter dem Spott ihrer Nachbarn durch die Straßen trägt.«

Ich erinnerte mich, wie mir meine Mutter Jahre zuvor erzählt hatte: »Die Franzosen waren grausam zu Maryse und mir. Mehrmals haben sie uns angespuckt und angepinkelt, wenn ich mit ihr auf dem Arm durch die Straßen ging.«

Mein Körper krümmte sich vor Schmerz, als ich an dieses Bild und die Worte meiner Mutter dachte. Mehrere Leute mußten mich festhalten.

»Sie haben meine Mutter und meine Schwester angespuckt und angepinkelt.«

»Wer?«

»Ihre eigenen Leute. Ich hasse die Franzosen.«

»Kannst du ihnen vergeben?«

»Nein, und ich will es auch nicht.«

»Laß Christus ihnen durch dich vergeben.«

Ich wußte, wenn ich die Vergebung Christi nicht durch mich hindurch zu den Franzosen fließen lassen würde, dann würden mich der Haß und Zorn in meinem Körper schließlich umbringen. So sprach ich im Glauben aus: »Ich vergebe den Franzosen.«

Dann kam mir meine erste Erinnerung an meinen Vater ins Gedächtnis. Meine Familie emigrierte in den frühen fünfziger Jahren nach Kanada, um ein neues Leben zu beginnen und der schmerzhaften Vergangenheit in Europa zu entfliehen. Ich kam in Kanada zur Welt. In dieser Erinnerung war ich etwa drei Jahre alt. Ich schaukelte auf der Schaukel, die mir mein Vater im Garten unseres Hauses in *Thed Ford Mines*, in Quebec, gebaut hatte. Mein Vater kam nach Hause gelaufen, sein Bein war voller Blut. Ich dachte, man habe ihn bei der Arbeit zusammengeschlagen. Viele französischstämmige Kanadier mochten meinen Vater nicht, weil er hart arbeitete, und sie lehnten uns alle wegen der gemischten Ehe meiner Eltern ab. Dann erinnerte ich mich daran, wie mein Vater sagte: »Wir haben Kanada verlassen, weil die französischen Kanadier Mario genauso behandelt hätten wie die Franzosen Karl.« Ich weiß nicht, ob dies wahr war (oder nur die Paranoia meines Vaters, die in seinem unverheilten Schmerz über Karls Tod verwurzelt war). Aber ich hatte es seit meiner Kindheit geglaubt.

Ich sagte zu denen, die für mich beteten: »Wir verließen Kanada, weil sich mein Vater um mein Wohl sorgte. Wir waren dort nicht willkommen.«

»Kannst du den Kanadiern vergeben?«

Ich wußte, daß ich vergeben mußte, und so tat ich es noch einmal im Namen Christi.

Dann kam die schmerzlichste Erinnerung. Als ich vier Jahre alt war, ging meine Familie in die USA. Wir zogen nach Milwaukee, als ich fünf war, und lebten in einem Einwandererviertel im Westen der Stadt.

Eines Nachmittags ging unsere Familie in ein Kaufhaus. Als wir aus dem Geschäft herauskamen, bemerkte mein Vater, daß einige ältere Jugendliche sich an unserem Auto zu schaffen machten. Er rannte zu ihnen hinüber und sagte in seinem breiten deutschen Akzent ruhig, sie sollten das Auto in Ruhe lassen. Es kam zu einem harten Wortwechsel, und als die Jungen sich entfernten, rief einer von ihnen meinem Vater zu: »Warum gehst du nicht zurück in dein eigenes Land?«

Die Stimme meines Vaters war erstickt vor Schmerz, und er sagte wie zu sich selbst in seinem breiten deutschen Akzent: »Dies ist auch mein Land.« Er hatte Tränen in den Augen, und ich konnte sehen, wie er seinen Schmerz und die Ablehnung hinunterschluckte. Augenblicke später, als wir im Auto saßen, ließ er seine Wut in einem Ausbruch von Zorn an uns aus. Doch ich weiß, daß er nicht auf uns wütend war; er war voller Schmerz. Heute weiß ich, daß sein Zorn eine Reaktion auf seinen Schmerz ist.

Auf dem Weg zurück zu unserem Apartment dachte ich mir: Wir gehören nicht hierher. Wir hatten die Amerikaner immer als »sie« bezeichnet. Wir waren Europäer, die nirgendwo zu Hause waren. Ich haßte die Amerikaner.

»Kein Raum in der Herberge«, schrie ich. »Kein Raum in der Herberge. Wie Maria und Josef haben wir kein Zuhause. Die Franzosen, die Deutschen, die Kanadier und die Amerikaner, sie alle haben uns abgelehnt.« Ich wollte sterben und bei Jesus sein, um endlich zu Hause zu sein.

Dann betete eine Frau aus der Gruppe um Vergebung. Ihr Gebet lautete etwa so: »Lieber Herr Jesus, ich bekenne die Sünden, die die Amerikaner an der Familie Bergner begangen haben. Mario, kannst du jetzt, hier unter uns, den Amerikanern die Sünden vergeben, die unser Land deiner Familie angetan hat?«

»In Jesu Namen vergebe ich euch.« Inzwischen war mir eines klar geworden – Vergebung ist ein Willensakt und ist nur dann möglich, wenn der eigene Wille mit Gott, der die Quelle aller Vergebung ist, im Einklang steht.

Dann betete jemand darum, daß mein Herz von all der Ablehnung, die meine Familie und mich so geprägt hatte, geheilt werden möge. Es war, als sei all die Sünde der Ablehnung, die sich in der Geschichte meiner Familie über die Jahrzehnte hinweg festgesetzt hatte, in meine Seele verbannt worden wie eine Schlange, die ihre Beute langsam tötet. Durch dieses Gebet und im Augenblick des Betens gelangte das Licht der heilenden Vergebung Christi in mein Herz. Ich wurde von der Schlange der Ablehnung befreit. Die Liebe Jesus gelangte hinein und verband die zerbrochenen Scherben meines Herzens und belebte mich neu. Mein Verlangen zu sterben wich.

> »Amen, ich sage euch: Alles, was ihr auf Erden binden werdet, das wird auch im Himmel gebunden sein, und alles, was ihr auf Erden lösen werdet, das wird auch im Himmel gelöst sein. Weiter sage ich euch: Alles, was zwei von euch auf Erden gemeinsam erbitten, werden sie von meinem himmlischen Vater erhalten. Denn wo zwei oder drei in meinem Namen versammelt sind, da bin ich mitten unter ihnen« (Mt 18,18-20).

Weil ich bis zu diesem Augenblick die Ablehnung in der Vergangenheit meiner Familie verinnerlicht hatte, hatte ich aus Gewohnheit erwartet, daß andere mich ablehnen. Diese Erwartung wurde zu einer sich selbst erfüllenden Prophetie und zog die Ablehnung anderer nach sich. Nun befreite ich mich zum ersten Mal von diesem Gefühl der Ablehnung, das mich geprägt hatte. Ich wurde fähig, die Liebe anderer anzunehmen, sowohl die Liebe von Männern als auch die von Frauen. Außerdem befreite mich diese Heilung dazu, daß ich anfangen konnte, andere bedingungslos zu lieben, selbst wenn ich es mit wirklicher Ablehnung zu tun hatte.

## Selbstmitleid, Trauer und Neid

Wenn wir mit Gottes Hilfe nicht lernen, die Dinge zu sehen, wie sie wirklich sind, werden wir immer die Liebe, die wir als Kinder nicht bekommen haben, bei unseren Eltern suchen. Wir werden nicht erkennen, daß sie heute so gebrochen sind, vielleicht sogar unter der gleichen Deprivation leiden, wie dies damals bei uns der Fall gewesen ist. Zudem werden wir womöglich die Verantwortung für unsere kindlichen und falschen Reaktionen auf die Deprivation unseres gestörten Familienlebens nicht übernehmen. Wenn dies der Fall ist, sehen wir uns selbst nur als hilflose Opfer. Als Folge davon geraten wir nur zu leicht in die Rolle des »sich selbst bemitleidenden, weinerlichen und klagenden Kindes«. Der christliche Psychologe Gerard van den Aardweg schreibt:

> *»Menschen mit einer Tendenz zu neurotischem Klagen nehmen manchmal eine von Vorwürfen gekennzeichnete Haltung ein. Sie werfen ihren Eltern vor, was sie ihnen angetan haben. Man muß realisieren, daß dies*

*auch nur eine weitere Spielart der Klage sein kann. Zudem beruht das langanhaltende Klagen über die Eltern – denen gegenüber der Klagende sich als Opfer sieht – fast immer auf einem unrealistischen Bild der Eltern. Die Ansicht des klagenden Kindes über seine Eltern ist per definitionem eine kindliche Ansicht und daher eine, die von egozentrischen Gefühlen bestimmt wird. Sie benötigt Korrektur, wenn der Mensch emotional reifer werden soll.«*[15]

Als die Stimme des klagenden Kindes in mir laut wurde, schrieb ich all seine negativen und selbstbemitleidenden Ansichten in mein Gebetstagebuch. Auf diese Weise trat mit der Zeit der wirkliche Schmerz, in dem dieses unreife Kind verwurzelt war, zu Tage. Es war die Trauer darüber, nie eine Kindheit gehabt zu haben.

Diese Trauer trat ganz zu Tage, als ich in der christlichen Gemeinschaft die Beziehung gesunder Väter zu ihren Söhnen sah. Zunächst beneidete ich diese Söhne, weil sie etwas besaßen, was ich mir so sehr wünschte. Doch ich bekannte Gott meine Sünde des Neids und hörte auf, mich im Selbstmitleid für den verletzten kleinen Jungen in meinem Innern zu baden. Indem ich es mir gestattete, den Schmerz vor Jesus zu spüren, zu ihm zu schreien, verletzt zu sein, begann die Heilung, mich zu erreichen.

Diese Trauer dauerte einige Monate an. Wieder war mein einziger Trost das Bild Jesu, wie er am Kreuz stirbt und die Sünden und den Schmerz einer zerbrochenen, gefallenen Welt auf sich nimmt. Ich hatte einen Ort, zu dem ich mit meinem Schmerz kommen konnte. Gegen Ende dieses Zeitabschnitts trat eine andere Art von Trauer hervor – die Trauer über meine Sünde. Vier Tage lang empfand ich eine intensive Trauer darüber, daß ich durch die homosexuelle Betätigung in meiner Vergangenheit gegen meinen eigenen Körper und gegen Gott gesündigt hatte.

»Dort werdet ihr euch an euer Verhalten und an all eure Taten erinnern, durch die ihr euch unrein gemacht habt, und es wird euch ekeln vor euch selbst wegen all der bösen Taten, die ihr begangen habt. Ihr werdet erkennen, daß ich der Herr bin, wenn ich um meines Namens willen so an euch handle und nicht nach eurem verkehrten Verhalten und nach euren verwerflichen Taten, ihr vom Haus Israel – Spruch Gottes, des Herrn« (Ez 20,43-44).

Es ist oft nicht leicht, zwischen Selbstmitleid und Schmerz zu unterscheiden. Rev. Clay McLean hat jedoch fünf grundlegende Unterschiede zwischen den beiden herausgearbeitet.

| Selbstmitleid | Trauer |
|---|---|
| 1. zerstörerisch | 1. heilsam |
| 2. schwächlich und weinerlich; macht niemals klare Aussagen über die Wahrheit | 2. stärkend und zum verbalen Ausdruck fähig; macht klare Aussagen über berechtigte Verluste und die damit verbundenen Gefühle |
| 3. um sich selbst kreisend, zieht nach unten | 3. schaut von sich selbst weg und richtet den Blick auf Gott |
| 4. kümmert sich nicht um die grundlegenden Dinge des Überlebens – Gebet, Hören auf Gott, Angehen wichtiger Fragen | 4. tut das Notwendige; interagiert auf eine reife Art mit Gott, mit dem eigenen Selbst und mit anderen |
| 5. dramatisiert die Vergangenheit | 5. kommuniziert den Schmerz wirklich gegenüber dem Selbst, Gott und vertrauten Freunden |
| 6. sammelt Verletzungen an | 6. betrachtet Verletzungen objektiv, ohne sie zu leugnen |

Im Selbstmitleid lassen wir uns auf die Gegenwart des »alten Menschen«, des fleischlich gesinnten Selbst, ein. Trauer hingegen ist die Fähigkeit, den Schmerz zuzulassen und sich gleichzeitig bewußt auf die Gegenwart Gottes einzulassen. Seinen Schmerz in Trauer zu äußern ist ein legitimes Bedürfnis dessen, der verletzt ist, und er muß die Gnade und die Erlaubnis dazu empfangen. Wie die Psalmisten oder Ijob müssen alle Christen das wirklich erlösende Leiden vor Gott begrüßen.

## Barrieren der Heilung

In den letzten zehn Jahren wurde viel darüber geschrieben, welche negativen Auswirkungen es hat, wenn jemand in einer Familie aufwächst, in der die wichtigsten Funktionen ausfallen. Leider haben sich manche dieser Informationen in psychologische Schlagwörter verwandelt, die keine Heilung bringen und nur zu Abstempelungen führen. Bei unserer Unterweisung und unserem Dienst an vielen Menschen bemerken wir, daß es einige immer wieder vorkommende Reaktionen auf diese Informationen gibt, Reaktionen, die zu Barrieren der Heilung werden.

Manche, die unter der Anleitung von Selbsthilfegruppen standen, haben sich auf die Rolle des sich selbst bemitleidenden, zornigen inneren Kindes zurückentwickelt. Diese Mitchristen mögen ja große intellektuelle Einsichten gewonnen haben, doch ihre Ansichten über Heilung sind subjektiv und auf den Menschen zentriert und nicht objektiv und auf Gott gerichtet. Sie graben ständig nach neuen Erinnerungen aus der Kindheit, die sich offenbaren könnten, um wieder einen Grund zu haben, wütend zu sein. Wenn man sie auf diese Tendenz anspricht, sind sie dankbar für die Ermahnung, das Gute zu nehmen, das sie in diesen Gruppen empfangen haben, und sich aus ihrem Zorn zu erheben und ihn in der heilenden Gegenwart Gottes objektiv zu betrachten.

Andererseits findet man auch häufig Mitchristen, die psychologische Einsichten generell als anti-christlich ansehen. Sie spiritualisieren ihre Verletzungen der Vergangenheit und geben die Probleme schnell an Gott ab, statt sie vor Gott zu verarbeiten, so wie er es für sie gedacht hat. Wenn man sie über ihr Zuhause in der Kindheit befragt, antworten sie oft: »Oh, es war schrecklich, aber ich habe es bereits an den Herrn abgegeben.« Doch ihr Leben zeigt, daß sie immer noch unter den negativen Folgen leiden, die eine Kindheit in einem solchen Umfeld hat. Ihr Vertrauen in Jesus ist gut und richtig, doch sie gestatten es ihm nicht, in ihrem Herzen so gegenwärtig zu sein, daß er dessen Verletzungen offenbaren und heilen kann. Ihr »Glaube« ist zu einem weiteren Abwehrmechanismus geworden, den sie benutzen, um in der Verleugnung zu verharren.

Christen, die sich danach sehnen, geheilte Persönlichkeiten zu werden, die in Christus zur Reife gefunden haben, können es sich nicht leisten, die Wahrheiten zu ignorieren, die durch die relativ neuen Erkenntnisse über die Familie ohne eigentliches Familienleben offenbart wurden. Sie brauchen dringend den Rat des Heiligen Augustinus: »Jeder gute und wahre Christ sollte verstehen: Wo immer er auch Wahrheit finden mag, immer ist es die Wahrheit des Herrn.«[16] Wer dabei bleibt, diese neugefundenen Erkenntnisse zu ignorieren, gleicht dem Volk Israel zu Hoseas Zeiten, von dem es heißt: »Mein Volk kommt um, weil ihm die Erkenntnis fehlt« (Hos 4,6).

In der Zeit, als Jesus mich von der Homosexualität heilte, fand ich mich in beiden Lagern wieder. Als ich noch im Glanz dieser gewaltigen Erfüllung mit dem Heiligen Geist stand, die ich in dieser kleinen Kirche in Ohio empfangen hatte, neigte ich dazu, Probleme zu spiritualisieren, die Gott nur durch das erlösende Leiden (meine Trauer und meinen Schmerz vor Gott) wegnehmen wollte und nicht anders.

Als ich erst einmal mit meinem Schmerz in Berührung stand, der durch solide Information über die Folgen eines gestörten Familienlebens offenbar wurde, neigte ich dazu, mich in meinem Zorn und in meinem Selbstmitleid zu baden, und schaute nicht von mir weg und auf Jesus hin. Glücklicherweise war ich von liebevollen, reifen Christen umgeben, die mir halfen, als ich in einem dieser weitverbreiteten Extreme – mich in meiner unreifen Wut zu baden oder meine Probleme wegzuspiritualisieren – festsaß.

Ich vermute, daß einige der Leser dieses Buches entdecken werden, daß sie in einem dieser Extreme gefangen sind. Und ich möchte dazu ermutigen, weder die Überspiritualisierung noch das Selbstmitleid zuzulassen und so Christus den Zugang zu dem Schmerz zu ermöglichen, den er uns durch sein Leiden und Sterben nehmen möchte.

*Kapitel 3*

# Gestörte Liebe

## Das Entstehen von Homosexualität

*»Herr, sei mir gnädig, denn mir ist angst; vor Gram zerfallen mir Auge, Seele und Leib«* (Ps 31,10).

Im Unterschied zu vielen Kindern wollte ich nie so sein wie mein Vater, weil ich bei ihm nie Eigenschaften sah, die ich bewunderte. Nicht nur, daß er mich als Mann nicht bestätigt hatte, er verunglimpfte meine sich entwickelnde Maskulinität auch noch durch seinen emotionalen Mißbrauch. Also unterdrückte ich meine Maskulinität, indem ich mich einfach von allem distanzierte, was mein Vater für mich als Vater bedeutet hätte. Ich kann mich sogar daran erinnern, daß ich mir innerlich schwor, nie so zu werden wie er.

Dieser Schwur und diese Distanzierung von meinem Vater weiteten sich schließlich auf alles aus, was er repräsentierte, so auch auf alle Männer im allgemeinen. Tief in meinem Herzen und in meinem Innersten trennte sich meine Persönlichkeit ganz von den Symbolen der Männlichkeit. Ich zweifelte nicht an meinem biologischen Geschlecht, aber ich fühlte mich nie männlich.

Leanne Payne erzählt in ihrem Buch »Krise der Männlichkeit« die Geschichte von Richard, einem Mann, dessen Zerbrochenheit der meinen so ähnlich war, daß ich seinen Namen dort, wo er im folgenden Zitat vorkam, durch meinen eigenen ersetzt habe:

> *»Wie sieht das aus, wenn man einem wichtigen Teil seiner selbst entfremdet ist – seiner geschlechtlichen Identität mit all ihren mächtigen archetypischen Symbolen im Unbewußten und im Herzen? Psychologisch betrachtet, bedeutete diese Abspaltung von seiner Männlichkeit für Mario, daß ihm die Fähigkeit fehlte, sich selbst als Mann zu sehen und anzunehmen. Seinem inneren Bild von sich selbst fehlte etwas Entscheidendes. Wie wenn ein Mensch mit Zahnlücke lächelt und dabei die leeren Stellen sichtbar werden, so enthielt auch das Bild, das er von*

*sich selbst hatte, dunkle Stellen. Er trug in seinem Herzen keine Bilder von sich selbst als Mann und als in sich wertvolles Individuum. Ein Mensch, der sich seiner eigenen geschlechtlichen Identität sicher ist, nimmt solche sowohl symbolischen als auch realistischen Bilder seiner selbst als selbstverständlich hin, häufig bemerkt er sie auch gar nicht. Aber in Mario war eine eigenartige Leere, ein Vakuum, das er mit einem ungesunden Phantasieleben auszufüllen versuchte. Dieses Phantasieleben ergab, zusammen mit den Bildern, die aus seiner ungeheilten Psyche aufstiegen, symbolische Bilder seiner geschlechtlichen Verwirrung.*«[17]

Von den Bildern, die aus meiner ungeheilten und verletzten Psyche aufstiegen, sind mir drei besonders wichtig. Etwa im Alter von fünf Jahren wurde ich mir bewußt, daß ich in mir ein tiefes Mißtrauen gegen mein eigenes Geschlecht hegte. Meine Angst vor meinem Vater nahm zu, ebenso wie mein Gefühl, von ihm zutiefst abgelehnt zu sein. Das Herz hat die Fähigkeit, einen intensiven inneren Schmerz auf sparsame Weise in ein einzelnes Symbol zu packen. Mein Herz reduzierte Maskulinität und meine tiefe Entfremdung von derselben auf ein einziges Symbol – die Füße von Männern. Sie faszinierten mich auf eine unnatürliche Weise. Mit dieser Faszination verband sich ein Gefühl der Scham – meine Antwort auf mein Gefühl, von meinem Vater abgelehnt zu sein. Dr. Ruth Tiffany Barnhouse stellt in ihrem Buch *Homosexuality: A Symbolic Confusion* [»Homosexualität: eine Verwirrung der Symbole«] fest, daß Fußfetischismus bei Störungen der männlichen Sexualität häufig vorkommt.[18] Ich entwickelte jedoch keinen vollausgebildeten Fußfetischismus, da meine Faszination nicht mit einer genitalen Reaktion verbunden war.

Mehrere Jahre später, ich war etwa zehn Jahre alt, wurde meine Faszination von männlichen Füßen von einem anderen Symbol der Männlichkeit abgelöst. Meine Familie bereitete sich gerade darauf vor, aus der Innenstadt in einen Vorort zu ziehen. Kurz vor unserem Umzug steckte ich den Samen eines Ahornbaums direkt neben eine Straßenlaterne. Nachdem wir umgezogen waren, träumte ich immer wieder, wie dieser Samen so schnell und so hoch wuchs, daß er die Straßenlaterne umwarf. Selbst wenn ich wach war, überkamen mich Furcht und Schuldgefühle, weil ich diesen Samen gepflanzt hatte.

Bei der ersten Gelegenheit ging ich zurück zu unserem alten Haus in der Stadt, um zu sehen, ob der Baum die Laterne wirklich umgeworfen hatte. Natürlich war dies nicht geschehen. Wieder faßte mein Herz einen tiefen inneren Konflikt energiesparend in einem einzigen Symbol zusammen. Der Baum und die Straßenlaterne waren für mich beides Symbole der Männlichkeit, und meine Angst, der Ahornbaum könne so schnell wachsen und die Laterne umwerfen, war meine fehlgeleitete Furcht vor meiner eigenen Männlichkeit. Ich wollte nicht heranwachsen und maskulin werden, denn das würde bedeuten, zu werden wie mein Vater – übermächtig, grausam und zerstörerisch.

Ein letztes Beispiel dafür, wie mein Herz meinen inneren Konflikt in Symbole faßte, war ein weiterer Traum. Von meiner frühen Kindheit bis in meine Jugendjahre hinein hatte ich immer wieder einen Traum, der mich jedesmal schweißgebadet aufwachen ließ. In meinem Traum befinde ich mich auf der einen Seite einer riesigen grünen Hecke und laufe vor meinem Vater davon. Er befindet sich auf der anderen Seite und jagt mich mit einem Messer in der Hand. Als wir am Ende der Hecke ankommen, sehe ich ihn und laufe vor ihm davon. Im Laufen sehe ich vor mir eine Schranktür. Ich öffne die Tür, gehe hinein und schließe die Tür hinter mir – nur um vor mir einen Toten in einem Leichensack zu entdecken. Dieser Traum zeigt symbolisch, was mit meiner Maskulinität geschehen war. Voller Angst lief ich vor meinem Vater (dem Maskulinen) davon. Der einzige Ort, an dem ich Zuflucht finden konnte, war ein Schrank, in dem die Maskulinität tot war. Nur in der Gegenwart des toten Maskulinen fühlte ich mich sicher.

Als ich mich von meiner Maskulinität trennte, investierte ich emotional mehr in meine femininen Qualitäten. Doch ich haßte schlußendlich auch das Feminine in mir. Wenn ich mir als Jugendlicher Bilder aus dem Jahrbuch unserer Schule anschaute, verachtete ich immer die femininen Züge, die ich an mir sah. Weil meine Maskulinität so sehr unterdrückt war, besaß das Feminine in mir kein ergänzendes Gegenstück durch eine meinem biologischen Geschlecht angemessene Maskulinität, meine Männlichkeit. Folglich erschien meine feminine Seite als falsche Weiblichkeit, als Effeminiertheit [Verweiblichung].

## Konfuses Symbolverständnis

Als ich aufwuchs, gab es in meinem Herzen keine Bilder von emotional gesunden Männern. Daher konnte ich die maskulinen Qualitäten, die tatsächlich in mir steckten, nicht erkennen. Ich hatte keinen Maßstab, an dem ich das Maskuline hätte erkennen und mich auf gesunde Art mit ihm hätte identifizieren können. Anstelle echter Symbole der Maskulinität stattete mein Herz mich mit falschen und ungesunden Symbolen aus: der Fuß als Fetisch, die Furcht vor dem übermächtigen Ahornbaum und der Traum, in dem mein Vater mich jagte. In dem Brief, den meine Schwester Annelyse mir zusammen mit dem Buch *The Broken Image* schickte, schrieb sie: »Gott ist ein vollkommener Vater und er sehnt sich danach, seinen Kindern gute Dinge zu geben.« Ich erinnere mich daran, wie ich diese beiden Wörter gleichzeitig las – vollkommen und Vater – und mir sagte: »Vollkommen und Vater passen zusammen wie ein Fisch und ein Fahrrad.« Mein Herz konnte einen solchen Gedanken nicht verstehen; es war für mich eine völlig abstrakte Idee.

Die Begegnungen, die ein Kind mit gestörten Formen der maskulinen oder femininen Liebe hat, werden in seiner sich entwickelnden Geschlechtsidentität und in seinem Verständnis vom Zusammenspiel der Geschlechter als verwirrte Symbole registriert:

> *»Wenn Liebe in Unordnung ist, unsere Beziehungen ungeordnet sind, dann fehlen Urbilder oder sie sind (wie bei einer homosexuellen Störung) verwirrt. Das ist die Tragik zerbrochener Familien, wo nicht nur der Verlust von Eltern oder anderen Familienmitgliedern ertragen werden muß, sondern auch der Verlust dessen, was diese Personen symbolisieren. Wir erleben den Verlust von Bildern der Ganzheit [der seelischen und sozialen Gesundheit].«*[19]

## Eine Liebesgeschichte

Maskulinität und Femininität werden uns als Kinder durch die Menschen in unserem Leben vermittelt, die für uns symbolisieren, was Maskulinität und Femininität sind (zunächst Mutter und Vater). Um eine gesunde persönliche Identität zu gewinnen, müssen wir liebevolle und gesunde Beziehungen zu Angehörigen beiderlei Geschlechts erfahren können. Man könnte sagen, daß unsere frühen Begegnungen mit geliebten Menschen beiderlei Geschlechts in unserem Herzen als eine »Geschichte der Liebe« registriert werden, die spezifische Ideen über Maskulinität und Männlichkeit und über Femininität und Weiblichkeit enthält.

Im Verlauf dieser Liebesgeschichte gibt es persönliche »Geschichtslinien«, die unser Empfinden für unsere Identität formen. Unsere Beziehung zu den Personen dieser Geschichtslinien beeinflußt die Richtung, die unsere Sexualität einschlägt. Wenn unsere Beziehungen zu Angehörigen beiderlei

Geschlechts während unserer gesamten Entwicklung gesund sind, so wird eine gesunde heterosexuelle Liebesgeschichte in unser Herz geschrieben. Unsere Sexualität folgt dann dieser Liebesgeschichte, und wir leben diese angenehmen lebensgeschichtlichen Grundlinien über eine Liebe zwischen den Geschlechtern so aus, wie sie in unser Herz geschrieben wurden.

Damit sich eine gesunde sexuelle Identität entwickeln kann, muß die Liebesgeschichte im Herzen zwei parallele Geschichtslinien enthalten. Die eine Geschichtslinie ist die Liebesbeziehung zu dem gleichgeschlechtlichen Elternteil. Zu dieser Liebesgeschichte gehören gute Erinnerungen an die emotionale Anbindung, zu der auch irgendwann die freudige Erkenntnis gehört, daß »dieser Mensch wie ich ist«.

Die andere Geschichtslinie ist die Liebesbeziehung zum andersgeschlechtlichen Elternteil. Zu dieser Linie gehören gute Erinnerungen an die Beziehungsfindung, verbunden mit der frühen Erkenntnis, daß »dieser Mensch anders ist als ich«, daß die Unterschiede »zwischen mir und diesem Menschen sich ergänzen und uns näher zusammenbringen«. Im Idealfall waren Mutter und Vater für uns Vorbilder für dieses Sich-Ergänzen der Geschlechter.

Damit wir uns mit dem gleichgeschlechtlichen Elternteil identifizieren können und die ergänzende Andersartigkeit des andersgeschlechtlichen Elternteils erkennen können, muß unser Herz positive Bilder von beiden Geschlechtern in ihrer Beziehung zueinander enthalten.

Wo wir keine gesunden Beziehungen zu Angehörigen beiderlei Geschlechts entwickeln können, werden negative Figuren in die Geschichtslinien von Identifikation und Ergänzung in die Liebesgeschichte unseres Herzens eingeprägt. Unsere Sexualität wird dann diesen Linien folgen, und es wird zu einer geschlechtlichen und sexuellen Ambivalenz oder Verwirrung kommen.

Ich benutze den Begriff »Geschlecht«, wenn ich mich auf die maskulinen oder femininen Eigenschaften beziehe, so wie sie in Gott und im Menschen existieren. Als Begriff wird es oft benutzt, um angelerntes Verhalten zu bezeichnen, das charakteristischerweise mit der biologischen Männlichkeit oder Weiblichkeit verbunden wird.

Der Begriff »Geschlecht« wird auch gebraucht, um das Empfinden eines Menschen für seine Geschlechtszugehörigkeit zu bezeichnen. Die »zentrale Geschlechtsidentität« eines Menschen könnte man als ein »biologisches Selbstbild« bezeichnen, »das daraus entsteht, daß die eigene Selbstwahrnehmung in Relation zu anderen zunimmt«.[20]

Das Geschlecht, d. h. die Eigenschaften des Männlichen und Weiblichen, umfaßt die Sexualität, ist aber nicht auf sie allein beschränkt. C. S. Lewis schrieb einmal: »Die Geschlechtlichkeit ist eine Realität, die grundlegender ist als die des Geschlechtes.«[21] Maskulinität und Femininität sind Eigenschaften, die in Gott existieren. Weil sie ihren Ursprung in Gott haben, kann man Maskulinität und Femininität als etwas ansehen, das eine transzendente Dimension besitzt. Dr. Donald Bloesch schreibt:

*»Während das biblische Zeugnis klar belegt, daß der lebendige Gott die Sexualität transzendiert, daß er weder männlich noch weiblich ist, so ist doch gleichermaßen deutlich, daß er die Maskulinität wie die Femininität in sich umfaßt. Tatsächlich sind wir als Mann und Frau zu seinem Bilde geschaffen (vgl. Gen 1,27; 5,1-2).«*[22]

Darüber hinaus schreibt Donald Bloesch in *Is the Bible Sexist* [»Ist die Bibel sexistisch?«]?:

*»[Gott] schließt die Maskulinität und die Femininität als Bewegungen seiner selbst ein, er zeigt Initiative und Macht einerseits (das Maskuline) und Empfänglichkeit und liebevollen Gehorsam andererseits (das Feminine).«*[23]

Gottes primäre Beziehung zu uns ist die des maskulinen Initiators (er liebt zuerst; er führt die Erlösung ein). Unsere primäre Beziehung zu Gott ist die des femininen Antwortgebenden (wir empfangen seine Liebe, empfangen Christus in unserem Herzen). Gott handelt aber auch, indem er in femininer Weise dem Menschen antwortet, wenn dieser den Kontakt mit ihm einleitet: »Sucht die Nähe Gottes; dann wird er sich euch nähern« (Jak 4,8). Doch unser Zu-ihm-kommen entsteht daraus, daß er sich uns selbst offenbart, daß er überhaupt ansprechbar ist. Außerdem benutzt die Schrift feminine Bilder, um Gottes »mütterliche« Liebe zu den Menschen zu beschreiben (vgl. Num 11,12; Mt 23,37). Doch meist beschreibt die Sprache der Bibel Gott als maskulin. Gott offenbart sich der Welt als Vater im Himmel und nicht als Mutter im Himmel. Wie ein Theologe gesagt hat:

*»Der Gott des Alten Testamentes wird nicht nur als ›Vater‹ bezeichnet, es wird vielmehr kundgetan, daß er der Vater ist. Unser Herr tat kund: ›Auch sollt ihr niemand auf Erden euren Vater nennen; denn nur einer ist euer Vater, der im Himmel‹ (Mt 23,9).«*[24]

Doch gefallene Menschen haben ein verzerrtes Bild darüber, wer Gott ist und was es bedeutet, zu seinem Bilde geschaffen zu sein – als Mann und als Frau (vgl. Gen 1,26). Weil wir gefallene Kreaturen sind, wird sein Bild in uns von der Sünde überschattet, und als Konsequenz davon leben wir in einer Verwirrung darüber, was Geschlecht und Geschlechtlichkeit darstellen.

Maskulinität und Femininität sind Eigenschaften, die in jedem Menschen vorhanden sind. Wenn Dr. Bloesch schreibt: »In ihrer Beziehung zu Gott und Christus sind Christen dazu berufen, die Rolle des Femininen anzunehmen«,[25] oder wenn C. S. Lewis feststellt: »Was höher und jenseits aller Dinge ist, ist so maskulin, daß wir alle im Verhältnis dazu feminin sind«,[26] dann sagen sie damit, daß sich die gesamte Menschheit, Männer und Frauen gleichermaßen, in der femininen Position befindet, die auf Gottes Initiativen reagiert (z. B. Bünde, Liebe, Erlösung). Mehr noch, wenn wir die Kirche als »sie« und als die Braut Christi bezeichnen, so meinen wir damit nicht, daß sie aus Frauen besteht. Genauso wenig meinen wir, daß Gott männlich ist, wenn wir Gott als »er« und Christus als den Bräutigam bezeichnen.

Unser Herr Jesus, der ganz Mensch und ganz Gott ist, zeigt die feminine Eigenschaft der Empfänglichkeit, denn er wartet und hört immer auf das Wort, das der Vater redet. Jesus zeigt die maskuline Eigenschaft zu initiieren, wenn er, im Gehorsam gegenüber dem Vater, sein Leben freiwillig am Kreuz läßt und so die Erlösung für die Menschheit vollbringt.

Es wäre jedoch falsch, das Maskuline so eng zu definieren und zu sagen, es sei nur die Eigenschaft der Initiation und das Feminine nur die Eigenschaft der Empfänglichkeit. Das wäre zu einfach, und wir würden all die unbeschreiblichen Qualitäten verlieren, die in Maskulinität und Femininität enthalten sind. Wenn die beiden zu spezifisch definiert werden, so degenerieren sie schnell zu stereotypen Rollen, in die wir Mann und Frau aus falschen Vorstellungen heraus zu pressen versuchen. Die Hollywood-Bilder vom Macho mit Bart und von der wasserstoffblonden Frau ohne Verstand sind gute Beispiele für solche Karikaturen. Hierbei verlieren wir die Wahrheit, daß der einzelne Mann und die einzelne Frau sowohl maskuline als auch feminine Eigenschaften besitzen soll. Im Idealfall sollten Maskulinität und Femininität in der Seele eines jeden Menschen zu einer glücklichen Koexistenz finden.

Doch viele Menschen glauben fälschlicherweise, daß nur Männer maskuline Eigenschaften haben und nur Frauen feminine. Folglich werden Frauen als primär intuitiv charakterisiert und Männer als primär rational.

Ein zweites Mißverständnis besteht darin, daß der biologische Unterschied (Geschlechtsmerkmale) als der einzige Unterschied zwischen Mann und Frau angesehen wird, wobei die Gegebenheiten des Geschlechts völlig außer acht gelassen werden. Wer einer dieser beiden Fehlinterpretationen glaubt, verwechselt Geschlecht und Geschlechtlichkeit miteinander. Wenn er das Wort »maskulin« (Geschlecht) sieht, so liest er es als das Wort »Mann« (seine Geschlechtlichkeit). Man muß solche Menschen daran erinnern, daß sich maskulin und feminin auf Merkmale des Geschlechts beziehen und »Mann« und »Frau« eine biologische Unterscheidung aufgrund der Geschlechtsmerkmale ist. Auch wenn man mit der differenzierenden Definition von Geschlecht und Geschlechtlichkeit nicht zu weit gehen sollte (wir würden dann die Wechselbeziehung zwischen beiden nicht mehr erkennen), so ist es doch notwendig, die Unterschiede zwischen den beiden Begriffen zu erkennen. Andrew Comiskey schreibt in seinem Buch »Unterwegs zur Ganzheitlichkeit«:

> *»Das Mannsein bedeutet schlichtweg den Zustand, ein Mann anstatt eine Frau zu sein. Es ist direkt mit dem eigenen biologischen Geschlecht verbunden. Männlichkeit, Maskulinität, ist eine umfassendere Qualität, eine innere Haltung, eine Einstellung dem Leben gegenüber, und findet ihre komplementäre Ergänzung in der Femininität, der Weiblichkeit. Männer und Frauen werden im Verlauf ihres Lebens sowohl männliche wie weibliche Qualitäten zum Ausdruck bringen. Aber um ganzheitliche Männer und Frauen zu sein, müssen deren Eigenschaften eine Harmonie und einen Rhythmus finden, die im Einklang mit dem jeweiligen biologischen Geschlecht stehen.«*[27]

Es ist sicher richtig, wenn ein Mann sagt, er habe eine maskuline Geschlechtsidentität, und wenn eine Frau sagt, sie habe eine feminine. Wir besitzen nicht nur maskuline und feminine Eigenschaften, wir gehören auch durch unsere Geschlechtsmerkmale zum einen oder zum anderen Geschlecht. Ein festes Wissen um seine Geschlechtszugehörigkeit ist unabdingbar, wenn wir eine gesunde Identität als Person besitzen wollen.

Das Ausmaß unserer Heilungsbedürftigkeit mag sich auch daran zeigen, inwieweit wir mit unseren maskulinen und femininen Eigenschaften in Beziehung stehen. Wenn ein Ungleichgewicht zwischen dem Maskulinen und dem Femininen besteht, dann wird sich irgendeine Störung unser Identität als Person zeigen. Leanne Payne schreibt im Zusammenhang der Heilungsbedürftigkeit zu dieser Frage:

*»Wenn eine Frau die Freiheit hat zu initiieren – d. h. frei ist, auf das Wort des Herrn zu hören und zu tun, was sie ihn sagen hört –, dann ist sie in Verbindung mit ihrer maskulinen Seite. Sie ist nicht krankhaft passiv – wie es das feminine Prinzip ist, wenn eine Frau von ihrer maskulinen Seite entfremdet ist. Sie ist dann frei, mit ihrem ganzen Sein auf Gott zu antworten, und somit auch fähig, die Initiative zu ergreifen, wenn es erforderlich ist. In der aufrechten, vertikalen Beziehung zu ihrem Herrn ist sie eine vollständige Persönlichkeit und völlig in der Lage, mit seinem Geist zusammenzuarbeiten. Sie ist eine ausgewogene, feminine Schöpferin, geschaffen nach dem Bilde ihres Schöpfers und Vaters.*

*Das gleiche gilt für den Mann: Wenn er als vollständiger männlich Schaffender leben und handeln will, muß er Zugang zum femininen Prinzip in sich haben. Sein Herz muß in der Lage sein, auf Gott und andere Menschen zu reagieren und auf die Arbeit, die getan werden muß. Sein Herz ist, genau wie das seines weiblichen Gegenübers, der fruchtbare Mutterschoß, der ständig das Leben Christi empfängt und als Antwort darauf schöpferisches Handeln gebiert, zu dem ihn Gott beauftragt hat. Im gehorsamen Hören auf das heilende Wort, das Gott immer gibt, wird er ein Diener und Haushalter dieses Wortes, einer, der es in den Herzen anderer Menschen nährt. So wird er dann zu jemandem, der zerbrochene Beziehungen wieder heil macht. Er ist die maskuline Braut Gottes.*

*Wenn eine Seele Heilung braucht, ist in ihr mit Sicherheit das Maskuline und das Feminine unausgewogen. Dieser Mensch neigt zu sehr zu einem Extrem.«*[28]

Um die Entwicklung einer gesunden heterosexuellen Liebesgeschichte besser verstehen zu können, wollen wir die griechischen Wörter für Liebe betrachten: *storge*, *philia* und *eros*.

## Storge – στοργη

Dieser Begriff bezeichnet in etwa die »natürliche Liebe« oder die »Liebe der Familie«. Es ist die Liebe, die Menschen mit einer natürlichen Gruppe verbindet – die Liebe innerhalb der Familie zum Beispiel. Eltern lieben ihre Kinder, und Kinder lieben ihre Eltern, und die Kinder lieben sich untereinander. ... Die Zugehörigkeit zu einer Familie bedeutete den meisten Menschen in der Antike sehr viel, und *storge* war entsprechend wertvoll. Sie war ein hochgeschätztes Element des persönlichen Lebens. Ohne sie konnte man nicht mehr finden als ein elendes und entbehrungsreiches Dasein, etwas, das man nur schwerlich Leben nennen konnte.

C. S. Lewis hält diese Form der Liebe für sehr wichtig. Er nennt sie die »Zuneigung« und sagt darüber:

> *»Das Bild, mit dem wir hier beginnen müssen, ist das einer Mutter, die ihr Baby umsorgt, einer Hündin oder Katze mit einem Wurf Welpen oder Kätzchen – ein quietschender, kuschelnder Haufen; schnurren, lecken, Babysprache, Milch, Wärme, der Geruch von jungem Leben.«*[29]

*Storge*-Liebe besitzt eine maskuline und eine feminine Form, und wir begegnen diesen verschiedenen Formen in unserer Kindheit auf unterschiedliche Weise.

Als Kleinkind kosten wir zunächst *storge* in ihrer weiblichen Form über die Mutter – eine Berührung, eine Brust voller Nahrung. In der symbiotischen Beziehung zwischen Kind und Mutter ist sich das Baby noch nicht einmal bewußt, daß es ein von der Mutter unabhängiges Wesen ist. Der Säugling kennt nur das Gefühl von Sicherheit und Liebe, das daraus entsteht, daß er ein Teil ihres Körpers ist:

> *»Ein unsichtbares Band besteht noch lange, nachdem die Nabelschnur durchtrennt wurde. Zwischen Kind und Mutter existiert eine zutiefst wissende Beziehung – eine Form des Wissens, das dem Herannahen der Vernunft vorausgeht und diese in gewisser Weise transzendiert.«*[30]

Durch die Liebe der Mutter erfährt das Kleinkind das Gefühl, zu sein und ein Selbst zu besitzen. Durch ihre Liebe bekommt die Liebesgeschichte des Kleinkindes seine erste Prägung von Weiblichkeit und Femininität und von Sein.

Es ist äußerst wichtig, daß das Kind nicht von der Mutter getrennt wird, bevor es die Fähigkeit entwickelt hat, ihre Abwesenheit zu verstehen. Sonst verinnerlicht das Kleinkind ihre Abwesenheit als Ablehnung. Die feminine Liebe ist dann in der Liebesgeschichte des Herzens mit dem Thema der Ablehnung verbunden.

Psychologen, die die Beziehung zwischen Kindern und ihren Eltern untersuchen, sind sich allgemein einig, daß die Fähigkeit, die Abwesenheit der Mutter zu verstehen, sich nicht vor dem neunten Lebensmonat entwickelt und erst mit etwa zweieinhalb Jahren voll ausgebildet ist. Lange Zeiten der Trennung von der Mutter vor diesem Zeitpunkt verursachen nicht nur das Gefühl der Ablehnung, sie haben auch eine Reihe negativer Folgen im Erwachsenenalter – Wut, Angst und überzogene Triebhaftigkeit.

Um zu einem sicheren Selbstempfinden zu kommen, das von der Mutter unabhängig ist, benötigt ein Kind die liebevolle Bestätigung durch den Vater. Dr. Daniel Trobisch sagt: »Mutter ist ein Kreis und Vater ist der, der uns von diesem Kreis wegzieht.« Die ursprüngliche Begegnung des Kindes mit der maskulinen Form von *storge* geschieht primär, indem der Vater die Mutter liebt; er liebt das Kind durch sie. In seiner Liebe zu seiner Frau beginnt der Vater, das Thema der maskulinen Fürsorge und Ernährung in die Liebesgeschichte seines Kindes zu schreiben. Wenn das Kind zu krabbeln lernt, krabbelt es von der Mutter weg zum Vater. Durch seine liebevolle Bestätigung spielt der Vater eine wichtige Rolle, um dem Kind zu helfen, daß es seine persönliche Identität von der Identität der Mutter trennen kann. Leanne Payne schreibt, welche Auswirkungen dies auf die Pubertät hat:

> *»Ob wir uns selbst als Person annehmen oder nicht, hängt von der Bestätigung ab, die wir durch die männliche Stimme erhalten. Als Frau kann ich meinen Sohn oder meine Tochter in seiner oder ihrer Geschlechtsidentität nicht bestätigen. Es ist die männliche Stimme, auf die sie hören, weil sie ja als Kinder meines Leibes ihre Identität von meiner trennen. Natürlich ist die innere Beziehung zum Vater auch vor dieser entscheidenden Zeit der Adoleszenz wichtig, jetzt aber ist sie im tiefsten Sinn notwendig. Indem der Vater, wo es nötig ist, ›zwischen‹ seine Söhne und ihre Mutter tritt, befähigt er sie, deren geschlechtliche Identität von der ihren zu trennen. Dies gilt auch für die Tochter, ist allerdings bei ihr nicht von so entscheidender Bedeutung hinsichtlich der sexuellen Identität. Schließlich ist sie nicht anders als ihre Mutter.«*[31]

Im Falle eines Sohnes wird die Liebe des Vaters dem Sohn helfen, sich auf positive Weise mit den männlichen und maskulinen Merkmalen zu identifizieren, die er in seinem Vater sieht. Dies ist für die Entwicklung einer gesunden »geschlechtlichen Rollenidentität« zentral – d. h. für den Part, den man als Frau oder Mann im Leben spielt. Für Söhne wie für Töchter ist der Vater der Repräsentant all dessen, was in dieser Welt maskulin und männlich ist, so wie die Mutter für Söhne wie für Töchter die Repräsentantin all dessen ist, was feminin und weiblich ist. Es ist wichtig, daß Kinder sich auf positive Weise mit der Rolle der Geschlechter identifizieren, die sie im gleichgeschlechtlichen Elternteil erblicken, um von diesem eine positive geschlechtliche Rollenidentität zu erlernen. Umgekehrt ist es ebenso wichtig, daß ein Kind geschlechtliche Unterschiede zum andersgeschlechtlichen Elternteil positiv erlebt, um zu lernen, wie es auf eine sich ergänzende Weise Beziehungen zu Angehörigen des anderen Geschlechts entwickeln kann. Wenn wir uns in unserer Geschlechtsidentität sicher sind, dann identifizieren wir uns auf richtige Art mit dem gleichen Geschlecht und entwickeln zum anderen Geschlecht eine gesunde, auf Ergänzung beruhende Beziehung.

Eines Morgens rief mich meine Schwester Karen an, um mir zu erzählen, was sie mit ihren Kindern gerade Nettes erlebt hatte. Mein Schwager war an jenem Morgen zur Arbeit gegangen, und Karen machte sich daran, das Frühstücksgeschirr abzuwaschen. Ihre zwei Kinder, Katie, fünf Jahre alt, und Alexander, zwei, liefen zum Spielen in ein anderes Zimmer. Einige Zeit verging, und Karen hörte keinen Mucks von den beiden. Sie meinte, dies sei in der Regel ein Zeichen dafür, daß sie etwas ausheckten.

Gerade als sie die Küche verlassen wollte, um nachzusehen, was los war, kam Alexander herein, die viel zu großen Hausschuhe seines Vaters an den Füßen, dessen Brille auf der Nase und unter dem Arm die Studienbibel des Vaters.

Dann rannte Karen ins Badezimmer, weil sie dachte, Katie werde wohl das gleiche Spiel spielen. Ein paar Wochen zuvor hatte Katie ihr Gesicht mit Make-up eingeschmiert und mit einer Schere ein gutes Stück ihrer Haare weggeschnitten. Karen ist von Beruf Friseuse. Dieses Mal fand Karen Katie glücklich beim Spielen in ihrer eigenen Phantasiewelt, und alle Haare waren da, wo sie hingehörten.

Diese harmlosen Formen des Spielens offenbaren eine gesunde Identifikation mit dem gleichgeschlechtlichen Elternteil. Das Endprodukt einer solchen gesunden Geschlechtsidentifikation ist eine angemessene geschlechtliche Rollenidentität. Diese Identifikation mit dem eigenen Geschlecht ist grundlegend für die Entwicklung einer gesunden geschlechtlichen Kernidentität. Sie verleiht einem Jungen die tiefempfundene Gewißheit, daß er nicht nur männliche Geschlechtsmerkmale hat, sondern auch maskulin ist; genauso wie es ein Mädchen darin bestätigt, daß es nicht nur weibliche Geschlechtsmerkmale hat, sondern auch feminin ist.

Während diese Kernidentität heranwächst, werden die Kinder sich bewußt, daß sie auf mancherlei Weise anders sind als das andere Geschlecht. Solch ein Erwachen bestätigt nicht nur die sich ergänzende Beziehung der Geschlechter zueinander, sie bestätigt dem Kind auch noch tiefer seine wachsende Identifikation mit dem eigenen Geschlecht.

Das spielerische Nachahmen von Geschlechterrollen verhilft Kindern zu einer Sicherheit in ihrer Identifikation mit dem eigenen Geschlecht. In den zwanziger Jahren studierte Jean Piaget, ein Schweizer Psychologe, intensiv die Bedeutung des kindlichen Spiels.

> *»Piaget sah das symbolische Spiel als einen wichtigen Aspekt im emotionalen Leben eines Kindes wie auch in seiner kognitiven Entwicklung an. ... Das Spiel erfüllt eine Vielzahl von Funktionen. Wenn man Kindern beim Spielen zuschaut, lernt man eine Menge darüber, was sie zu verstehen versuchen.«*[32]

Die Liebe von Vater oder Mutter ist die erste Prägung, welche die Geschichtslinien der geschlechtlichen Identifikation und Ergänzung in unserem Leben erfährt. Die Liebe, die eine Mutter ihren Kindern gibt, ist einzigartig und unterscheidet sich von der Liebe, die der Vater den Kindern gibt. Es ist wichtig, diese Unterschiede zu schätzen und nicht eine Liebe höher zu bewerten als die andere. Die Art von Liebe, die uns Vater beziehungsweise Mutter geben, ist nicht austauschbar, doch beide Arten sind gleich wichtig. Die Gewißheit der elterlichen Liebe macht die Entwicklung einer gesunden heterosexuellen Liebesgeschichte möglich, die wir später leben können. Wenn gesunde Ausdrucksformen der maskulinen und femininen *storge* in unser Herz eingeprägt wurden, dann sind wir frei dafür, andere Formen der Liebe in unsere Geschichte schreiben zu lassen.

## Philia – φιλια

Wir beginnen, der Welt außerhalb der Mutter zu begegnen, krabbeln zum Vater und entdecken schließlich die Welt der Freundschaften.

> *»Ein zweites Wort für Liebe ist* philia, *welches die Liebe unter Freunden bezeichnet. Es ist die Liebe eines Mannes zu seinem Kumpel oder einer Frau zu ihrer Freundin. Auch sie weist uns auf etwas im Leben sehr Wichtiges hin. Man könnte zwar ohne Freunde leben, doch es wäre ein äußerst armseliges Dasein. Lewis weist darauf hin, daß uns Freundschaft heute weniger zu bedeuten scheint als den Menschen der Antike, als Aristoteles die* philia *als eine Tugend klassifizieren und Cicero ein ganzes Buch darüber schreiben konnte.«*[33]

Auch die Freundschaft hat eine feminine und eine maskuline Ausdrucksform. In der frühen Entwicklungsphase scheinen Kinder nicht zu bemerken, ob ihre Spielkameraden männlich oder weiblich sind. Wenn sich in der Liebesgeschichte des Herzens die Geschichtslinie der geschlechtlichen Identifikation mit dem gleichen Geschlecht entwickelt, ist es ganz natürlich, daß ein kleiner Junge entdeckt, daß er ein kleiner Junge ist, und daß er deshalb nur mit anderen Jungen spielen will. Das gleiche gilt für kleine Mädchen. Wenn sich ein Kind in seiner Identifikation mit dem gleichgeschlechtlichen Elternteil, also innerhalb der Familie, sicher fühlt, dann entsteht ein Bedürfnis danach, zu Angehörigen des gleichen Geschlechtes außerhalb des Familienkreises Beziehungen aufzubauen. Dies nennt man gewöhnlich *troop-bonding*; die Zugehörigkeit zu einer Gruppe hilft bei der weiteren Entwicklung der Geschlechtsidentifikation. Eine »Igitt-Mädchen«-Haltung bei Jungen und eine »Igitt-Jungen«-Haltung bei Mädchen ist in dieser Zeit völlig natürlich. Diese kindliche Ablehnung des anderen Geschlechtes – die/der gehört ja nicht zu uns – ist Teil einer gesunden Identifikation mit dem eigenen Geschlecht. Ungesund ist es jedoch, bei dieser kindlichen Haltung stehenzubleiben.

Das Spiel mit dem anderen Geschlecht ist unerläßlich, um in der Liebesgeschichte des Herzens eine gesunde Geschichtslinie über die sich ergänzende Funktion der Geschlechter zu entwickeln. Über die gesamte Kindheit hinweg und besonders während der Pubertät sollten Kinder von ihren Eltern, Lehrern und anderen wichtigen Autoritätspersonen zu Freundschaften mit dem anderen Geschlecht ermutigt werden. Sonst bleibt die Fähigkeit des Kindes, zum anderen Geschlecht in Beziehung zu treten, womöglich unterentwickelt, wird völlig unterdrückt oder wird im Erwachsenenalter auf tragische Weise reduziert auf den sexuell befrachteten Eros.

## Eros – ερoσ

In der Pubertät erwacht der *eros*, in der Regel zunächst unreif, häufig sexuell überzogen und von romantischen Vorstellungen dramatisch eingefärbt. Oft erscheint er in unserem Herzen wie eine tragische Liebesgeschichte. Wenn wir in der Pubertät emotional gesund sind, so konzentriert sich nun in der Geschichte des Herzens alles auf die Geschichtslinie der Ergänzung der Geschlechter. Bei einem jungen Mann, der verliebt ist, wird der *eros* zu der zentralen Figur einer Nebenhandlung erotischer Liebe. Seine Gefühle für die, auf die seine Liebe gerichtet ist, sein Wunsch, sie zu besitzen, seine

Gedanken an sie werden zu den Hauptthemen dieser Nebenhandlung. Was fehlt, ist ein gleich großes Interesse für ihre Gefühle, Bedürfnisse und Gedanken. Seine Motivationen sind – typisch für diese Phase – sehr egozentrisch.

> *»... ist* eros *das, was die meisten Menschen heute im Blick haben, wenn sie an Liebe denken. Im Grunde ist* eros *romantische Liebe, sexuelle Liebe. Es ist der Name des griechischen Gottes mit seinen Liebespfeilen. Das Wort wird auch benutzt, um eine andere Art der Zuneigung als die romantische Liebe zu bezeichnen, doch dies ist seine typische Bedeutung, die Bedeutung, die dem* eros *seinen speziellen Charakter verleiht. Wir sollten zu Beginn festhalten, daß* eros *mehr ist als sexuelle Erfahrung. Ein Sexualakt kann ohne Liebe stattfinden. ... Doch der Sexualakt ist der angemessene Ausdruck für* eros, *da Zuneigung ein primäres Element dieser Art von Liebe ist.«*[34]

*Eros* ist die Liebe zwischen den Geschlechtern mit all ihren unterschiedlichen Ausprägungen. Dazu gehört die sich ergänzende Beziehung zwischen einem Mann und einer Frau, das unschuldige Händchenhalten unter Jugendlichen während einer Jugendschwärmerei, der einfache Genuß, den ein Mann empfindet, der eine Frau bewundert, und die Intimität einer Umarmung in der Ehe, wo einer den anderen wirklich kennt. Gesunder *eros* schließt immer auch gegenseitigen Respekt mit ein.

*Eros* ist nicht nur der angemessene Begriff für die Liebe zwischen den Geschlechtern, die sich auf romantische Weise ausdrückt, sondern auch für die Liebesbeziehungen zwischen den Geschlechtern innerhalb der Familie. Die Liebe eines Sohnes zu seiner Mutter umfaßt ganz natürlich auch Aspekte des *eros*, ganz einfach weil die beiden sexuell unterschiedlich sind. Das gleiche gilt für die Liebe einer Tochter zu ihrem Vater.

*Eros*, so wie er sich in der romantischen Liebe darstellt, bedarf heutzutage unbedingt einer näheren Definition. Unsere gesamte Gesellschaft ist wie ein Jugendlicher, der nicht aus der Pubertät herausgefunden hat. Der Erzählstrang der geschlechtlichen Ergänzung in unserem Herzen liest sich eher wie eine tragische Liebesgeschichte oder Seifenoper. Wir scheinen in einer narzißtischen Sichtweise des *eros* gefangen zu sein, die äußerst romantisiert ist, oder es gelingt uns nicht, den Sexualakt mit Liebe in Verbindung zu bringen. Wie ein hilfloser Romeo, der seine Julia sucht, benötigen wir verzweifelt die tiefen Einsichten, die C. S. Lewis in »Was man Liebe nennt« zum Ausdruck gebracht hat:

»Eros *dagegen weckt in einem Mann das Verlangen nicht nach irgendeiner, sondern nach einer einzigen, ganz bestimmten Frau. Auf geheimnisvolle Weise verlangt der Liebende nach der Geliebten selbst, nicht nach der Lust, die sie bereiten kann.*«[35]

Diese auf den anderen ausgerichtete Beschreibung der Liebe steht in starkem Kontrast zu der narzißtischen, sich selbst befriedigenden Lust, die heute für »Eros« gehalten wird.

Als Mann bin ich mir der Unterschiede zwischen der Zuneigung, die ich für einen Bruder in Christus empfinde, und der Zuneigung, die ich für eine Schwester in Christus hege, angemessen bewußt. Die echteste Form der Liebe unter Brüdern ist die *philia*, die durch die *agape* (Gottes bedingungslose Liebe) gestärkt wird. Ein Teil der Liebe, die ich zum Bruder empfinde, wurzelt in der Tatsache, daß wir beide Männer sind. Im Französischen ist das Wort, das »kennen« bedeutet – in dem Sinn, daß von Geburt an eine Ähnlichkeit besteht –, *connaître*. *Naître* bedeutet »geboren werden«, und *con* bedeutet »gemeinsam«.[36] Dieses Kennen aufgrund der Gemeinsamkeit kann nur geschehen, wenn die Geschichtslinie des Herzens über die Identifikation mit dem gleichen Geschlecht gesund ist.

Die wahrhaftigste Form der Liebe, die ich für eine Schwester in Christus empfinden kann, ist ebenso die von der *agape* getragene *philia*, doch sie schließt *eros* mit ein, einfach deshalb, weil ich ein Mann bin und sie eine Frau ist. Weil wir nicht das gleiche Wesen besitzen (gleich zwar in dem, daß wir beide als Menschen sind, ungleich jedoch insofern, als wir ein verschiedenes Geschlecht haben), lerne ich sie kennen, indem ich sie erfahre, indem ich meine Arme zu ihr ausstrecke und sie in meine Arme nehme. Im Französischen wird diese Art des Kennens *savoir* genannt; daher kommt auch das englische Wort *savor* [»genießen«]. Dieses Kennen aufgrund der Andersartigkeit kann nur geschehen, wenn die Geschichtslinie der geschlechtlichen Ergänzung im Herzen gesund ist.

## Verwirrte Liebe

»Wir lieben verwirrt, wir gefallenen Menschen; die Reise des Lebens dient dem Ordnen der Liebe.«[36] Unsere frühen Begegnungen mit den maskulinen und den femininen Formen dieser drei Arten der Liebe, so wie sie in unseren bedeutsamen Beziehungen (Mutter, Vater und andere) verkörpert sind, formen die Art und Weise, wie wir Liebe zum eigenen und zum anderen

Geschlecht in unserem späteren Leben erfahren. Diese Begegnungen haben auch einen Einfluß darauf, wie wir uns selbst als Mann beziehungsweise Frau sehen.

Die persönlichen Geschichtslinien der geschlechtlichen Identifikation und der geschlechtlichen Ergänzung können nicht isoliert voneinander in unser Herz hineingeschrieben werden. Wir können das eine nur wirklich kennen, wenn wir auch um das andere wissen. Das Maskuline und das Feminine werden so definiert, wie wir sie zusammen erleben. Folglich werden wir beide konfus erleben, wenn wir über eines der beiden verwirrt sind.

Ein unerfülltes Liebesbedürfnis in unserer Kindheit verschwindet nicht einfach nur, weil wir erwachsen werden. Häufig erscheinen solche Bedürfnisse in verschleierter Form als ein neurotisches Bedürfnis, das nach Befriedigung verlangt. Wenn wir bei einer dieser Arten von Liebe Mangel erlebt haben, dann werden wir sehr wahrscheinlich versuchen, diesen Mangel mit Hilfe einer der anderen Arten von Liebe auszufüllen. Das unerfüllte Liebesbedürfnis, das zur Neurose geworden ist, kann in den Geschichtslinien der geschlechtlichen Identifikation wie auch der geschlechtlichen Ergänzung auftreten.

Wenn ein Mann die maskuline Form der *storge* in der Kindheit nicht empfängt, wird in seine gesamte Geschichte der Geschlechtsindentifikation ein Defizit hineingeschrieben. Er versucht womöglich, dieses Defizit zu füllen, indem er sich in einer Abhängigkeit an einen anderen Mann hängt. Oder er versucht es durch eine Ausdrucksform des *eros* zu füllen, die dann zu einer homosexuellen Neurose führt. Wenn der Mann ein Defizit bei der *philia* hat, so hat er möglicherweise unrealistische Erwartungen an seine männlichen Freunde. Die Frau, die keine Gewißheit über die Liebe ihrer Mutter zu ihr gewonnen hat, überträgt dieses Bedürfnis möglicherweise auf ihre Beziehungen zu anderen Frauen und erwartet von ihnen etwas, das diese schlichtweg nicht geben können oder geben sollten. Manche Homosexualität, bei Männern wie bei Frauen, kann als ein unerfülltes gleichgeschlechtliches Liebesbedürfnis verstanden werden, das erotisiert wurde.

In diesen Fällen wurde fälschlicherweise *eros* in die Geschichtslinie der Geschlechtsidentifikation geschrieben, während er gleichzeitig in der Linie der geschlechtlichen Ergänzung fehlt. Wenn der Betreffende einen Mangel an *storge*-Liebe hat, wird der Versuch, diese Liebe durch *eros* zu erhalten, das Defizit niemals wettmachen. Man sucht die Liebe buchstäblich »am falschen Fleck«. Das unerfüllte Bedürfnis nach gleichgeschlechtlicher Liebe nimmt eine verzerrte und übertriebene Form an. Manche Homosexualität, bei Männern wie bei Frauen, führt zu einer angstvollen Meidung des anderen Geschlechts und zu einer Abhängigkeit und Bindung an das eigene Geschlecht. *Eros* wird in diese Geschichtslinie hineingewoben, um auf neurotische Weise zum eigenen Geschlecht zu finden und sich mit ihm zu identifizieren. Indem Angehörige des anderen Geschlechts gemieden werden, muß der Homosexuelle nicht mit seinem Gefühl der sexuellen Unzulänglichkeit dem anderen Geschlecht gegenüber zurechtkommen.

Wenn die Liebesgeschichte des Herzens verwirrt ist, dann sind dies ebenso auch die Beziehungen zu beiden Geschlechtern. Um zu gesunden, müssen wir Gott die Liebesgeschichte unseres Herzens offen und ehrlich erzählen und seine Erkenntnis darüber suchen, wie es zu dieser Verwirrung unseres Herzens kam. In schmerzlicher Offenheit können wir vor Gott und vor anderen eingestehen, wie gestörte Beziehungen zu geliebten Menschen unsere Identifikation mit dem gleichen Geschlecht und unsere Ergänzung gegenüber dem anderen Geschlecht in Mitleidenschaft gezogen haben. Wir können anerkennen, daß diese zerbrochenen Beziehungen unsere Persönlichkeit geformt haben. Wenn wir unsere Vergangenheit völlig ehrlich betrachten und sie so sehen können, wie sie wirklich war, dann können wir mit der Zeit von unseren Reaktionen auf diese zerbrochenen Beziehungen frei werden, die unser Beziehungsgeflecht bis in die Gegenwart hinein beeinträchtigen. Nur dann können wir wirklich beide Geschlechter lieben und von ihnen geliebt werden und auf diese Weise zu den Menschen werden, als die Gott uns gedacht hat.

*Kapitel 4*

# Die Ordnung der Liebe wiederherstellen

## Die Verwirrung der Symbole auflösen

*»›Wirklich ist man nicht von Natur aus‹, sagte das Pferdchen. ›Es ist etwas, das einem widerfährt. Wenn ein Kind dich sehr, sehr lange liebt, nicht nur um mit dir zu spielen, sondern dich wirklich liebt, dann wirst du wirklich.‹*
*›Tut das weh?‹ fragte der Kuschelhase.*
*›Manchmal‹, sagte das Pferdchen.«*[37]

Wie wir Vater und Mutter sehen, spiegelt deren Fähigkeit (oder Unfähigkeit) wider, uns in angemessener Weise zu lieben. Manchmal haben Eltern versucht, Kinder großzuziehen, ohne selbst je erlebt zu haben, was es heißt, von den Eltern richtig geliebt zu werden. Wenn wir von unseren Eltern eine gestörte Liebe erfahren haben, wird alles, was Mutter und Vater für uns bedeuten und darstellen, belastet sein. Weil Mutter und Vater in unserem Herzen die Prototypen für Mann und Frau darstellen, wird die Art, wie unser Herz die Geschlechter symbolisiert, die Zerbrochenheit der Eltern widerspiegeln.

Wenn über diese auschlaggebenden Symbole Verwirrung herrscht, werden sie zu Gefäßen für falsche Ansichten über die maskulinen und femininen Eigenschaften in uns und in anderen. Weil diese verwirrten Symbole im Unbewußten sitzen, sind uns nur die Emotionen, Haltungen und Verhaltensmuster bewußt, die daraus entspringen und in unser Bewußtsein dringen. Als Erwachsene geben wir auf die Frage »Wie ist ein Mann, der emotional gesund[38] ist?« oder »Wie ist eine Frau, die emotional gesund ist?« einfach die verkehrten Anworten.

Während dieser bedeutsamen Ferien in Milwaukee, in denen ich Leannes Seminar über die Wiederherstellung der Persönlichkeit besuchte, lernte ich einen Mann aus ihrem Team kennen – den zweiten Pfarrer der Gemeinde, in der das Seminar stattfand. Pfarrer Brown war ein gutherziger Mann mit einem rundlichen, sanften Gesicht und dem Körperbau eines Ringers. Bei unserem ersten Zusammentreffen fragte er mich: »Mario, was ist ein emotional gesunder Mann?«

Ich saß wie vor den Kopf gestoßen da und antwortete: »Ich weiß es nicht.«

Als ich versuchte, mir einen emotional gesunden Mann vorzustellen, brachte mein Herz Bilder von meinem Vater hervor, wie er herumwetterte und einen Wutanfall hatte; mein Herz brachte auch Bilder hervor von Schuljungen, die mich aufzogen, weil ich in ihren Augen weibisch war, von homosexuellen Männern, die sich umarmten – dies waren die einzigen Bilder von Männern, die sich in meinem Herzen befanden.

Dann fragte er mich: »Erinnerst du dich an irgendeinen emotional gesunden Mann in deiner Kindheit?«

»Nein.« Mir fiel keiner ein. Die einzige Ahnung, die ich davon besaß, entstammte den Geschichten, die mir meine Mutter über ihren Vater erzählt hatte – wie freundlich und sanft er immer gewesen sei und so voller Liebe für seine sechs Töchter. Doch auch er war ein gebrochener Mann, ein Alkoholiker. Pfarrer Brown war tatsächlich der erste gesunde Mann, der jemals ein Interesse für mich gezeigt hatte.

Da er sich nur schwer vorstellen konnte, daß ich in meinem ganzen Leben keinen emotional gesunden Mann kennengelernt hatte, bohrte er nach: »Sicher hast du doch irgendwann in deinem Leben wenigstens einen gesunden Mann kennengelernt?«

Verletzt gab ich zurück: »Jetzt hör mir mal zu. Du bist wahrscheinlich irgendwo in Indiana aufgewachsen und hast als Junge in der Jugendliga Baseball gespielt. Und ich bin sicher, dein Vater hat dich bei den Baseballspielen angefeuert. Nun, ich bin nicht so aufgewachsen, und du wirst mir einfach glauben müssen, wenn ich sage, daß ich in all den fünfundzwanzig Jahren auf diesem Planeten nie einen emotional gesunden Mann getroffen habe.«

Er schaute mir liebevoll in die Augen und reagierte nicht auf meine sarkastische Bemerkung. Er nahm seine Bibel heraus und schlug das siebte Kapitel des Lukasevangeliums auf, die Geschichte über den Glauben des Hauptmanns. Er erklärte mir, daß dieser Mann alle Menschen liebte, die Gott ihm über den Weg schickte, von seinem Diener bis hin zu den Juden in seiner Region.

Während der Pfarrer mir diese wunderschöne Geschichte sorgfältig und mit viel Liebe erklärte, begann ich die Liebe eines emotional gesunden Mannes zu spüren – Pfarrer Brown. Für mich war er ein aus dem wahren Leben gegriffenes Beispiel für den guten und liebevollen Hauptmann aus der biblischen Geschichte. Jedesmal, wenn er in die Bibel schaute, um einen weiteren Abschnitt der Geschichte zu lesen, blickte ich verstohlen sein freundliches Gesicht oder seine vornehmen Hände an, als würde ich ein Wesen von einem anderen Stern inspizieren. Ich hatte keine Ahnung, wie ich mich ihm gegenüber verhalten sollte.

Am Ende unseres ersten Zusammentreffens nahm er meine Hände in die seinen, und wir beteten gemeinsam. Es war das erste Mal, daß ein gesunder Mann eine Beziehung zu mir suchte. Als er meine Hände ergriff, reagierte ich erotisch auf seine liebevolle Berührung, und ich schämte mich zu sehr, um ihm von meinen Gefühlen zu erzählen. Es gab in meiner Gefühlswelt nichts, was diese, von der *agape*-Liebe inspirierte, männliche *philia*-Liebe, die Pfarrer Brown mir anbot, empfangen konnte. Zudem war in meinem Herzen der *eros* in die Geschichtslinie der Geschlechtsidentifikation geschrieben worden. Ich kannte nur eine Art, die liebevolle Berührung eines anderen Mannes zu interpretieren – die erotische.

Während er für mich betete und dabei meine Hände so sanft in den seinen hielt, öffnete ich meine Augen und tat einen verstohlenen Blick auf sein Gesicht. Seine Ernsthaftigkeit vermehrte noch die Scham, die ich empfand, weil mein Körper erotisch reagierte. Dann geschah es, daß ich durch irgend etwas in Pfarrer Browns Gebet eine Woge nicht-erotischer Liebe empfing. Ich glaube, es war, als er mich am Ende seines Gebetes »meinen Bruder Mario« nannte. Ich spürte nicht nur die Liebe Gottes, die mich durch die Hände dieses guten Mannes durchströmte, ich spürte auch wirkliche menschliche Liebe. Diese Berührung war mächtiger als die neurotischen Gefühle, die durch die symbolische Verwirrung in mir entstanden. In diesem Moment wurde etwas von der Ordnung der Liebe in mir wiederhergestellt.

Seine Hände waren auf sanfte Art fest und wirklich im Vergleich zu meinen, die mir unter seiner Berührung wie Gips erschienen. Während er betete, kam es mir so vor, als würden meine Hände geformt. Tatsächlich wurde ich selbst geformt, geformt zu dem Mann, für den Jesus gestorben war. Dies war schmerzhaft, aber ich begann, echt zu werden.

## Das Entwirren krankhafter mentaler Bilder

Mein wahres Selbst begann, sich zu zeigen, als Pfarrer Brown mir durch seine liebevolle Berührung das Echte, das Wahre und das Gute vermittelte, das in ihm war. Allein dadurch, daß er als Christ treu war, wurde er zu einem sakramentalen Kanal, durch den Gottes Heilung in mich hineinströmte. Was Pfarrer Brown war, nämlich ein gesunder Mann in Christus, machte auf mich einen viel tieferen Eindruck als das, was er sagte. An diesem Tag begann die Veränderung der Symbole meines Herzens. Die alten Symbole der verwirrten Maskulinität wurden aus der Geschichtslinie der geschlechtlichen Identifikation tief in meinem Herzen herausgelöst. Nun begannen neue Symbole einer gesunden Maskulinität ihren rechtmäßigen Platz in meinem Herzen zu finden.

Als ich Pfarrer Browns Büro verließ, hatte ich zum ersten Mal das Gefühl, eine Heilung von der Homosexualität könnte möglich sein. Ich hätte mir nicht gestattet, tatsächlich eine völlige Heilung zu erhoffen, um nicht enttäuscht zu werden. Ich zog nur diese Sache mit der Heilung in Erwägung, weil Gott mich so führte, und nicht, weil ich einen sonderlich großen Glauben gehabt hätte, daß es funktionieren könnte. Außerdem genoß ich den Spaß, den mir homosexuelle Begegnungen bereiteten, und ich wußte nicht, ob ich bereit war, dieses Vergnügen für immer aufzugeben. Doch ich wußte, daß die Heilung, die ich nun für möglich hielt, niemals ohne eine gewisse moralische Anstrengung meinerseits stattfinden konnte. Daher nahm ich mir vor Gott vor, mich nicht homosexuell zu betätigen, solange ich eine Heilung für möglich hielt.

Seit meiner Lektüre von Leanne Paynes Buch *The Broken Image* vor acht Monaten hatte ich wieder angefangen zu beten. Die Motivation hinter den meisten meiner Gebete war der Wunsch, von all den negativen Gefühlen und Erinnerungen an meinen Vater frei zu werden; ich wollte nicht unbedingt von der Homosexualität geheilt werden. Jeden Morgen bat ich Jesus im Gebet, aus meinem Herzen nur eine Erinnerung hervorzubringen, auf die ich seine göttliche Vergebung für meinen ebenso bedürftigen wie »heil«-losenVater anwenden konnte. Dann bat ich den Herrn, mir meine sündhaften Reaktionen auf die Sünden meines Vaters zu vergeben. Acht Monate lang zeigte mir Gott im Gebet jeden Tag eine Erinnerung, die Heilung und Vergebung brauchte.

Zu dem Zeitpunkt, als ich Pfarrer Brown traf, hatte das Kreuz Jesu mit seiner Kraft, Sünden bei mir und bei anderen zu vergeben, mein steinernes Herz bereits deutlich aufgeweicht. Mein Herz war bereit, die alten Symbole gegen neue auszutauschen. Die alten Zerrbilder von Männern und Frauen und die damit verbundenen Gefühle und Erinnerungen wurden nicht länger durch Bitterkeit und Unversöhnlichkeit in meinem Herzen zementiert. Doch damit die verwirrten Symbole durch wirkliche Symbole ersetzt werden konnten, mußte ich mich all den Emotionen, Einstellungen und Verhaltensweisen stellen, die von diesen verwirrten Symbolen ausgingen.

Mit meiner homosexuellen Neurose war ein homosexuelles Phantasieleben unauflöslich verwoben, das oft von Pornographie gespeist wurde. Wie

Leanne Payne gezeigt hat, liefert ein solches Phantasieleben, wie auch die Bilder, die aus einer ungeheilten Psyche aufsteigen, dem Betroffenen symbolische Bilder der geschlechtlichen Verwirrung.[39]

Mich von diesem Phantasieleben und dem Gebrauch von Pornographie abzuwenden war der erste Schritt, um die krankhaften Bilder von den Geschlechtern, die sich in meinem Verstand festgesetzt hatten, herauszulösen. Außerdem mußte ich die Lust bekennen, die hinter diesen Praktiken steckte, und Heilung für meine, von der Angst angetriebenen, Masturbationen empfangen. Doch dies waren Praktiken, auf die ich mich seit über zehn Jahren täglich eingelassen hatte. Es sollte nicht einfach sein. Nachdem ich meine Begierde bekannt hatte, warf ich alle Pornographie, die ich besaß, weg.

Dann mußte ich mich um die krankhaften Bilder in meinem Denken kümmern. Zuerst suchte ich nach der Bedeutung dieser Bilder meiner homosexuellen Phantasien. Um Leanne Paynes Terminologie zu benutzen, ich mußte lernen, meine »kannibalistische Zwangsvorstellung« zu entziffern.

In *The Broken Image* erzählt Leanne die Geschichte Matthews, eines jungen Mannes, der wie ich die symbolische Verwirrung seiner homosexuellen Phantasien auflösen mußte. Richtig verstanden sind diese Symbole verwirrte Schreie des Herzens nach geschlechtlicher Identifikation und persönlicher Integration mit dem eigenen Geschlecht. Leanne beginnt ihr Gespräch mit Matthew mit der Frage:

*»›Was tust du in deinen Phantasien?‹*

*›In meinen Phantasien möchte ich ihn umarmen, ihn auf den Mund küssen. Ich möchte mich mit ihm vereinigen. Und in meinen Träumen tue ich das.‹*

*Nach dieser Antwort fragte ich ihn: ›Kennst du dich mit den Gewohnheiten der Kannibalen aus? Weißt du, warum sie Menschen essen?‹*

*Völlig erstaunt antwortete er: ›Nein, ich habe keine Ahnung, warum sie Menschen essen.‹*

*Solche Fragen dienen oft als Schlüssel dazu, Menschen wie Matthew bewußt zu machen, was beim homosexuellen Zwang wirklich geschieht. Ich erzählte ihm daraufhin, was mir ein Missionar einmal gesagt hatte: ›Kannibalen essen Menschen, die sie bewundern, und sie tun dies,* um deren Charakterzüge zu gewinnen.‹

*Was mit Matthew geschah, war eindeutig: Er betrachtete den anderen jungen Mann und liebte auf diese Weise einen Teil seiner selbst, den er verloren hatte, einen Teil, den er nicht erkennen und annehmen konnte«* (Hervorhebung durch den Autor).[40]

Ruth Tiffany Barnhouse definiert in ihrem Buch *Homosexuality: A Symbolic Confusion* Homosexualität als einen neurotischen Versuch, seine geschlechtliche Identität über einen Partner vom eigenen Geschlecht zu erlangen. Sie schreibt:

> »... *kann es sein, daß jemand auf die homosexuelle Anpassung zurückgreift, um sich mit der ›maskulinen‹ Stärke des Partners zu identifizieren. Einer meiner Patienten drückte es so aus: ›Es war nicht so sehr der Wunsch, Peter* zu lieben; *ich wollte Peter* sein‹« (Hervorhebung durch den Autor).[41]

Mit meinem Verstand erkannte und ergriff ich diese Wahrheit: Mein homosexuelles Verlangen war kein biologischer Trieb, sondern vielmehr die Projektion einer gestörten Liebe und einer unabgeschlossenen Geschlechtsidentifikation auf einen Angehörigen des gleichen Geschlechts, der für mich meine Maskulinität symbolisierte. So begann ich, die Lüge zu überwinden, Homosexualität sei eine legitime Ausdrucksform der menschlichen Sexualität.

Um die verwirrten Symbole der Maskulinität in mir zu entwirren, stellte ich mir mit Blick auf die Männer, die in meinen sexuellen Phantasien auftauchten oder von denen ich mich sexuell angezogen fühlte, folgende einfache Frage: Was versuche ich von diesem Mann zu übernehmen? Welchen Bereich meiner Maskulinität, dem ich entfremdet bin, symbolisiert er für mich?

Mir wurde klar, daß all die Männer, die ich in der Vergangenheit »geliebt« hatte, nur das Ziel meiner Projektionen gewesen waren. Ich versuchte durch die erotische Vereinigung mit ihnen nur, meine geschlechtliche Identität zu vervollständigen. Tatsächlich hatte ich sie nie als Personen aus Fleisch und Blut gesehen, sondern meine Beziehung zu ihnen beruhte (wenn auch unbewußt) allein auf der Perspektive meiner eigenen Bedürftigkeit und Verwirrung.

## Befreiung von Masturbationen, zu denen meine Angst mich trieb

Ich wußte als Folge meiner wachsenden Befreiung von krankhaften mentalen Bildern, daß ich mich nun auch mit der gewohnheitsmäßigen Masturbation und der damit verbundenen Angst auseinandersetzen mußte. Da

Masturbationen häufig von der Angst angetrieben werden, halte ich es nicht für klug, das eine Thema ohne das andere anzusprechen. Doch um der Klarheit willen werde ich sie getrennt diskutieren.

Ich masturbierte immer am selben Ort, in meinem Schlafzimmer, und immer abends vor dem Einschlafen. Dadurch assoziierte ich mein Schlafzimmer schließlich mit diesem Verhalten. Sobald ich in mein Schlafzimmer kam, hatte ich einen Pavlowschen Reflex und dachte daran zu masturbieren. Mein Schlafzimmer mußte mit veränderten Symbolen in Verbindung gebracht werden, d. h. in meinem Herzen mußte es eine neue Bedeutung bekommen.

Zunächst stand ich einfach auf und kniete mich nieder, sobald ich im Bett den Drang verspürte zu masturbieren. Dann betete ich die Worte, die der Herr zu Paulus gesagt hatte, als es um dessen Schwachheit ging: »Meine Gnade genügt dir; denn sie erweist ihre Kraft in der Schwachheit« (2 Kor 12,9). Ich betete diese Worte so lange, bis der Drang nachließ. Meine Schwachheit bekannte ich vor Gott und bat ihn darum, daß er seine Kraft in mich hineinfließen lassen möge. Nie habe ich den Drang verleugnet; ich begann nur, etwas Autorität über meinen Körper auszuüben. Dann legte ich mich wieder zu Bett und versuchte, weiterzuschlafen.

In der ersten Nacht, in der ich dies versuchte, stand ich etwa zehn- oder zwölfmal auf, um zu beten. Ich schlief nur wenig. Doch als der Morgen kam, hatte ich noch nicht masturbiert. Dies war das erste Mal seit Jahren, daß ein Zeitraum von vierundzwanzig Stunden verging, ohne daß ich mich diesem Verhalten hingegeben hatte.

Ich wurde immer noch sehr stark von den Ansichten über Sexualität beeinflußt, die ich durch den homosexuellen Lebensstil angenommen hatte. Daher schien mir der Verzicht auf die Masturbation unnatürlich. In mein Gebetstagebuch schrieb ich:

> *»Ich habe in der letzten Nacht nicht masturbiert; es scheint mir unnatürlich, etwas so Natürliches nicht zu tun. Doch meine Ansichten über das, was natürlich oder unnatürlich ist, sind nicht länger der Maßstab für mein Leben, sondern Jesus. Ich werde das tun, was ich ihn sagen höre, egal, was ich denke.«*

Meine egoistischen subjektiven Gefühle und Gedanken waren nicht mehr der Maßstab für die Wahrheit. Jesus war nun mein Maßstab für Wahrheit geworden. Es war merkwürdig und paradox, zwei sich widersprechende Glaubensgrundsätze zu haben, denen ich beiden persönlich verpflichtet war

– einen, der aus meinem ungeheilten Herzen entsprang und den anderen, den ich meinem Glauben an Gott entnommen hatte.

In der nächsten Nacht spielte sich derselbe Kampf ab, doch ich gab dem Drang nicht nach. In der dritten Nacht gab ich nach, aber ich wußte, daß ich mir selbst gegenüber nicht unversöhnlich sein durfte. Ich fing einfach in der darauffolgenden Nacht neu an.

Bald war mein Schlafzimmer mit neuen Symbolen belegt. Es wurde ein Ort der Kommunikation mit Gott und ein Ort der Ruhe. In meinem Herzen assoziierte ich es nicht länger mit der Masturbation.

### Infantile Trennungsangst

Mit zwei Jahren kam ich mit einer Infektion der oberen Atemwege für über einen Monat ins Krankenhaus. In dieser Zeit wurde meiner Mutter nicht gestattet, sich mit mir im gleichen Raum aufzuhalten. Durch die langanhaltende Isolation von ihr entwickelte ich eine ernste Trennungsangst. Als Kind trug ich diese Angst und die damit verbundenen Abwehrmechanismen der Scham, der Wut und der Ablehnung tief in meinem Innern. In der Pubertät begann ich, einen von Furcht getriebenen Drang zur Masturbation als ein Mittel zu erleben, diese Angst zu lindern. In meiner weiteren Entwicklung zum Erwachsenen wurde die Masturbation zu einer gewohnheitsmäßigen Reaktion, um Spannungen oder Angst abzubauen. Im Rückblick kann ich erkennen, daß ich in den Zeiten, als ich dem homosexuellen Lebensstil folgte, durch Streßsituationen jedesmal in einen Kreislauf sexueller Betätigung hineingeworfen wurde.

In der frühen Kindheit wissen Kinder nicht, daß sie von der Mutter unabhängige Individuen sind. Von der körperlichen Gegenwart der Mutter getrennt zu werden bedeutet für ein Kind, von der Quelle seines Seins abgeschnitten zu sein. Kinder erlangen ein Empfinden für das eigene Sein und für ihr Wohlbefinden durch die gesunde Anbindung an ihre Mutter. Dies zu empfinden bedeutet für sie, durch die Liebe der Mutter tiefen inneren Frieden zu finden. Kleinkinder sind sich der Mutter als der Quelle ihres Seins zutiefst bewußt. Dieses intensive Bewußtsein darf nicht mit biologischen Trieben wie z. B. dem Bedürfnis nach Nahrung verwechselt oder gleichgesetzt werden. Es geht tiefer und ist wesentlich elementarer. Daher versuchen Kleinkinder, ständig ganz nahe bei ihrer Mutter zu sein.

Als mein Neffe Alexander gerade ein paar Wochen alt war, beobachtete ich sein Bedürfnis, in der Nähe meiner Schwester Karen zu sein. Sie und ich saßen in der Küche und unterhielten uns, während sie das Abendessen bereitete. Alexander saß in seinem Babystühlchen auf dem Küchentisch und beobachtete seine Mutter mit seinen großen blauen Augen. Wohin auch immer sie sich bewegte, seine Augen folgten ihr wie ein Strahler, der den Schauspieler auf der Bühne anleuchtet. Einmal verließ Karen die Küche. In dem Augenblick, als Alexander den Blickkontakt zu seiner Mutter verlor, fing er an, Theater zu machen und zu schreien. Doch sobald Karen den Raum wieder betrat, und er sie wieder erblickt hatte, hörten seine Tränen abrupt auf.

Auch wenn die Trennung von der Mutter unvermeidlich ist, wenn ein Kind zu einem gesunden Individuum heranwachsen soll, so sollte der Zeitpunkt einer solchen Trennung doch mit einer Schlüsselphase in der kindlichen Entwicklung zusammenfallen. Dr. Sally Province schreibt über die Fähigkeit des Kindes, eine Trennung positiv zu erleben:

> *»Die Fähigkeit des Kindes, mit dem Streß einer Trennung fertigzuwerden, hängt in großem Maß von der Fähigkeit ab, mentale Bilder der Menschen hervorzurufen, die für das Kind gleichbedeutend mit einem Gefühl der Sicherheit und des Wohlbefindens sind.«*[42]

Diese Fähigkeit, mentale Bilder hervorzubringen, nennt man »evokatives Gedächtnis«. Ein Kind hat ein solches evokatives Gedächtnis entwickelt, wenn es lernt, daß ein Gegenstand auch dann noch existiert, wenn er sich außer Sichtweite befindet. Wenn das Kind in der Imagination ein Bild der Mutter reproduzieren kann und auf diese Weise weiß, daß sie auch weiterhin existiert, selbst wenn sie nicht zu sehen ist, dann wird das Kind nicht ernsthaft unter Trennungsangst leiden. Mein Neffe Alexander konnte in seinem Geist noch kein Bild seiner Mutter evozieren, und er konnte auch nicht verstehen, daß sie nur einfach außer Sichtweite war, sich aber immer noch mit ihm im selben Haus befand. Als sie den Raum verließ, begann er zu weinen. Er wußte nur, daß sie weg war.

Dr. John Bowlby, ein bekannter Wissenschaftler im Bereich der Beziehungsforschung, weist warnend darauf hin, daß in den ersten drei Lebensjahren eines Kindes eine längere Trennung von der Mutter »gefährlich ist und, wo immer dies möglich ist, vermieden werden sollte.«[43] Dr. Bowlby beobachtete drei Phasen, wie Kinder auf Trennung reagieren. Die erste Phase ist Protest. In dieser Phase schreit und weint das Kind und sucht nach der Mutter. Alle Kinder erleben diese Phase der Trennungsangst, da jedes Kind irgendwann einmal weint, wenn die Mutter abwesend ist. Die zweite

Phase ist Verzweiflung. In dieser Phase verliert das Kind die Hoffnung, daß die Mutter zurückkehren wird, und zieht sich in sich selbst zurück. Die dritte Phase ist Ablösung. An diesem Punkt gewinnt das Kind wieder ein Interesse an seiner Umwelt und reagiert nicht mehr positiv, wenn die Mutter zurückkommt. Nur Kinder, die eine längere Trennung von der Mutter erleben, treten in die beiden letzten Phasen der Trennungsangst ein.

Dr. Frank Lake merkt in seinem Buch *Clinical Theology* an, daß die Trennungsangst bei Kleinkindern zu einer Reihe von Abwehrmechanismen und Reaktionen führen kann – Wut, Triebhaftigkeit, genitale Anspannung oder Ablehnung. Längere Trennung von der Mutter kann sich bei einem Kind körperlich manifestieren; es spürt dann eine schmerzvolle Anspannung im Genitalbereich. Das Kind greift nach seinen Genitalien, um die Anspannung zu mildern, ähnlich wie ein Sportler seine verspannten Muskeln reibt, um den Schmerz zu lindern. Dr. David Benner fügt hinzu, daß ein Kind bei einer längeren Trennung von der Mutter oft Scham empfindet, die daher rührt, daß das Kind den Eindruck bekommt, wertlos zu sein.[44] Das Kind hat den Eindruck, nicht gewollt zu sein.

Infantile Reaktionen, wie Wut, Begierde, genitale Anspannung, Ablehnung und Scham können bis in die Kindheit, die Pubertät und ins Erwachsenenalter anhalten. In solchen Fällen wird die Gewohnheit des Kindes, seine Genitalien zu reiben, um die schmerzhafte Anspannung zu lindern, manchmal von den Eltern fälschlicherweise für Masturbation gehalten. Doch erst, wenn das Kind in die Pubertät kommt, führt das Reiben der Genitalien ganz natürlicherweise zur sexuellen Erregung im Sinne der Masturbation. Doch wie Leanne Payne gesagt hat: »In diesen Fällen kommt es zu einer von der Angst hervorgerufenen Masturbation (und nicht zu einer rein lustvollen).«[45]

Die Erkenntnis, daß mein sexueller Drang teilweise direkt mit Angst zusammenhing und nicht gänzlich homosexuellen Begierden entsprang, war befreiend. Als meine Heilung von der Homosexualität voranschritt, begann ich, mich mit dem Schmerz der infantilen Trennungsangst zu befassen. Das Gebet unter Handauflegung spielte bei meiner Heilung eine sehr wichtige Rolle. Zu solchen Gebeten gehörte auch die Bitte an Gott, er möge mir ein Gefühl des Wohlbefindens schenken. Ein Beispiel für ein solches Gebet:

*»Lieber himmlischer Vater, ich bekenne dir die Sünde einer gefallenen Welt, in der Säuglinge ohne ein Gefühl der Zugehörigkeit zur Mutter und ohne sich deren Liebe sicher zu sein geboren werden. Wenn meine Beziehung zu meiner Mutter durch ihre Schuld gestört war, Herr, so ver-*

*gebe ich ihr jetzt ihre Schuld. Wenn dies durch andere Umstände in dieser gefallenen Welt verursacht worden ist, so vergebe ich, Herr, diese sündhaften Umstände.*
*Welche Gründe es auch gewesen sein mögen, Herr, nie habe ich eine sichere Bindung an meine Mutter erlebt. Ich habe mich manchmal gefühlt, als wäre ich gar nicht richtig da, als würde ich durch die Maschen dieses Lebens hindurchfallen, ohne Beziehungen und völlig allein. Komm du in diesen Mangel hinein und fülle mich aus, Herr, mit der Liebe, die ich brauche, um Beziehungen zu anderen Menschen zu leben.*
*Herr, in mir ist kein Friede – nur nagende Angst, die noch schlimmer zu werden scheint, wenn ich allein bin. Komm in mein Alleinsein, damit ich mich ihm vor dir stellen kann. Füll meine Leere mit deiner Liebe. Nimm meine Einsamkeit zu dir und verwandle sie in einen Garten der Abgeschiedenheit.*
*Komm in meine Angst hinein. Laß deinen Frieden in meine Beckengegend einkehren, wo sich diese Angst als genitale Anspannung manifestiert hat. Füll mich mit deinem Frieden und heile so die Angst, die ich durch neurotisches Sexualverhalten zu lindern suchte. Dies bitte ich im heiligen Namen Jesu. Amen.«*

## Die Frau in New York

Für Frauen mit lesbischer Neurose ist die Furcht, keine Beziehung zu ihrer Mutter zu haben, oft eine der Wurzeln ihrer sexuellen Probleme. Die Ablösung der Lesben von ihrer Quelle des Seins hat nicht nur zu intensiver Angst geführt, sondern auch eine Entfremdung von ihrer primären Beziehung verursacht, und daher auch von ihrer Möglichkeit, eine gesunde geschlechtliche Identität zu entwickeln. Seit ihrer frühesten Kindheit kann es daher vorkommen, daß sie eine von Angst motivierte Anspannung in ihren Genitalien mit sich tragen. Ihr Bedürfnis nach femininer *storge*-Liebe kann so verwirrt sein, daß möglicherweise alle Beziehungen zu Frauen erotisiert worden sind.

In der Seelsorge erzählen mir solche Frauen oft, daß sie in der Haut an ihren Armen die Sehnsucht danach spüren, andere zu berühren und berührt zu werden. Dies ist das Ergebnis einer »taktilen Deprivation«. Doch jegliche Berührung durch Frauen wird aufgrund der Verwirrung erotisch empfunden (so wie ich auf die Berührung von Pfarrer Brown reagierte). Als

Folge davon lassen sie womöglich niemanden zu nahe kommen, weil sie fürchten, selbst die einfachsten Formen der Zuneigung zu erotisieren.

Bei einer großen Konferenz in New York, bei der ich als Referent geladen war, diente ich zusammen mit einer Pfarrerin einer lesbischen Frau, die eben dieses Bedürfnis hatte. Als wir anfingen, für die verstörte Frau zu beten, empfing ich vom Herrn ein Bild. Es war das Bild einer Toilettenschüssel. Nachdem ich der Frau gesagt hatte, was ich sah, fragte ich sie: »Hat das für Sie irgendeine Bedeutung?«

Voller Scham fing sie zu weinen an und erzählte uns ihre schreckliche Erinnerung an eine Situation, die sich zutrug, als sie fünf Jahre alt war. Sie saß auf der Toilette, als ihre Mutter hereinkam und sah, wie sie ängstlich ihre Genitalien rieb. Die Mutter schaute sie voller Abscheu an und warf ihr vor zu masturbieren, wodurch sie diesem ohnehin schon verletzten Kind viel Scham und Schuld auferlegte.

Wir kümmerten uns umgehend um die falsche Scham und Schuld, die diese Frau über vierzig Jahre mit sich herumgeschleppt hatte. Wir salbten sie mit geweihtem Wasser und vermittelten ihr so symbolisch, daß Christus sie von all ihren Sünden reingewaschen hat; gleichzeitig vertrieben wir alle bedrückenden Mächte der Scham und der Schuld. Dann versicherte ich ihr: »Es ist ungewöhnlich, daß ein fünf Jahre altes Mädchen masturbiert. Aber manche reiben ihre Genitalien, um eine schmerzhafte Anspannung zu lindern, die sich dort zentralisiert hat. Das kann eine durch große Furcht oder Angst hervorgerufene Anspannung sein, die Folge einer unzureichenden Anbindung an die Mutter.«

Nachdem wir die Gegenwart Christi über dieser Erinnerung angerufen hatten, riefen wir über dieser zerbrochenen Mutter-Tochter-Beziehung die Vergebung Jesu aus. Nun war es nötig, darum zu bitten, daß Gott die verletzenden Folgen dieser zerbrochenen Beziehung heilen möge. Ich salbte sie mit Öl. Während ich Gott bat, in ihr die Gewißheit der mütterlichen Liebe hervorzubringen, hielt Willa, die Frau, die mit mir im Gebetsteam war, diese verletzte Frau in ihren Armen. Wir warteten und erlebten, wie Gott handelte.

Wir baten Gott, das Feminine in dieser Frau zu segnen, und ich bat darum, daß sie in der Lage sein möge, die liebevolle Berührung von Willas Umarmung recht zu empfangen. Sie sagte uns darauf, daß in ihr der Impuls da war, Willas Berührung zu erotisieren. Wir baten Gott, diesen Impuls auszufüllen, alle Scham und Schuld zu vertreiben und die Ordnung der Liebe in dieser Frau wiederherzustellen. Dann baten wir Gott, jede Faser im Körper dieser Frau mit seiner liebevollen Gegenwart auszufüllen und die Anspannung zu lösen, die sich in den weiblichen Organen dieser Frau festgesetzt hatte. Es ist auch nicht ungewöhnlich, daß Frauen mit einer gravierenden Trennungsangst äußerst schlimme Periodenschmerzen haben. Das liegt daran, daß sich der Schmerz der Trennungsangst mit dem im Menstruationszyklus ohnehin vorhandenen Schmerz verbindet.

Als wir sie am nächsten Morgen wiedersahen, strahlte ihr Gesicht vor Freude und Friede. Sie war eine gläubige Christin, und obwohl dies nur eine von vielen Heilungen war, die Gott in ihrem Leben vollbracht hatte, so war dies doch vielleicht die gewaltigste, abgesehen von ihrer Bekehrung. Sie mußte zwar diese Heilung erst noch in ihr tägliches Leben hineinnehmen und, in ihrem Fall, sollte sie vom Satan versucht werden, die Heilung herunterzuspielen; auch sollte sie naive Christen erleben, die ihre Heilung leugneten. Doch sie besaß genug christliche Reife, von sich selbst wegzuschauen und ganz auf Jesus zu blicken.

Es ist immer besser, wenn eine Frau die Betreffende in den Arm nimmt, während ein solches Gebet gesprochen wird, denn einer Frau mit einer solchen Not fehlt die feminine Form der *storge*-Liebe. Wenn jedoch keine Frau für das Gebetsteam zur Verfügung steht, kann auch ein Mann mit dem richtigen Verständnis für eine therapeutische Berührung von Gott benutzt werden und um eine solche Heilung sowohl für Männer als auch für Frauen beten.

## Ein verwandtes, von der Angst herbeigeführtes Verhalten

In letzter Zeit sind mir Menschen begegnet, die mit einer anderen Art von Masturbation aus Angst zu kämpfen haben, und zwar mit der analen Stimulation. Dieses Problem ist häufig von ernsthafter Scham und Schuldgefühlen umgeben. Auch hier muß der einzelne mit viel Liebe und Gnade durch Gebet von diesen Gefühlen befreit werden, damit man dieses Problem angemessen angehen kann.

Diese leidenden Menschen empfinden fast immer eine große Anspannung im Schließmuskel ihres Rektums. Sie hängt mit einer Anspannung im Unterleib der Betroffenen zusammen. Solche Menschen sind immer erstaunt, wenn sie erfahren, daß sie diese Muskelanspannung lösen können, indem sie einfach diesem Teil ihres Körpers mitteilen, er solle sich beruhigen.

Wenn dieses Verhalten starke, lustbetonte Züge hat, so muß dies zuerst bekannt und anschließend der Betroffene durch Gebet davon freigesetzt werden. In fast allen Fällen ist es nötig, Gott darum zu bitten, daß dieser Mensch zu einem neuen Selbstgefühl oder ganz einfach zu einem seelischen Wohlbefinden gelangen möge.

### Sexuelle Erregung und Angst

Klinische Psychologen haben schon vor langer Zeit erkannt, daß Situationen, die Angst hervorrufen, oft auch zu einer sexuellen Erregung führen. Ein Wissenschaftler befaßte sich mit einem jungen Mann, der »beschrieb, wie er seit dem frühen Jugendalter leichte Erektionen erlebte, sobald er Angst hatte.«[46] Das Heilmittel gegen diese von Angst herbeigeführte sexuelle Erregung besteht darin, einige praktische Fertigkeiten zu erlernen, um mit der Angst umgehen zu können, statt sich auf die Masturbation zu konzentrieren, die oft die Folge solcher Erregung ist. Wenn das Maß an Angst erst einmal reduziert ist, dann wird auch der Drang zur Masturbation nachlassen.

Was mich angeht, so reagierte ich, auch nachdem ich ein Gefühl der Sicherheit und des Wohlbefindens empfangen hatte, auf Angst manchmal noch mit dem Drang zu masturbieren. Ich ließ es jedoch damals nicht zu, daß sich falsche Schuldgefühle einschlichen. Das hätte meinen Angstpegel nur noch in die Höhe getrieben, was dann wieder den Drang zur Masturbation gesteigert hätte. Doch diese Versuchungen waren ganz anders als die von Begierde erfüllten Versuchungen, die ich erlebt hatte, als ich noch homosexuell war oder die ich heute als legitimes sexuelles Bedürfnis nach der Vereinigung mit einer Frau erlebe, wie sie ein normaler, junger, unverheirateter Mann hat.

Ein Mann, der sich im Übergang zwischen der Homosexualität zu Heterosexualität befindet, erlebt den Drang zur Masturbation manchmal dadurch, daß seine unterdrückte Heterosexualität in Erscheinung tritt. Dies ist unter Umständen ein verspätetes sexuelles Erwachen gegenüber Frauen, das sich normalerweise in der Pubertät abspielt. Dieses Erwachen ist nicht nur zu begrüßen, es muß auch reifen können. Und der Betreffende muß lernen, daß er nicht automatisch einem sexuellen Bedürfnis nachgeben darf, nur weil es sich um ein legitimes Bedürfnis handelt.

Die mit Angst verbundene sexuelle Versuchung wurde mir nach einigen Besuchen bei meinen Eltern besonders bewußt – es war immer noch das gleiche, von Angst erfüllte, unheile Zuhause aus meiner Kindheit. Während und nach diesen Besuchen bekämpfte ich den Drang zur Masturbation. Ich lernte einige praktische Maßnahmen, um mit Streß umzugehen, und diese halfen mir, dieses Verhaltensmuster zu durchbrechen. Erstens richtete ich gesunde Grenzen zwischen mir und denen in meiner Familie auf, die bei mir die größte Angst hervorriefen. Zweitens lernte ich die überlebensnotwendige Fähigkeit der emotionalen Ablösung, ein Muß für jeden, der in einer Familie aufgewachsen ist, die in ihrem Beziehungsgeflecht gestört war.

> *»Distanzierung bedeutet, sich in Liebe von einer Person oder einem Problem abzulösen oder zu distanzieren. Wir lösen uns mental, emotional und manchmal auch körperlich aus ungesunden (und oftmals schmerzhaften) Verbindungen mit dem Leben eines anderen Menschen, auch aus unserer Verantwortung für diese Person und von Problemen, die wir nicht lösen können. ... Die Distanzierung bedeutet nicht, daß uns der andere oder das Problem egal ist. Sie bedeutet, daß wir lernen, zu lieben, uns zu kümmern und involviert zu sein, ohne dabei verrückt zu werden.«*[47]

Als letztes begrenzte ich schließlich meine Besuche zu Hause jeweils auf einige wenige Tage.

Das Gebet wurde das wichtigste Mittel, um mit der Angst und der damit verbundenen sexuellen Erregung fertigzuwerden. Als erstes rief ich den Namen Jesu an und sprach mit ihm über das, was gerade geschah. Dann sprach ich im Gebet sanft zu meinem eigenen Körper, indem ich zum Beispiel sagte: »Du darfst Angst haben, Körper, das ist in Ordnung. Jesus ist hier und er wird dich beruhigen. (Im Erleben der Angst und der sexuellen Erregung betete ich weiter.) Jesus, bitte komm du jetzt hinein in diese beiden Gefühle und durchschneide du die Verbindung, die mein Körper zwischen der Angst und den sexuellen Gefühlen hergestellt hat.«

Dies ist ein Gebet, das ich für mich selbst sehr oft beten mußte. Das Ziel dieses Gebetes ist nicht, daß der Körper gar keine sexuellen Gefühle mehr hat, sondern daß die sexuellen Gefühle nicht mehr die Folge von Angst sind. Manchmal betete ich: »Herr, laß in meinem Körper nur dann sexuelle Gefühle entstehen, wenn ich in einer ordnungsgemäßen Beziehung zu einer Frau stehe.«

## Fasten und Gebet

Ein letztes möchte ich an dieser Stelle erwähnen: Etwas, das mir half, die Masturbation zu überwinden und in meiner Heilung fortzuschreiten, war die christliche Übung des Fastens. Wenn ein Christ fastet, so sagt er damit seinem Körper: »Ich habe die Gewalt über dich. Ich bin kein Sklave all meiner fleischlichen Begierden.« So wie ein Kleinkind lernt, seinen Stuhlgang zu kontrollieren, so muß auch der Erwachsene lernen, das Drängen in seinem Körper zu beherrschen.

Da ich aus einem Umfeld kam, in dem ich nicht nur jedem körperlichen Drang sofort nachgab, sondern dies auch noch auf neurotische Weise genoß, empfand ich das Fasten als eine kraftvolle und heilsame Disziplin für mein Leben als Christ. Wenn ich mich einer Sache gegenübersah, mit der ich nicht fertigzuwerden schien, so machte ich das betreffende Thema oft zum Gegenstand meines Gebetes und fastete gleichzeitig. Häufig schenkte mir der Herr in diesen Zeiten des Betens und Fastens Erkenntnisse, die meine Heilung voranbrachten.

Nachdem meine Not, tiefe emotionale Heilung finden zu müssen, nachließ, blieben diese Zeiten des Fastens und Betens auch weiterhin wunderbare Erlebnisse der Gemeinschaft mit Gott und Gebetszeiten, in denen ich besonders sensibel dafür war und bin, den Willen Gottes zu erkennen.

## Die Loslösung vom *Cruising*

Als ich in der Schwulenszene von New York noch neu war, schaute ich mir jeden auf der Straße mit einem Gefühl der Ehrfurcht an. Ich war im Mittelwesten aufgewachsen, und New York City war für mich wie ein fernes Land. Ich merkte bald, daß manche Männer meinen Blick auf merkwürdige Art erwiderten. Als ich mit einem homosexuellen Freund die *Fifth Avenue* entlang ging, geschah es wieder einmal. Also fragte ich ihn, was diese merkwürdigen Blicke sollten.

Er sagte: »Oh, die ›cruisen‹«.

»Was bedeutet das?« fragte ich.

»Wenn du die Straße entlanggehst und einen Mann siehst, der dir gefallen könnte, und er erwidert deinen Blick, während ihr aufeinanderzugeht, als sei er auch interessiert, dann checkt ihr einander ab. Wenn ihr dann aneinander vorbei seid, kannst du zurückschauen. Und wenn ihr euch beide umdreht und einander anschaut, dann heißt das, daß ihr einverstanden seid, einander kennenzulernen. Dann kann es gut sein, daß etwas daraus wird. Das nennt man ›cruising‹«.

Jahrelang hatte ich Männern nachgesehen in der Hoffnung, daß sie auch zurückschauen würden, als wollten sie mich. *Cruising* ist die verdrehte Art, auf die unter Homosexualität leidende Männer versuchen, einen maskulinen Blick zu erhaschen, der ihnen sagt: »Ich will dich«, »Ich liebe dich«, »Ich brauche dich«. *Cruising* ist eine von vielen Ausdrucksformen eines konfusen Symbolverständnisses.

Als ich mich in dem Prozeß der Heilung von meiner homosexuellen Neurose befand, stolperte ich über einen Artikel im *New York Times Magazine*. In diesem Artikel zitiert David Shorewood einen Brief seines Bruders Andy, eines alternden Homosexuellen, der in Paris lebt.

> *»›Ich drehe mich heute nicht mehr so häufig um wie früher‹, so schreibt er nun. ›Ein Freund und ich, wir vertreiben uns die Zeit mit einem Spiel, das wir ›Existieren‹ nennen. Es besteht darin zu raten, ob ein Fremder uns bemerken wird, und wenn ja, welchen von uns beiden er bemerken wird, oder ob wir eben offensichtlich nicht ›existieren‹, und man durch uns durch schaut, statt uns anzuschauen.‹*
> *Diese Fremden, mit deren Hilfe Andy und sein Freund ihre ›Existenz‹ definieren, sind Jungen und Männer, die man zunächst von ferne sieht, dann aus der Nähe, während man auf dem Bürgersteig aneinander vorbeigeht.*
> *›Wenn uns doch einer anschauen sollte‹, fügt er hinzu, ›dann gilt der Blick meist Patrice, der fünfzehn Jahre jünger ist.‹*
> *Andy kommt damit klar, daß er immer weniger Blicke von den Fremden einfängt. Doch es belastet ihn, daß er nie in der Lage war, von unserem Vater einen Blick der Zuneigung zu erhaschen.«*[48]

Die Blicke meines Vater haben auch niemals Liebe oder Bestätigung ausgedrückt; oft waren sie voll von grausamem Spott. Einer der Angestellten meines Vaters sagte einmal zu mir: »Mario, dein Vater ist der einzige Mann, den ich kenne, der einen anderen Mann mit einem schmutzigen Blick kastrieren kann.«

Die Bestätigung des Vaters kommt nicht nur aus dem, was er sagt oder nicht sagt, sondern auch aus seiner Berührung und seinem Blick. Wenn wir die Bestätigung, die wir benötigen – eine positive Bekräftigung unseres Seins, unserer Existenz –, nicht bekommen, wird unser Herz verwirrt. Als Folge davon versuchen wir, uns diese Bestätigung und Liebe symbolisch auf eine unangemessene Weise zu nehmen.

Lange, nachdem die Masturbation und offene homosexuelle Versuchungen aufgehört hatten, ein Problem für mich zu sein, ertappte ich mich manchmal noch beim *cruising*. Eines Abends fuhr ich von einem Seelsorgeseminar für Laien nach Hause. Mir fiel auf, daß ich bei jedem Auto, das mir entgegenkam, hineinschaute, in der Hoffnung, der Fahrer sei ein Mann. Ich fragte den Herrn nach dem Grund. Obwohl ich keine Antwort hörte, wußte ich, daß ich mich selbst nicht gnadenlos verurteilen sollte.

Kurze Zeit später traf ich mich mit einem Freund, der die Homosexualität überwunden hatte, zum Abendessen und fragte ihn diesbezüglich. Er sagte: »Ich weiß nicht, warum ich es gemacht habe, aber ich weiß, wie man dafür beten kann. Jedesmal, wenn ich einen Mann sehe, durch den ich in Versuchung geführt werde, schließe ich die Augen und stelle mir die Frau vor, die Gott für ihn geschaffen hat. Wenn ich sie dann zusammen sehe, danke ich Gott, daß er diesen Mann geschaffen hat, um mit dem Menschen ein Fleisch zu werden, den Gott für ihn gedacht hat, und das ist eine Frau und nicht ich.«

Ich beherzigte den Rat meines Freundes und begann, mir im tiefsten Herzen die Wahrheit zu sagen. Jedesmal, wenn ich so betete, ließ ich dieses Bild von dem Mann und der Frau, wie sie zusammen sind, in mein Herz hineinsinken. Im Grunde gab Gott meinem Herzen auf diese Weise neue Symbole, indem er die alten Bilder von Männern in falscher Vereinigung herausnahm und sie durch gesunde und wahre Bilder ersetzte, die Mann und Frau in einer rechten Beziehung zueinander zeigten. Dieser Prozeß wurde deutlich beschleunigt, als ich immer mehr mit Christen zusammenkam und bei ihnen schöne und gesunde Ehen erlebte, Mann und Frau zusammen, das Männliche und das Weibliche im Ebenbild Gottes.

## Sündhafte Reaktionen auf die Einsamkeit

Dr. Frank Lake schreibt in seinem Buch *Clinical Theology*:

> *»Immer wiederkehrende Einsamkeit in der Gegenwart ruft fast immer einen Prototypen wach, der an der Wurzel des Seins schlummert. Auf diese Weise verwandelt die vergrabene Vergangenheit einen Augenblick der Gegenwart, dessen Schrecken noch zu ertragen wäre, in einen Moment unerträglicher Angst.* […]
> *Die gegenwärtige Einsamkeit kann eine neurotische Angst herbeiführen, die dann bei dem, der darunter leidet, sexuelle Gefühle auslöst, die zur Versuchung werden.«*[49]

Manche, die durch das Gebet ein neues Selbstwertgefühl und eine innere Zufriedenheit gefunden haben, reagieren trotzdem manchmal auch weiterhin auf sündhafte Weise auf die Einsamkeit – eine Einsamkeit, die in der Vergangenheit hin und wieder zu sexuellen Verfehlungen geführt hat, um die neurotische Angst zu lindern. Einige dieser sündhaften Reaktionen auf die Einsamkeit sind Passivität (Trägheit), Selbstsucht und Stolz. Ich machte mich aller drei schuldig.

Die passiven Reaktionen hängen direkt mit der sich selbst bemitleidenden Stimme des ungeheilten Kindes in uns zusammen. Ihm fehlt die Imagination und daher macht es sich nicht einmal die Mühe, über Alternativen zu diesem Zustand der Passivität nachzudenken.

Als ich in diesem passiven Zustand steckte, lag ich oft auf meiner Couch und starrte ziellos in die Luft, wobei ich manchmal auf eine Art, die ich für Gebet hielt, Gott mein trauriges Los klagte. (Eigentlich feierte ich dabei nur den alten Menschen in mir.) Als ich einmal wieder eines dieser schwächlichen Gebete herausseufzte, rief der Herr als Antwort Ijob, Kapitel 38, Verse 2-3 in meinem Herzen wach. Ich war äußerst überrascht, als ich die Stelle nachlas: »Wer ist es, der den Ratschluß verdunkelt mit Gerede ohne Einsicht? Auf, gürte deine Lenden wie ein Mann: Ich will dich fragen, du belehre mich!«

Dann las ich die darauffolgenden Kapitel laut, während ich in meinem Wohnzimmer aufrecht vor Gott stand. Die Fragen, die Gott Ijob stellt, flößten so viel Ehrfurcht ein, daß ich sie nicht lesen konnte, ohne zu Gott aufzuschauen und von mir selbst wegzublicken und meine Situation klarer zu erkennen. Nachdem ich meine Passivität bekannt hatte, war ich nach diesem Gebet ein gutes Stück mehr Mann geworden als am Anfang meines Betens.

Die selbstsüchtige Reaktion auf die Einsamkeit kommt oft daher, daß man seine Privatsphäre streng bewacht und niemanden hineinläßt. Das mag damit zusammenhängen, daß man schon Jahre lang allein gewesen ist, und führt dazu, daß der einzelne die Gemeinschaft mit anderen Christen aufgibt.

Eines Sonntagmorgens – es war noch nicht ganz ein Jahr her, daß ich den homosexuellen Lebensstil hinter mir gelassen hatte – stellte mir der Herr in aller Deutlichkeit meine Selbstsucht vor Augen. Beim Gemeindecafé nach dem Gottesdienst lud mich eine der Ältesten in ihr Haus ein. *Brunch* für alle, die neu in der Gemeinde waren, eine liebevolle Idee! »Nein, danke«, sagte ich höflich. »Ich habe schon etwas anderes vor.« Das »andere«, das ich vorhatte, war nichts anderes, als den Nachmittag im besten jüdischen Restaurant der Stadt zu verbringen, die *New York Times* zu lesen, einen Bagel mit Räucherlachs und Frischkäse zu essen und einen heißen Kaffee zu schlürfen. Dies tat ich seit fünf Jahren regelmäßig.

Als ich zu diesem Restaurant fuhr, zeigte mir der Herr, daß ich überhaupt nicht an die Gefühle dieser Frau gedacht hatte oder daran, mit wieviel Liebe sie den *Brunch* zubereitet hatte. Je näher ich dem Restaurant kam, um so schlechter fühlte ich mich. Die *New York Times* könnte warten, aber dieser *Brunch* fand nur heute statt. Schließlich wendete ich meinen Wagen und ging zu dem *Brunch*, bei dem ich viele Leute kennenlernte, mit denen ich später noch sehr viel mehr Gemeinschaft haben sollte.

Die von Stolz gekennzeichnete Reaktion zeigt sich möglicherweise in den unrealistischen Maßstäben, die man bei Freundschaften anlegt. Statt jeden aus dem Volk Gottes anzunehmen, so wie Gott ihn uns zur Gemeinschaft untereinander schenkt, legen wir einen Maßstab an, um genau festzulegen, wer unsere Zeit wert ist. Oder wir versuchen, unsere geringe Selbsteinschätzung aufzublasen, indem wir Beziehungen zu Menschen suchen, die uns besser vorkommen als wir selbst. Auf der einen Seite schätzen wir uns selbst geringer ein als andere und suchen deren Anerkennung, damit wir uns besser fühlen können. Auf der anderen Seite halten wir uns selbst für besser als andere und wollen nicht gestört werden.

Obwohl ich aus dem ländlichen Mittelwesten stammte und von dieser kleinen Kirche in Ohio viel Gutes empfangen hatte, schaute ich doch hin und wieder auf diese »Farmer« herunter und hielt meine weltbürgerliche Nase, die ich mir erworben hatte, weit nach oben. Dayton, Ohio, war für mein (mir in der Bostoner Kulturwelt angeeignetes) ästhetisches Empfinden eine Beleidigung. Ich glaubte, ihnen damit einen Gefallen getan zu haben, daß ich nach »Cow-hio« gekommen war (so nannten meine Bostoner Freunde Ohio [*cow*: »Kuh«]).

Doch ich war ziemlich beschämt (wirklich tief in meinem moralischen Empfinden beschämt), als ich meine Arroganz erkannte. Schließlich fiel es diesen Menschen genauso schwer, die kulturellen Barrieren zwischen uns zu überwinden. Dennoch blickten sie hinter die Fassade meiner Attitüden und meiner modischen Schickeria-Kleidung und schafften es, mich zu lieben.

Wir können mit diesen sündhaften Reaktionen auf die Einsamkeit fertigwerden, indem wir vor Gott von diesen Haltungen umkehren. Tun wir dies nicht, dann wird unsere Einsamkeit bleiben und kann möglicherweise zu Angstzuständen führen, die uns wiederum unnötigen Versuchungen aussetzen.

## Wenn wir uns vor Gottes Angesicht der Angst stellen

Nachdem mir durch Pfarrer Brown, durch Leannes Seminar und durch die Umkehr und Erfüllung mit dem Heiligen Geist so viel Hilfe begegnet war, hatte ich eines Tages an einem Wochenende ein einfach unglaubliches Erlebnis mit Gott. Es war Donnerstag nachmittag und die Seminare am Freitag waren abgesagt worden. Vor mir lagen drei lange Nächte und zwei unausgefüllte Tage, bevor ich am Sonntag morgen mit anderen Christen Gemeinschaft haben konnte. Ich saß in meinem gutausgestatteten Apartment in Ohio und spürte allmählich die Furcht davor, solange allein zu sein. Die sexuelle Erregung, die sich mit dieser Angst verband, führte zu einer überwältigend starken homosexuellen Versuchung. Ich wußte genau: Wenn ich mein Apartment verließe, würde ich ohne jeden Zweifel der sexuellen Versuchung erliegen.

So beschloß ich, an diesem Abend zu Hause zu bleiben. Ich sah eine Weile fern und las ein wenig. Als der Freitag morgen anbrach, ergriff mich wieder diese tiefe Angst und diese übermächtige homosexuelle Versuchung, sobald ich erwacht war. Nur schienen diese Gefühle über Nacht schlimmer geworden zu sein. An diesem Morgen hörte ich Gott während meiner Stillen Zeit zu mir sagen: »Ich liebe dich, Mario.« Am Ende meiner Gebetszeit ergriff mich eine tiefe, von Gott geschenkte Gewißheit: Wenn ich bis zum Sonntag morgen durchhalten konnte, ohne der Versuchung zu erliegen, dann würde mein Körper nie wieder von einer solchen homosexuellen Versuchung verzehrt, wie ich sie momentan erlebte. Ich wußte es einfach. Ich machte meinen Willen eins mit dem Willen Gottes und beschloß, daß ein Nachgeben nicht in Frage käme. Ich nahm Pflaster und klebte es von innen gegen meine Wohnungstür und den Türrahmen. Dann versprach ich Gott, daß ich dieses Siegel vor dem Sonntag nicht aufbrechen würde, egal, wie verängstigt oder sexuell versucht ich auch sein sollte.

Freitag nachmittag und abend nahmen die Versuchung und die Angst immer mehr zu – ich hätte nicht für möglich gehalten, daß es so schlimm werden konnte. Ich säuberte jeden Winkel meines Apartments, sortierte Ablagen, die ich seit Jahren nicht mehr angeschaut hatte, schrieb Briefe an alte Freunde, machte Ferngespräche und suchte vor allem die Gegenwart Jesu. Freitag nacht verbrachte ich im Grunde damit, mich im Bett hin- und herzuwälzen; es schien die längste Nacht meines Lebens zu sein. Doch das Pflaster klebte noch an der Tür.

Dann kam der Samstag morgen. Nun war mein Apartment fleckenlos, meine Ablagen geordnet und ein Stoß von Briefen an Leute, denen ich seit

Jahren nicht geschrieben hatte, lag auf dem Tisch. Ich konnte nur noch beten, lesen und die Gegenwart Jesu suchen. In meinem Innern tobten immer noch die nagende Angst und die gewaltige homosexuelle Versuchung.

Als ich an diesem Nachmittag allein in meinem Wohnzimmer war, spielte ich, laut vor mich hin lesend, das Ein-Personen-Stück *The Passion of Lady Bright* [»Die Leidenschaft der Lady Bright«] von Joe Orton, einem schwulen Dramatiker. Das Stück erzählt die Geschichte eines alternden, männlichen Homosexuellen, der nicht mehr jung genug ist, als daß ein anderer mit ihm schlafen würde. Die Wände seines Zimmers sind mit den Unterschriften all derer übersät, die er in den letzten zwanzig Jahren für eine Nacht mit zu sich nach Hause gebracht hatte. Während sich das Stück entwickelt, versucht er, sich an die Gesichter zu erinnern, die zu diesen Hunderten von Unterschriften gehören, die seine Wand zieren. An einige kann er sich erinnern, an andere nicht. Es ist ein trauriges, aber wahres Stück, denn am Ende wird dem Mann bewußt, daß er ein alternder Homosexueller ist, der niemanden hat, den er lieben könnte. In diesem Stück ist Lady Bright in Wirklichkeit eine alte, ausgebrannte Tunte, die in ihren Selbstgesprächen lebt, allein und ohne Hoffnung.

Nachdem ich meine Wohnzimmeraufführung beendet hatte, fiel ich voller Grauen auf meine Knie. Ich schrie zu Gott und bettelte: »Lieber Herr, laß mich nicht auch so eine Lady Bright werden.« In diesem Moment erinnerte ich mich an eines meiner erschreckendsten Erlebnisse während meiner Zeit im Schwulenmilieu.

Es war an Weihnachten, vier Jahre zuvor. Einige Freunde und ich gingen auf einen Drink in eine unserer beliebtesten Schwulenbars. Die Stadt war von einer Lage frisch gefallenem Schnee bedeckt, und vom Himmel fielen leise und gemächlich dicke Schneeflocken. Als wir von unserem Wagen zur Bar gingen, schlug eine Kirchturmuhr gerade Mitternacht.

»He, der Weihnachtstag hat begonnen«, sagte einer meiner Freunde. »Frohe Weihnachten!«

In dem Moment, als wir uns dem Eingang zur Bar näherten, schlug die Tür auf, und ein alter Homosexueller stolperte heraus. Er stürzte auf den schneebedeckten Bürgersteig, gab einen Fluch von sich, schaffte es schließlich, wieder aufrecht zu stehen und stolperte an uns vorbei. Derselbe Freund, der uns soeben »Frohe Weihnachten« gewünscht hatte, spottete nun verächtlich: »Wie würde es euch gefallen, an diesem Weihnachtsmorgen dieser dreckige, alte Schwule zu sein?«

Als er dies sagte, erstarrte ich vor Schreck. Mit durchdringender Nüchternheit sprach ich den Gedanken aus, vor dem wir uns alle fürchteten: »In dreißig Jahren werde ich am Weihnachtsmorgen dieser dreckige, alte Schwule sein.« Es bestand kein Zweifel, wenn wir so weitermachten wie bisher, würden wir eines Tages alle werden wie Lady Bright oder wie die alten Trolls, die sich im Schatten der Schwulenbars versteckten. Es ist fürchterlich, was aus uns Menschen wird, wenn wir unser Leben ohne Gott leben.

Obwohl ich jetzt mit der Homosexualität kämpfte, war ich nicht allein. Ich lebte nicht in diesem ausgedörrten Monolog, wie er in Ortons Stück beschrieben wird. Nur durch Gottes Gnade blieb mir dies erspart. Ich hatte zu einem lebendigen Dialog mit Gott gefunden. Ich dachte bei mir: Lieber im Angesicht des Kreuzes leiden, als am Ende allein und ohne Hoffnung zu sein. Die Worte aus Ijob, Kapitel 13, Vers 15 klingelten in meinen Ohren: »Er mag mich töten, ich harre auf ihn.« Selbst wenn meine momentanen Versuchungen niemals nachlassen sollten, wollte ich mit meinem Schmerz vor dem Kreuz stehen, wenn es sein mußte, bis zum Kommen seines Reiches. Da ich unfähig war, die Worte für ein Gebet zu finden, wurde meine schmerzhafte, von Angst erfüllte Einsamkeit zu meinem Gebet. Dort, mitten im unerträglichen Leiden, entschloß ich mich, Gott zu gehorchen. Und genau darauf hatte Gott gewartet.

Obwohl meine Willenskraft noch schwach war und noch viel mehr Heilung benötigte, hatte ich im Einklang mit Gottes Willen gehandelt. Die Tatsache, daß Gott mich nicht verließ, sondern mit seiner Gegenwart bei mir blieb, gab mir die Kraft, das zu tun, was ich bisher für unmöglich gehalten hatte. Mit Christus stellte ich mich der Angst vor Einsamkeit, der Furcht, der sexuellen Versuchungen und der Verlassenheit, denen ich mich zuvor nicht hatte stellen können. Dies war ein wichtiger Wendepunkt in meiner Heilung, als ich meinem alten Menschen freiwillig abstarb und mich eins machte mit Christus und seinem Leiden. Am Sonntag morgen öffnete ich das Siegel aus Pflaster an meiner Tür. Mein wahres Selbst, das Selbst, das mit dem auferstandenen Christus eins ist, war nun als die Mitte meiner Seele weit fester verankert.

In der darauffolgenden Woche gelangte ich zu der überwältigenden Erkenntnis, daß Christus in mir lebt. Das hat mein Leben verändert. Und nie wieder habe ich seitdem ein solch zermürbendes Wochenende erlebt wie in diesen drei Tagen.

*Kapitel 5*

# Christus in uns

## Die Hoffnung auf Herrlichkeit

*»Ich habe ihnen deinen Namen bekannt gemacht und werde ihn bekannt machen, damit die Liebe, mit der du mich geliebt hast, in ihnen ist und damit ich in ihnen bin«* (Joh 17,26; Jesu Worte über uns im Gespräch mit dem Vater).

Die Kraft der großartigen Wahrheit: »Christus in euch, die Hoffnung der Herrlichkeit« (Kol 1,27) wurde für mich, wenige Monate nachdem ich auf so lebensverändernde Weise mit dem Heiligen Geist erfüllt worden war, zu einer spürbaren Realität. Zu diesem Zeitpunkt hatte ich bereits zu der Gewohnheit gefunden, jeden Tag damit zu beginnen, daß ich meine Augen auf Gott richtete, indem ich in der Bibel las und betete.

Nachdem ich Bruder Lawrences Buch *The Practice of the Presence of God* [»Das ›Einüben‹ der Gegenwart Gottes«] und Berichte über das geistliche Leben von Frank C. Laubach gelesen hatte, beschloß ich, einige der Dinge, die sie praktiziert hatten, auszuprobieren. Ich rief mir so häufig wie möglich den heiligen Namen Jesu ins Gedächtnis. Zunächst beschloß ich, an jedem Tag mindestens einmal pro Stunde seinen Namen anzurufen. Langsam steigerte ich dies auf einmal pro halbe Stunde, dann auf einmal jede Viertelstunde, dann rief ich Jesus jede Minute an. Natürlich scheiterte ich zunächst kläglich. Manchmal vergingen Stunden, bevor ich daran dachte. Dann begann ich einfach von neuem und achtete darauf, daß ich mir für mein Versagen keine falschen Schuldgefühle auflud. Nach einer Weile merkte ich, daß der Heilige Geist in mir mich erinnerte, wenn ich vergaß, die Gegenwart Gottes zu suchen. Oft wachte ich morgens auf und hörte, wie der Heilige Geist aus meinem Innern heraus den Namen Jesu anrief. Bald merkte ich, daß ich mit meinen Gedanken, sobald sie zu wandern begannen, immer wieder bei Gott landete.

Während ich es mir zum Ziel setzte, die Gegenwart Gottes zu suchen, indem ich von mir selbst weg, zu Gott hin schaute und mir so oft wie möglich den Namen Jesu bewußt machte, begann ich, die Schönheit der Welt um mich herum zu entdecken – bei meinen Studenten, meiner Katze und in der Landschaft des südöstlichen Ohio.

Eines Nachmittags im Frühling saß ich im Büro des Vorsitzenden der Theaterwissenschaftlichen Fakultät der Universität, an der ich damals lehrte. Die übrigen Dozenten saßen ebenfalls um den Tisch des Vorsitzenden. Hinter seinem Schreibtisch befand sich ein großes Fenster, dessen Vorhänge ganz zur Seite gezogen waren und das eine malerische Aussicht bot. Der winterliche Schnee war geschmolzen, und die Äste der Bäume schmückten sich mit grünen Laubknospen.

Die Sitzung hatte gerade erst begonnen, und schon wanderten meine Gedanken. Ich fing an, Jesus für die Schönheit seiner Schöpfung und für die ausschlagenden Bäume vor dem Fenster zu danken.

Da der Vorsitzende bemerkte, daß ich nicht mit ganzer Aufmerksamkeit bei der Sitzung war, fragte er mich: »Mario, sind Sie ganz da?«

»Entschuldigen Sie bitte«, antwortete ich.

Im weiteren Verlauf der Sitzung bemühte ich mich ganz besonders, nicht aus dem großen Fenster auf die wunderbare Landschaft zu starren. Als ich mich das nächste Mal langweilte, schaute ich statt dessen auf meine Hände und kniff mir mit Daumen und Zeigefinger der Rechten sanft die Haut über einem der Fingerknöchel meiner linken Hand. Während ich die Haut über dem Fingerknöchel leicht anhob und zwischen meinen beiden Fingern hielt, dachte ich bei mir: Gottes Schönheit und Wirklichkeit werden mir durch die frühlingshafte Szenerie vor dem Fenster vermittelt. Wieviel schöner und wirklicher ist der Geist Gottes, der in diesem kleinen Stück meiner Haut wohnt.

Auf einmal durchflutete mich die Bedeutung dessen, daß Christus in mir ist, wie Wellen von lebendigem Wasser. Dann wurde mir bewußt: Wenn Gott auf wunderbare Weise in diesem kleinen Stück Haut lebte, dann durchdrang seine Gegenwart auch jede Zelle und jede Faser meines Körpers, ob ich es nun spürte oder nicht. Die Worte aus dem ersten Korintherbrief, Kapitel 6, Verse 19-20, durchströmten mich wie lebensspendendes Blut: »Oder wißt ihr nicht, daß euer Leib ein Tempel des Heiligen Geistes ist, der *in euch wohnt* und den ihr von Gott habt? Ihr gehört nicht euch selbst; denn um einen teuren Preis seid ihr erkauft worden. Verherrlicht also Gott in eurem Leib!« (Hervorhebung durch den Autor).

Während diese Wahrheit mich noch gefangennahm, betrachtete ich die Spitze meines Fingers. Mir wurde bewußt, daß allein der Heilige Geist, der in der Spitze dieses kleinen Fingers wohnte, mir genug göttliche Kraft schenken könnte, um geheilt zu werden. Von diesem Augenblick an wußte ich tief in meinem Herzen, daß ich völlig von der Homosexualität geheilt werden würde. Schließlich geschah dies auch. In mir sprudelte reine Freude hervor. Ich muß wohl vor ehrfurchtsvoller Begeisterung für Gott geleuchtet haben.

Ohne daß ich es bemerkt hatte, muß der Vorsitzende in dieser ganzen Zeit immer wieder zu mir herübergeschaut haben. Als ich gerade voller Staunen meine Fingerspitze betrachtete und an die Wirklichkeit der Kraft Gottes in mir dachte, fragte er mit äußerst merkwürdiger Stimme: »Mario, was in aller Welt ist bei Ihnen los?«

Es war mir peinlich, daß er mich noch einmal dabei erwischt hatte, wie ich gerade nicht aufpaßte, und so antwortete ich: »Selbst wenn ich es Ihnen sagen würde, würden Sie es nicht verstehen.«

»Versuchen Sie's doch mal«, gab er bissig zurück.

Da ich keine anderen Worte kannte, um meine Entdeckung dieser Jahrhunderte alten Wahrheit zu beschreiben, benutzte ich einen Begriff, den ich von Leanne Payne gelernt hatte, um dem Vorsitzenden und den übrigen Dozenten freudig mitzuteilen: »Ich habe soeben begriffen, was es heißt, daß Gott Mensch wurde!«

Sein Gesicht verlor jeglichen Ausdruck, und einige Sekunden lang starrte er mich nur an. Dann zuckten seine Augenlieder einige Male, und schließlich schaute er weg, ohne ein weiteres Wort zu sagen. Die Sitzung ging einfach weiter.

Von diesem Tag an hatte ich eine völlig andere Beziehung zu meinem Körper. Es war nicht nur einfach ein Körper, es war der Tempel des Heiligen Geistes. Wenn ich von nun an ein sündhaftesVerlangen verspürte, weigerte ich mich, meinen Körper dafür zu verachten. Statt dessen suchte ich die Gegenwart des in mir wohnenden Heiligen Geistes und schaute so lange auf Jesus, bis das sündhafte Verlangen und die Versuchung nachließen. Das war weder ein frommer Vertröstungstrick noch irgendeine esoterische Theologie. Dies ist vielmehr eine sehr konkrete, praktische und völlig normale Wirklichkeit, die jedem Christen zugänglich ist.

## Einheit mit Christus

Als ich in meiner Jugend zum ersten Mal zu Christus fand, hatte ich nie davon gehört, daß der einzelne Gläubige durch den Heiligen Geist, der in ihm wohnt, mit Christus eins sein kann. Erst zehn Jahre später, nachdem ich Leanne Paynes Seminar besucht hatte und nachdem ich später in dieser kleinen Kirche in Ohio so machtvoll mit dem Heiligen Geist erfüllt worden war, fand ich in diese Wirklichkeit hinein, daß »ein anderer in mir lebt«. Diese Wirklichkeit ist eine zentrale Wahrheit bei der Heilung von Menschen.

Im Innern eines jeden Christen gibt es einen gesunden Ort, jenen inneren Ort, an dem er mit Christus eins ist. Jesus sagte über diejenigen, die ihn lieben: »Mein Vater wird [sie] lieben, und wir werden zu [ihnen] kommen und bei [ihnen] wohnen« (Joh 14,23). An diesem Ort in unserem Innern, an dem Gott Wohnung genommen hat, können wir es wagen, unserem Herzen zuzuhören, mit allem, was in ihm ist. Ein Christ, der nach seiner Bekehrung herausfindet, sein Herz sei voller Müll (wie das bei mir der Fall war), besitzt alles, was er braucht, um diese innere Verwirrung zu sortieren. Was er braucht, ist die Gewißheit über diesen gesunden Ort in seinem Inneren, diesen Ort, an dem Jesus und der Vater Wohnung genommen haben.

In einer modernen, englischen Übersetzung des Neuen Testamentes kommt das Wort »Einheit« achtzigmal vor; neunundsiebzigmal bezieht es sich auf die Einheit des Gläubigen mit Christus. Einer meiner Dozenten am Theologischen Seminar erinnerte seine Studenten immer wieder daran: »Dieses Thema des ›In-Christus-Seins‹ ist in den Schriften des Paulus so vorherrschend, daß es fast auf jeder Seite seiner Briefe auftaucht.«

Diese mystische Einheit zwischen dem Gläubigen und Gott ist die Wirklichkeit, die uns befähigt, uns von innen heraus verändern zu lassen. Man sollte diese Wirklichkeit nicht mit dem Monismus verwechseln, wo Gott in allem ist, oder mit Gedanken des *New Age* (Gnostizismus), die davon ausgehen, daß der Mensch Gott ist oder wird. Der orthodoxe Theologe Vater Kallistos Ware hat gesagt: »Auch wenn der Mensch mit dem Göttlichen ›vereint‹ wird, bleibt er Mensch; er wird nicht davon verschluckt oder darin aufgelöst ...«[50]

Diese Einheit mit Christus gibt auch dem Gebetsleben des Gläubigen Kraft. Der evangelikale Theologe Donald Bloesch schreibt:

> *»Eine weitere Art und Weise, wie Christus ein wirkliches Gebetsleben möglich macht, besteht darin, daß er in den Herzen der Gläubigen Wohnung nimmt. Er tritt nicht nur im Himmel fürbittend für uns ein, sondern er wohnt auch durch den Heiligen Geist in den tiefsten Tiefen unseres Seins. Wir können ihn daher voller Vertrauen und Gewißheit anrufen, weil er uns unendlich nahe ist. Paulus ermahnt seine Zuhörer: ›Erfahrt ihr nicht an euch selbst, daß Christus Jesus in euch ist?‹ (2 Kor 13,5). Vertrauensvoll verkündet er: ›Christus in euch, die*

*Hoffnung der Herrlichkeit‹ (Kol 1,27; Übersetzung nach Luther). Im Sein eines jeden Christen scheint ein inneres Licht, eine innere Stimme, die uns zum Gebet drängt. Und diese innere Gegenwart Gottes ist eine Zuflucht, die uns in Zeiten der Prüfung und der Not bleibt.«*[51]

Die Wirklichkeit Christi im Gläubigen machte es den frühen Christen möglich, mit solcher Freude das Martyrium zu erleiden. Im Jahre 202 n. Chr. erließ Septimus Severus, Herrscher des Römischen Reiches, ein Edikt, das die Ausbreitung des Christentums untersagte. Dieses Edikt richtete sich ganz besonders gegen Neubekehrte und diejenigen, die sie im Christsein unterwiesen hatten. Unter den Neubekehrten war Felicitas, die zum Zeitpunkt ihrer Verhaftung schwanger war. Sie wurde viele Monate lang gefangengehalten Und gebar in dieser Zeit ein Mädchen. Als ihre Wärter sahen, wie sie unter den Wehen stöhnte, fragten sie sie, wie sie denn den wilden Tieren in der Arena zu begegnen gedenke. Sie antwortete: »Im Augenblick leide ich allein. Aber wenn ich den wilden Tieren entgegentreten werde, wird *ein anderer in mir leben* und wird für mich leiden, da ich ja auch für ihn leide« (Hervorhebung durch den Autor).[52]

Diese Wirklichkeit jenes »anderen, der in mir lebt«, war der Schlüssel für meine Heilung von der Homosexualität; sie ist auch der Schlüssel jeglicher Heilung. Egal, wie schrecklich die Erinnerungen waren, die in mir hochkamen, egal, wie abscheulich die Sünden waren, die in meinem Herzen offenbar wurden, egal, wie belanglos und lächerlich die Gedanken waren, die mir durch den Kopf gingen, egal, wie markerschütternd der Schmerz war, der mich überkam, nun wußte ich, daß Jesus in mir lebte. Weil es diesen anderen gab, der in mir lebte, hatte ich den Mut, mich den wilden Tieren in der Arena meines Herzens zu stellen. Dieser gesunde Ort, an dem Jesus in mir lebendig war, war das eigentliche Zentrum meiner selbst.

## Zur Reife finden

Die Schrift fordert uns auf, diesen lebenslangen Prozeß zu begrüßen, durch den wir in Christus zu reifen Menschen werden. Im Epheserbrief, Kapitel 4, Vers 13 heißt es: »So sollen wir alle zur Einheit im Glauben und in der Erkenntnis des Sohnes Gottes gelangen, damit wir zum vollkommenen Menschen werden und Christus in seiner vollendeten Gestalt darstellen.« Das griechische Wort, das hier mit »vollkommen« übersetzt wurde, *teleios*, kann auch als »reif«, »zur vollen Größe herangewachsen« oder »erwachsen« übersetzt werden.[53] Wir erlangen das volle Maß der Reife nicht schon bei unserer Bekehrung. Nicht einmal auf dieser Erde. Es ist vielmehr so, daß wir in unserem Leben in einem andauernden Prozeß zur Fülle Christi heranwachsen. Dieses Heranwachsen könnte man auch als die Identifikation mit Christus oder die Heiligung bezeichnen.

Heiligung ist ein Prozeß, durch den wir geheiligt werden; das letztendliche Ziel dieses Prozesses ist es, Jesus gleich zu werden. Für den Christen ist alles Werden inkarnatorisch – d. h. es ist ein Leben, das von oben herab in uns hineingegossen wird. Dieses Leben ist Jesus. Aus diesem Grund können alle Christen, nicht nur Paulus, freudig ausrufen: »Nicht mehr ich lebe, sondern Christus lebt in mir« (Gal 2,20).

Der Prozeß der Identifikation mit Christus macht es dem Gläubigen möglich, seine wahre Identität zu entdecken. Das Endprodukt der Identifikation ist eine Identität – das wahre Selbst. Jesus hat gesagt: »Wer mein Jünger sein will, der verleugne sich selbst, nehme sein Kreuz auf sich und folge mir nach. Denn wer sein Leben retten will, wird es verlieren; wer aber sein Leben um meinetwillen verliert, wird es gewinnen« (Mt 16,24-25). Wenn es auch nach den Maßstäben dieser Welt so scheint, als würde der Christ sich selbst verlieren, so findet er doch paradoxerweise sein wahres Selbst, indem er Jesus nachfolgt.

Das wahre Selbst ist das Ergebnis einer neuen Schöpfungsordnung, in der Menschen zu Kindern Gottes werden, die dem Sohn Gottes ähnlich sind, der »der Erstgeborene von vielen Brüdern« ist (Röm 8,29). Der Weg unseres Lebens hat die Identifikation mit Christus zum Ziel. In der Herrlichkeit werden wir schließlich sein wie er, frei von Sünde und durch und durch rein.

> »Liebe Brüder, jetzt sind wir Kinder Gottes. Aber was wir sein werden, ist noch nicht offenbar geworden. Wir wissen, daß wir ihm ähnlich sein werden, wenn er offenbar wird; denn wir werden ihn sehen, wie er ist. Jeder, der dies von ihm erhofft, heiligt sich, so wie [Christus] heilig ist« (1 Joh 3,2-3).

So wie das *wahre Selbst* (oder die neue Schöpfung) das ist, was mit Christus eins ist, so ist das *falsche Selbst* (oder unser alter Mensch) das, was mit Adam eins ist. Doch unsere Einheit mit Adam wird im Neuen Testament nur einmal erwähnt (vgl. 1 Kor 15,22). Für Christen steht daher das *wahre Selbst* (Einheit mit Christus) im Vordergrund, während sie gleichzeitig täglich versuchen, sich von dem *falschen Selbst* (Einheit mit Adam) zu befreien. Unsere primäre Identität ist die des Heiligen, nicht die des Sünders.

## Gehorsam, der von Gott mit Vollmacht ausgestattet ist

Als der *Immanuel* ist Christus »Gott mit uns«. Als eine in uns wohnende Gegenwart ist der Heilige Geist »Gott in uns«. Weil Gott sowohl mit uns als auch in uns gegenwärtig ist, sagen wir, er sei immanent; dies ist eine zentrale Eigenschaft der Personalität Gottes. Gott kann jedoch nur immanent sein, wenn er gleichzeitig transzendent ist. Er ist immer gegenwärtig, weil er »völlig anders« ist – im Gegensatz zu allem Geschaffenen. In gleicher Weise ist Gott auch der Herr des Himmels und der Erde. Als Herrscher über alles ist der himmlische Vater jene objektive Quelle, die uns sagt, wer wir in Wahrheit sind. Indem der Heilige Geist in uns wohnt, besitzt Gottes Wort einen Ort in unserer Seele, von dem aus es Frucht bringt.

Wir werden zu reifen Menschen, wenn wir Gott gehorchen. Wir wenden unsere Augen von uns selbst ab und richten unseren Blick gen Himmel; auf diese Weise empfangen wir von Gott jenes objektive Wort, dem wir gehorchen müssen, wenn wir zu Reife finden wollen. Man könnte das wahre Selbst auch das wahre »Ich« in einem jeden Christen nennen. Das wahre »Ich« tritt hervor, wenn wir unseren Blick zu Gott wenden, zu dem wahren »Du«. Wenn wir unsere Augen fest auf Gott (auf das Du) richten, so wird unser wahres Selbst (Ich) auf uns zurückreflektiert.

Martin Buber, ein jüdischer Gelehrter, der 1878 in Wien geboren wurde, hat diese Theorie von der Ich-Du-Beziehung als dem zentralen Element menschlichen Wachstums als erster artikuliert. Er unterscheidet die Ich-Du-Beziehung zwischen Menschen von der Ich-Es-Beziehung eines Menschen zu Dingen. Nach Buber kann es nur dann ein »Ich« geben, wenn es auch ein »Du« gibt, das mir die Existenz eines solchen »Ichs« mitteilt. »Ich werde durch meine Beziehung zu dem Du; während ich ›Ich‹ werde, sage ich Du. Alles wirkliche Leben ist Begegnung.«[54]

Jesus, der uns zum Vater führt, ist derjenige, durch den die Ich-Du-Beziehung zwischen der Menschheit und Gott wiederhergestellt wird. Durch Christus werden wir »Kinder Gottes … die nicht aus dem Blut, nicht aus dem Willen des Fleisches, nicht aus dem Willen des Mannes, sondern aus Gott geboren sind« (Joh 1,12-13).

Wir können das wahre Selbst nicht entdecken, indem wir in uns hineinschauen. Das wahre Selbst wird vielmehr aus der Beziehung zu Gott und anderen geboren. Das wahre Selbst ist per definitionem nach außen gerichtet, im Gegensatz zu einer übertriebenen Beschäftigung mit dem eigenen Selbst. Indem wir von uns selbst wegschauen, werden wir fähig, an den schönen Wirklichkeiten, die außerhalb unserer selbst existieren, teilzuhaben. Diese schönen Wirklichkeiten – z. B. die Schlichtheit einer Blume, die Unschuld eines Kindes oder, wie Mutter Teresa erkannt hat, die Würde, die jedem menschlichen Wesen innewohnt – verwandeln uns allmählich in die Menschen, zu denen Gott uns geschaffen hat.

Die Schrift lehrt uns, daß jeder Christ am Wesen Gottes teilhat, indem er den Verheißungen Gottes glaubt.

> »Alles, was für unser Leben und unsere Frömmigkeit gut ist, hat seine göttliche Macht uns geschenkt; sie hat uns den erkennen lassen, der uns durch seine Herrlichkeit und Kraft berufen hat. Durch sie wurden uns die kostbaren und überaus großen Verheißungen geschenkt, damit ihr der verderblichen Begierde, die in der Welt herrscht, entflieht und an der göttlichen Natur Anteil erhaltet« (2 Petr 1,3-4).

Die griechisch-orthodoxe Kirche besitzt eine wohldurchdachte Theologie von dem, was es bedeutet, »an der göttlichen Natur Anteil zu erhalten«. Dieses Privileg ist abhängig von der Erlösung und entsteht aus der Einheit des Gläubigen mit Christus. Die orthodoxe Kirche betont die Inkarnation Christi als eine kraftvolle Wirklichkeit, die es den christlichen Gläubigen erlaubt, an dem Wesen Gottes Anteil zu haben. Irenäus, einer der Väter der frühen Kirche, betrachtete die Inkarnation nicht nur als das Herabkommen Gottes unter die Menschen, sondern auch als ein »Emporheben des Menschen zu Gott«.[55] In Christus Jesus wurde Gott Mensch und nahm Anteil an unserer Natur; durch den Glauben an ihn wird uns die Gnade gegeben, an seiner Natur Anteil zu haben.

Dies schließt mit ein, daß wir durch unsere Einheit mit Christus so werden, wie er war; es bedeutet nicht, daß wir Gott werden. Irenäus schrieb in seinen gegen Irrlehren gerichteten Schriften: »[Jesus] erlöste uns durch sein Blut von der Apostasie, damit auch wir zu einem heiligen Volk werden können.«[56] Athanasius hat es so ausgedrückt: »Er heiligte den Leib dadurch, daß er im Leib war.«[57] Die Tatsache, daß wir an der göttlichen Natur Anteil haben, besagt nicht, wir seien ohne Sünde. Dieselbe christliche Tradition, die uns diese Theologie vermittelt hat, hat uns auch das Jesusgebet geschenkt: »Herr Jesus, Sohn des lebendigen Gottes, sei mir Sünder gnädig.«

Dieses »Anteilhaben« an der göttlichen Natur gehört ganz wesentlich zum Prozeß der Heiligung, die den Christen befähigt, Gott zu gehorchen. »Wenn jemand mich liebt, wird er an meinem Wort festhalten; mein Vater wird ihn lieben, und wir werden zu ihm kommen und bei ihm wohnen« (Joh 14,23). In Christus zu bleiben und an seinem Wesen teilzuhaben bedeutet, die Kraft zum Gehorsam zu besitzen. Alles andere ist rein menschliches Bemühen. Der Gehorsam steht im Zentrum des Prozesses, durch den wir in Christus zu reifen Menschen werden. Wir gehorchen, weil sein Wesen in uns ist. Darüber hat Oswald Chambers geschrieben:

> *»Es ist nicht mehr möglich, Fragen zu stellen, wenn Gott spricht – wenn Er in mir zu Seinem eigenen Wesen spricht; unverzüglicher Gehorsam ist die einzige Folge. Wenn Jesus sagt: ›Komm!‹, dann komme ich ganz einfach; wenn Er sagt: ›Laß das!‹, dann lasse ich es; wenn Er sagt: ›Verlasse dich in dieser Sache auf Gott!‹, dann tue ich es. All diese Auswirkungen sind der Beweis dafür, daß Gottes Wesen in mir ist.«*[58]

Das Wesen Gottes in mir erlöst mein Wesen in mir. Ich bin gerecht, weil sein gerechtes Wesen durch den Heiligen Geist in mir wohnt, und nicht nur einfach deshalb, weil ich eine theologische Wahrheit über seine Gerechtigkeit in mir kenne.

Wenn er in mir ist, werde ich von innen heraus bevollmächtigt, ein Verlangen nach dem Guten zu haben und mich dafür zu entscheiden. Durch Jesu Erlösungswerk kann mein Verlangen nach dem Bösen verwandelt werden in einen Eifer, der das Gute sucht. »[Jesus] hat sich für uns hingegeben, um uns von aller Schuld zu erlösen und sich ein reines Volk zu schaffen, das ihm als sein besonderes Eigentum gehört und voll Eifer danach strebt, das Gute zu tun« (Tit 2,14). Die Versuchung sollte uns Christen nicht nur daran erinnern, daß das »falsche Selbst« immer noch in uns ist, vielmehr kann die Versuchung für uns zu einer Gelegenheit werden, die Wahrheit einzuüben, daß ein anderer in uns lebt, der uns bevollmächtigt, das Gute zu wählen und gegen das Böse in der Welt, im Fleisch und gegen den Teufel zu kämpfen.

> »Darum, liebe Brüder – ihr wart ja immer gehorsam, nicht nur in meiner Gegenwart, sondern noch viel mehr jetzt in meiner Abwesenheit: müht euch mit Furcht und Zittern um euer Heil! Denn *Gott ist es, der in euch das Wollen und das Vollbringen bewirkt,* noch über euren guten Willen hinaus« (Phil 2,12-13; Hervorhebung durch den Autor).

Gottes Wirken in mir gab mir den Mut, diese ersten Monate meiner Heilung von der sexuellen Neurose zu ertragen. Christi Gegenwart in mir ist kein Gefühl, das ich hervorbringen muß; sie ist vielmehr eine Wirklichkeit, die mein Gefühlsleben transzendiert. Aus diesem Grund konnte ich Jesus in den Momenten anrufen, in denen ich ihn nicht in meiner Nähe spürte, während gleichzeitig mein Körper von homosexuellen Begierden verzehrt wurde. Ohne Scham oder Schuldgefühle harrte ich in Jesu Gegenwart aus, bis die zerstörerischen Begierden vergingen. Und schließlich wurden die homosexuellen Begierden, denen ich früher so eifrig nachgegangen war, in Versuchungen verwandelt, etwas zu tun, das ich nicht länger tun wollte. Ein anderer lebte in mir. Seine Gerechtigkeit in mir, Christus in mir, verwandelte mich aus der Tiefe meines Wesens heraus.

Wenn ich heute versucht bin zu sündigen, schaue ich umgehend von mir weg und rufe den Namen Jesu an. Dann bekenne ich, daß ich zwar noch ein Sünder bin, daß jedoch meine primäre Identität in meinem wahren Selbst, das mit Christus eins ist, besteht. Aus dem Zentrum dieses Selbst heraus, wo ich an Gottes Wesen Anteil habe, übe ich die Autorität aus, die mir zur Verfügung steht, um dem Herrn zu gehorchen. Ich suche auch weiterhin die Gegenwart Gottes mit mir und in mir, bis die Versuchung vorüber ist. Ich habe, seit ich dies tue, erkannt, daß die Dauer der Versuchungen begrenzt ist. Je fester wir in der Gegenwart Gottes stehen, um so kürzer dauern die Versuchungen an. Ich habe nie geleugnet, daß es diese Versuchungen in meinem Körper gibt. Ich habe einfach gelernt, eine höhere Realität zu bekennen: Ein anderer lebt in mir und er wird mich durch diese Versuchungen hindurchtragen.

Wir alle müssen moralische Anstrengungen vollbringen, um Gott zu gehorchen. Doch unser menschliches Bemühen wird von der Kraft Gottes verstärkt, die wir empfangen, während wir an seinem Wesen Anteil haben und täglich unser Kreuz auf uns nehmen, um Jesus nachzufolgen.

## Mein Gebetsleben

Als ich das Seminar von Leanne Payne besuchte, schlug sie den Teilnehmern vor, ein Tagebuch des »hörenden Gebetes« zu führen. Ich folgte Leannes Rat und notierte in mein Tagebuch, welche Schriftstellen ich jeden Morgen las und schrieb Verse auf, die mich besonders angesprochen hatten. Oft betete ich diese Verse vor dem Herrn. Dann wartete ich bewußt in seiner Gegenwart auf das Wort, mit dem er antwortete. Während ich wartete, sah ich in meinem Geist immer wieder das Bild meines Herzens, wie es sich dem Herzen Christi zuneigte. Über einen Monat lang hörte ich, wie er immer wieder das gleiche zu mir sagte: »Ich liebe dich, Mario.« Und einen Monat lang schrieb ich jeden Tag treu diese vier Worte Gottes in mein Gebetstagebuch.

Gegen Ende dieses Monats wurde ich es schließlich müde, immer die gleichen vier Worte zu hören: »Ich liebe dich, Mario. Ich liebe dich, Mario. Ich liebe dich, Mario. ...« Zuletzt fragte ich den Herrn: »Ich habe jetzt über einen Monat lang die gleichen vier Worte gehört. Könntest du mir nicht bitte irgend etwas anderes geben?«

Dann hörte ich seine Antwort: »Du glaubst mir nicht.«

So nahm ich diese vier Worte und bewegte sie vor dem Herrn still in meinem Herzen, bis sie ganz tief in mich hineinsanken.

Henri Nouwen schreibt:

> *»Das Gebet findet dort statt, wo ein Herz zum anderen redet; deshalb vereinigt sich das Herz Gottes mit dem betenden Herzen. Gott auf diese Weise zu erkennen, führt dazu, daß wir Gott lieben, ebenso wie wir von Gott erkannt werden, indem er uns liebt.«*[59]

Wenn wir Gott erkennen und von Gott erkannt werden, begegnen wir unserem eigenen Herzen und werden befreit, uns noch weiter mit Christus zu identifizieren. Weil das ungeheilte Herz unser schlimmster Feind sein kann, offenbart uns Gott nach und nach das, was in unserem Herzen ist, damit wir in ihm reifer werden können.

> »Daran werden wir erkennen, daß wir aus der Wahrheit sind, *und werden unser Herz in seiner Gegenwart beruhigen.* Denn wenn das Herz uns auch verurteilt – Gott ist größer als unser Herz, und er weiß alles« (1 Joh 3,19-20; Hervorhebung durch den Autor).

Weil Gott mir schon sehr früh in meinem Gebetsleben zusicherte, daß er mich liebhat, begann ich, ihm zu vertrauen, daß er mir alles zeigen würde, was wirklich in meinem Herzen war. Es bestand für mich keine Gefahr darin, von Gott erkannt zu werden, weil ich seiner Liebe gewiß war. Dies befreite mich dazu, ehrlich, verletzlich und demütig zu sein, selbst da, wo dies weh tat.

Wenn wir uns im Gebet vor Gott verletzbar machen, werden wir all der Verwirrung und Sünde begegnen, die uns bis in unser Leben als Christen hinein verfolgt haben. Dort, in der Gegenwart Gottes, können wir ihn ohne Furcht die Dinge sehen lassen, die wir vor unserer Bekehrung nicht zu offenbaren gewagt hätten. Nachdem wir diese Elemente unseres alten Selbst dem Blick Gottes ausgesetzt haben, harren wir vor ihm aus, während er uns verwandelt, heilt oder dazu ausrüstet, diese Elemente des alten, auf sich selbst konzentrierten Selbst zu zerstören.

Kognitive Psychologen weisen gerne darauf hin, daß falsche Gedankenmuster uns viele der Verhaltensweisen und Gefühle aufdiktieren, die unser Leben beherrschen. Diese Psychologen wissen, daß ein Schlüssel zur Heilung darin besteht, in den mit krankhaften Haltungen vollgestopften Geist neue, positive Gedanken einzuführen. Im biblischen Sinne prophetisches oder hörendes Gebet, das über positive Gedanken hinausgeht, ist der Schlüssel zur Erneuerung des Geistes:

> »Gleicht euch nicht dieser Welt an, sondern wandelt euch und erneuert euer Denken, damit ihr prüfen und erkennen könnt, was der Wille Gottes ist: was ihm gefällt, was gut und vollkommen ist« (Röm 12,2).

Wenn wir im hörenden Gebet vor Gott abwarten, werden uns all die irrationalen, nutzlosen und sündhaften Gedanken bewußt, die uns auf negative Weise prägen. Wir können diesen negativen Gedanken mit einer gewissen Distanz begegnen, indem wir sie in unser Gebetstagebuch schreiben und dann Gott bitten, sie durch ein positives, schöpferisches Wort der Wahrheit zu ersetzen. Ein Wort, das sowohl aus der Heiligen Schrift wie auch aus prophetischem Reden stammen kann.

Im Gebet stellte ich mich den negativen Haltungen, der Kritiksucht und den Urteilen, die ich über andere fällte. Diese Gedanken hinderten mich daran, mit den Menschen in eine engere Beziehung zu treten, denen ich am kritischsten gegenüberstand – insbesondere mit meinen Mitchristen. Schließlich schrieb ich diese Urteile über andere in mein Gebetstagebuch und erbat Gottes Vergebung. Dann bat ich ihn, mir die Augen zu öffnen, damit ich all die guten Eigenschaften dieser Menschen sehen konnte. Mit Gottes Hilfe ersetzte ich meine alten, richtenden Gedanken über andere durch wahrheitsgemäße, positive Aussagen über sie. Ich schrieb diese neuen, der Wahrheit entsprechenden Aussagen in mein Gebetstagebuch neben die alten, richtenden Gedanken, denen ich früher geglaubt hatte. Dies machte mich frei, andere Menschen mehr zu lieben.

## Verantwortung und Wille

Wir sind auf den Dialog hin geschaffene Kreaturen; wir finden zur Reife, indem wir angesprochen werden und antworten. Wir, die wir Heilung suchen, müssen uns täglich in die antwortende Position, in das erwartungsvolle Abwarten vor dem Herrn hineinbegeben, damit er das Wort schenken kann, das uns heilen wird. Sobald wir es empfangen haben, tragen wir die Verantwortung, diesem Wort Folge zu leisten, sei es nun ein Wort der Schrift, das Wort eines anderen Christen, ein Wort aus der Anbetung oder einer guten Predigt oder ein prophetisches Wort, das wir im Gebet empfangen haben. Verantwortung ist ein zentrales Element, um in Christus Jesus zu reifen Menschen zu werden.

> *»Der Christ ... behauptet, daß der Mensch sein Wesen und seine Freiheit in Gottes schöpferischem und gnädigem Wort findet. In diesem Handeln Gottes, das ohne das antwortende Handeln des Menschen undenkbar wäre, d. h. ohne Verantwortung, findet der Mensch sein Sein. Er ist ein Mensch durch seine Beziehung zu Gott. Außerhalb dieser Beziehung ist der Mensch eine Karikatur des Menschen; er ist, wie wir im Deutschen sagen können, ein »Un-Mensch«. ... Der Mensch ist menschlich, weil und insofern er in der Liebe Gottes lebt und daher auch in der Liebe zu seinen Mitmenschen.«*[60]

Vor unserer Erlösung leben wir in einem Monolog. Wir sind von Gott entfremdet und aus der göttlichen Herrlichkeit herausgefallen; wir befinden uns in einer Abwärtsspirale zum »Un-Menschen«. Im Dialog mit unserem Schöpfer antworten wir der großartigen Initiative Gottes, die uns durch das Kreuz Christi die Erlösung bringt. Indem wir täglich vor Gott verantwortungsbewußte Entscheidungen fällen, tragen wir selbst am allermeisten zu unserer eigenen Heilung bei. Doch unsere Antwort auf das Kreuz entscheidet auch unser Schicksal – in alle Ewigkeit.

Um auf verantwortungsbewußte Weise vor Gott Entscheidungen zu treffen, muß unser Wille, Entscheidungen fällen zu wollen, ausgebildet sein. Wenn wir Willenskraft einsetzen wollen, unser Wille aber verletzt ist, dann ist das so, als würden wir versuchen, uns selbst aus einer Teergrube herauszuziehen. Alle Kraft und Energie werden in dem sinnlosen Versuch vergeudet, aus der Grube freizukommen. Wenn der Wille verletzt und die Seele durch den Kampf in der schmierigen Grube ausgelaugt ist, dann wird ein Mensch schließlich passiv.

Nach einer besonders langen Phase der Passivität schrie ich zu Gott und fragte, warum es mich solche Anstrengungen kostete, meinen Willen mir gegenüber durchzusetzen. Dann erinnerte ich mich, wie ich bereits berichtet habe, an etwas, das ein früherer Angestellter meines Vaters einmal zu mir gesagt hatte: »Mario, dein Vater ist der einzige Mann, den ich kenne, der einen anderen Mann mit einem schmutzigen Blick kastrieren kann.«

Tatsächlich waren die Augen meines Vaters oft voller Zorn, Spott und Verachtung, wenn er mich anschaute. Auch ich fühlte mich von seinem Blick kastriert. Neben meiner Maskulinität war auch mein Wille von meinem Vater ernsthaft verletzt worden.

Nachdem mir dies bewußt geworden war, bat ich Ted und Lucy Smith, die auch zum Team von *Pastoral Care Ministries* gehörten, um Gebet. Ted bat Gott, all die Bereiche meiner Maskulinität zu heilen, in denen ich mich von meinem Vater kastriert fühlte. Dann hatte Lucy im Heiligen Geist ein Bild von meinem Willen: »Ich sehe deinen Willen als einen sehr dünnen Faden, der kurz davor ist zu reißen. Mario, wir wollen Jesus bitten, deinen Willen zu heilen.« Während wir beteten, hatte Lucy noch ein weiteres Bild: »Ich sehe, wie der Herr seinen Willen um den dünnen Faden deines Willens herumwickelt. Sein Wille sieht aus wie ein dickes, goldenes Seil, das sich um deinen Willen legt.«

Einige Wochen nach diesem Gebet fand ich zu einem neuen Gefühl der Verantwortlichkeit für meine eigene Heilung, das mein Leben veränderte. Ich benötigte immer noch viel Heilung für die Verletzungen der Vergangenheit. Ich war verletzt genug, um die nächsten zwanzig oder mehr Jahre nur zu winseln und zu jammern. Aber es eröffnete sich mir eine neue Dimension des Lebens – eine Zukunft, die nicht mehr von der Vergangenheit belastet war. Nun sah ich einem normalen Leben entgegen, das frei war von den täglichen Beeinträchtigungen einer schmerzhaften Vergangenheit. Aus diesem Grund entschloß ich mich, meine Vergangenheit nur noch im Zusammenhang des Gebetes, der Lehre oder des Dienstes an anderen zu erwähnen.

Manch einer mag sagen, ich wurde vom Opfer zu einem, der überlebt. Aber selbst das Wort »überleben« besitzt für mich einen negativen Beigeschmack, da es ein Begriff ist, der aus der Vergangenheit abgeleitet ist. Statt dessen sah ich mich selbst als die neue Schöpfung in Christus, von der die Schrift spricht (vgl. 2 Kor 5,17). Mehr als alles andere wollte ich ein Mitarbeiter im Reich Gottes sein, frei von der Vergangenheit. Zum ersten Mal ergab für mich das Lukasevangelium, Kapitel 9, Vers 62 einen Sinn: »Keiner, der die Hand an den Pflug gelegt hat und nochmals zurückblickt, taugt für das Reich Gottes.«

Nachdem die Smiths mit mir gebetet hatten, verließ mich diese lähmende Passivität. Ich habe seitdem mit vielen Menschen, die Befreiung von ihrer Passivität benötigten und auch vor Gott Verantwortung für ihr Leben übernehmen mußten, für die »Heilung des Willens« gebetet. Im folgenden möchte ich ein Beispiel für diese Art Gebet geben:

*»Komm, Heiliger Geist. Herr Jesus, befähige mich nun, deine ausgestreckte Hand zu ergreifen. Ich strecke meine Hand zum Himmel und schaue auf und von mir weg. Mit Paulus rufe ich aus: ›Du, oh Herr, bist in meiner Schwachheit mächtig.‹ Erfülle du, Herr, nun meinen Willen und heile ihn, wo er verletzt worden ist.*
*Offenbare mir die Personen aus meiner Vergangenheit, die möglicherweise meinen Willen gelähmt, verletzt oder gar gebrochen haben. (Geben Sie dem Heiligen Geist Gelegenheit, zu Ihrem Herzen über solche Menschen, die Sie verletzt haben könnten, zu reden.) Nun Herr, gib mir die Gnade, daß ich mich entschließen kann, diesen Menschen ihre Sünde gegen mich zu vergeben. (Nennen Sie die Person), ich vergebe dir in Jesu Namen, wo du an mir schuldig geworden bist. Ich vergebe dir, daß du meinen Willen verwundet hast. Ich werde nicht länger von deiner Sünde gegen mich geprägt sein.*
*Ich schaue nun auf zu Gott, der meinen Willen wiederherstellen wird. Ich bitte dich, oh Herr, daß du deine Kraft um meinen schwachen, müden Willen legst und ihn wachsen läßt und ihn stärkst. Laß meinen Willen mit dem deinen eins sein, lieber himmlischer Vater.*
*Ich danke dir, daß du dies jetzt tust. Ich danke dir, daß du mich bevollmächtigst, dir zu gehorchen. Ich danke dir, Herr, daß ich von diesem Tag an vor dir die Verantwortung für mein Leben übernehmen werde. Amen.«*

## Das prophetische Gebet in der Bibel

Die Bibel ist Gottes Wort für alle Menschen und läßt sich auf das Leben eines jeden Menschen anwenden. Demgegenüber spricht Gott im Gebet zum einzelnen Gläubigen durch den Heiligen Geist prophetische Worte – Worte, die nur auf diesen Menschen zutreffen. Der Gläubige des Neuen Testamentes befindet sich in einer sehr viel besseren Position, um ein prophetisches Wort von Gott zu empfangen als die Gläubigen des alten Testamentes. Im Alten Testament war der Heilige Geist nur den Propheten und den Führern des Volkes Israel gegeben. Im Neuen Testament können ihn alle Gläubigen empfangen.

Die großartige Prophetie im Buch Joël sagt über den Tag des Herrn:

»Danach aber wird es geschehen, daß ich meinen Geist ausgieße über alles Fleisch. Eure Söhne und Töchter werden Propheten sein, eure

Alten werden Träume haben, und eure jungen Männer haben Visionen. Auch über Knechte und Mägde werde ich meinen Geist ausgießen in jenen Tagen« (Joël 3,1-2).

In der Apostelgeschichte, Kapitel 2, verkündet Petrus, daß diese Prophetie aus dem Buch Joël durch die Ausgießung des Heiligen Geistes zu Pfingsten erfüllt wurde. Zu diesem Zeitpunkt kam der Heilige Geist, um im gesamten Volk Gottes Wohnung zu nehmen. Vor Pfingsten ruhte der Heilige Geist nur auf einigen wenigen aus dem Volk Gottes. Dies ist die wesentliche Veränderung in der Rolle des Heiligen Geistes zwischen dem Alten und dem Neuen Testament.

Im Alten Testament war der Prophet einer, der Worte vom Herrn empfing, weil der Geist Gottes auf ihm ruhte. Der Heilige Geist und die prophetische Äußerung waren unauflöslich miteinander verwoben. Sowohl im Alten wie auch im Neuen Testament ist Prophetie nichts anderes als das rechte Hören der Stimme Gottes in der Gegenwart des Heiligen Geistes.

Wenn also Paulus im 1. Korintherbrief, Kapitel 14, die Verse 1 und 39, alle Gläubigen in Korinth ermutigt, die Prophetie mit Eifer zu suchen, so ermahnt er sie, diese Gabe auszuüben, mit der sie auf rechte Weise die Stimme Gottes hören können. Die neutestamentliche Gabe der Prophetie gilt allen Gläubigen, weil alle Gläubigen am Geist Gottes Anteil haben. Das prophetische Gebet ist nichts anderes, als daß wir Gottes ausgestreckte Hand ergreifen. Donald Bloesch schreibt:

*»Ich stimme den Propheten und den Reformatoren zu, die sagen, der Kern des Gebets bestehe nicht darin, den eigenen Geist auf mystische Weise zum Herrn zu erheben, sondern er besteht vielmehr darin, daß der Heilige Geist sich in unsere Herzen herabsenkt (vgl. Jes 45,8; 64,1; Ps 42,8; 144,5-7; Ez 2,1-2; Zef 12,10). Es hat nichts damit zu tun, eine mystische Leiter zum Himmel zu erklimmen, sondern die ausgestreckte Hand Gottes zu ergreifen (vgl. Jes 64,7).«*[61]

Durch seine Bundesschlüsse mit seinem Volk, durch die Bibel und durch den Heiligen Geist streckt Gott seine Hand aus und leitet das Gespräch mit uns ein. Unsere Aufgabe ist es, seine ausgestreckte Hand zu ergreifen, ihm zu antworten und erwartungsvoll auf seine Antwort zu warten. Wir können erwartungsvoll abwarten, weil wir glauben, daß unser Gott ein hörender Vater ist. Der Psalmist hat es so ausgedrückt: »Früh am Morgen hörst du mein Rufen, in der Frühe trage ich dir meine Sache vor und warte auf deine

Entscheidung« (Ps 5,4; Gute Nachricht). Bernhard W. Anderson schreibt über dieses aktive Warten vor Gott:

> *»In diesem Zusammenhang drückt das Verb ›warten‹ ein Sich-der-Zukunft-Entgegenstrecken, ein leidenschaftliches Erwarten dessen, was kommen soll, aus. Hoffnung bedeutet, mit seinem ganzen Sein auf den Morgen zu warten, an dem das neu-schaffende Wort der Vergebung gesprochen wird (vgl. Ps 130,5-6); es ist ein eifriges Warten auf Jahweh, den König, der in der rettenden Kraft kommen soll.«*[62]

Das Gebet ist unsere tägliche Begegnung mit Gott. Martin Buber hat gesagt: »Alles wirkliche Leben ist Begegnung.« Wir werden zu reifen Menschen, indem wir aktiv auf das »neu-schaffende« Wort warten, das uns als neue Schöpfung in Christus bestätigt. Emil Brunner spricht davon, dieses Wort von Gott zu empfangen:

> *»Wenn es wahr ist, daß der Mensch sein Wesen in der Verantwortlichkeit findet, d. h. darin, daß Gott ihn anspricht, oder wenn es stimmt, was man früher sagte, daß der Mensch zum Bilde Gottes geschaffen ist, dann ist offensichtlich, daß der Mensch nur im Empfangen des göttlichen Wortes er selbst sein kann.«*[63]

Durch unser Reden mit Gott kommt Gott auch mit uns ins Gespräch. Er wird von dem reden, was uns bindet und daran hindert, Christus immer ähnlicher zu werden: unsere eigenen Sünden wie auch die der anderen. Sind diese Sünden erst einmal offenbar geworden, sind wir frei, Gottes Weg zur Befreiung von diesen Sünden zu empfangen. Wir entscheiden uns, umzukehren und für uns selbst Vergebung zu erbitten, oder wir bekennen die Sünden anderer gegen uns und entschließen uns, ihnen vor Gott zu vergeben. Je mehr wir von unseren eigenen Sünden und den Sünden anderer freigesetzt werden, um so mehr tritt unser wahres Selbst zutage.

Gottes Wort erfordert immer eine Antwort unsererseits. Haben Sie je bemerkt, wieviele Aussagen Jesus in den Evangelien macht, die ein »wenn« beinhalten? Diese Aussagen sind an Bedingungen geknüpft. Im Matthäusevangelium, Kapitel 19, Vers 17, sagt Jesus: »Wenn du aber das Leben erlangen willst, halte die Gebote!« Im Markusevangelium, Kapitel 9, Vers 35, sagt er: »Wer der Erste sein will, soll der Letzte von allen und der Diener aller sein.« Im Johannesevangelium, Kapitel 13, Vers 17 spricht Jesus über die Aufgaben eines Knechtes und sagt zu seinen Jüngern: »Selig seid ihr, wenn ihr das wißt und danach handelt.« Diese Verheißungen rufen uns in einen Dialog mit Gott hinein. Ob sich die Verheißungen erfüllen werden, hängt davon ab, ob wir uns dazu entschließen, die Bedingungen zu erfüllen. Oswald Chambers bezieht dieses Prinzip auf die Jüngerschaft:

> *»Gott bringt uns durch Seine Gnade zu einer Höchstnorm des Lebens, und wir sind dafür verantwortlich, daß diese Höchstnorm in anderen reproduziert werde. ... Wenn der Herr über Jüngerschaft sprach, leitete er Seine Worte immer mit einem ›Wenn‹ ein, nie mit der nachdrücklichen Betonung: ›Du mußt‹. Unsere Jüngerschaft bleibt unserer freien Wahl anheimgestellt.«*[64]

Das Gebet ist nicht nur unsere tägliche Begegnung mit Gott, es ist auch unsere tägliche Begegnung mit uns selbst. Dort, in seiner Gegenwart, können wir all die Dinge, die in unserem Herzen sind, mit seinen Augen objektiv erkennen. Wir müssen bereit sein, all der Dummheit und all den Sünden, die in uns stecken, abzusterben, wenn wir ganz zu dem werden wollen, wozu Gott uns geschaffen hat. Schließlich ist das Gebet der Ort, an dem wir von Gott die Worte der Bestätigung empfangen, die uns auferbauen und uns ermutigen, noch mehr hineinzuwachsen in das Ebenbild Christi.

*Kapitel 6*

# Die Liebe zum eigenen Geschlecht

»Jonatan schloß mit David einen Bund, weil er ihn wie sein eigenes Leben liebte. Er zog den Mantel, den er anhatte, aus und gab ihn David, ebenso seine Rüstung, sein Schwert, seinen Bogen und seinen Gürtel« (1 Sam 18,3-4).

Kurz nach meinem College-Abschluß zog ich nach New York, um die Schauspielschule zu besuchen. Ich lebte in einem Viertel, das als das *East Village* bekannt ist. In grellem Pink gemalte Graffiti auf den Bürgersteigen warnten: »Clones, go home!« Als ich einmal mit einem schwulen Freund die Straße entlangging, fragte ich ihn: »Was sind ›Clones‹?«

»Das sind Schwule aus dem *West Village*. Du kennst sie; das sind die Schwulen, die alle gleich gekleidet sind und alle gleich aussehen.«

Die *Clones* sahen wirklich alle gleich aus. Ein typischer *Clone* hatte sehr kurzes Haar, einen Schnurrbart und einen aufgeblasen aussehenden Körper. *Clones* trugen verspiegelte Sonnenbrillen, ein weißes T-Shirt oder Boxer-Shirt, eine geknöpfte Jeans und klobige Schuhe. Im Winter trugen die meisten *Clones* lederne Fliegerjacken.

*Clones* gingen in der Regel nur mit anderen *Clones*. Eine aufgedrehte, lesbische Freundin von mir fragte einmal mit sarkastischem Tonfall ein *Clone*-Paar, während wir durch das *West Village* gingen: »Wie ist das, wenn man mit sich selber Sex hat?« Ihre Frage ging mir jahrelang nicht aus dem Kopf. Die Kleider und der Körpertypus der *Clones* waren übersteigerte Symbole der Männlichkeit. Das übertrieben maskuline Image, das sie zeigten, war ihr idealisiertes und erotisiertes Bild von ihrem eigenen Geschlecht. Ihr äußeres Image der Männlichkeit diente als eine psychologische Verteidigung gegen das innere Defizit an Maskulinität. Anstelle echter maskuliner Liebe, die nur durch nicht-erotische Mittel zu gewinnen ist, versuchten sie, das Männliche durch ein äußeres Image der Maskulinität bei sich selbst und ihrem gleichgeschlechtlichen Partner aufzuwerten.

Die Liebe zwischen Homosexuellen steht in krassem Gegensatz zu der Liebe zwischen emotional gesunden, heterosexuellen Männern. In der Bibel stellen Jonatan und David das beste Beispiel dieser gebenden Liebe dar, die für eine gesunde Beziehung unter heterosexuellen Männern kennzeichnend ist. Die Liebe Jonatans zu David gründete sich darauf, daß Jonatan sich selbst lieben konnte. Diese biblische Selbstliebe darf nicht mit der narzißtischen, egozentrischen Liebe verwechselt werden. Biblische Selbstliebe könnte man vielmehr mit Selbstannahme gleichsetzen. Weil Jonatan sich selbst auf angemessene Weise liebte und akzeptierte, konnte er auch einen anderen wie sich selbst auf angemessene Weise lieben und annehmen.

Die Liebe zwischen Jonatan und David war gekennzeichnet vom Geben. Unter der Führung des Herrn gab Jonatan bereitwillig sein Recht auf, seinem Vater als König von Israel auf den Thron zu folgen. Aus Liebe überließ Jonatan David sein Recht auf den Thron. Einige Gelehrte gehen davon aus, daß Jonatan dadurch, daß er David seinen Mantel gab, anerkannte, »daß David seinen Platz als Nachfolger Sauls einnehmen sollte.«[65]

Die Liebe zwischen Homosexuellen ist oft vom Nehmen gekennzeichnet. Der Homosexuelle liebt einen anderen des gleichen Geschlechts nicht, um etwas von sich selbst zu geben. Vielmehr liebt der Homosexuelle einen anderen, um für sich etwas zu nehmen. Der Homosexuelle liebt den gleichgeschlechtlichen Partner nicht so, wie er sich selbst liebt. Er liebt den Partner, statt sich selbst zu lieben.

## Die Ambivalenz gegenüber dem gleichen Geschlecht

Das zwiespältige Nebeneinander von Liebe und Haß ist ein beherrschender Zug jeder homosexuellen Neurose. In der Psychologie bezeichnet das Wort »Ambivalenz« das Vorhandensein sich widersprechender Einstellungen oder Emotionen (z. B. Liebe und Haß) in ein und demselben Individuum oder sie bezeichnet eine sich schnell ändernde oder wechselnde Einstellung gegenüber einem anderen Menschen.[66]

In der Homosexualität können sowohl Männer als auch Frauen zu Objekten werden, gegen die sich diese Ambivalenz von Liebe und Haß richtet. Während der gesamten Kindheitsentwicklung betrachten wir die Geschlechter so, wie sie sich in ihrer Beziehung zueinander zeigen. Wir erfahren Männlichkeit und Weiblichkeit als zwei Seiten derselben Medaille, die da heißt »Menschsein«. Wenn wir daher aufgrund unzulänglicher Vorbilder Schwierigkeiten haben, Beziehungen zu Angehörigen des gleichen Geschlechts aufzubauen, so haben wir auch Schwierigkeiten, Beziehungen zu Angehörigen des anderen Geschlechts aufzubauen. In diesem Kapitel behandeln wir die Ambivalenz gegenüber dem gleichen Geschlecht. In den nächsten zwei Kapiteln werden wir die Ambivalenz gegenüber dem anderen Geschlecht ansprechen.

Die homosexuelle Befindlichkeit ist zum Teil die Folge dessen, daß ein Mensch von Angehörigen des gleichen Geschlechtes die nötige Liebe, in der Regel durch den gleichgeschlechtlichen Elternteil, nicht bekommen hat. Um uns vor diesem Verlust an gleichgeschlechtlicher Liebe zu schützen, distanzieren wir uns auf eine ungesunde Weise von diesem Elternteil. Im Denken des Kindes nimmt diese Distanzierung unter Umständen die Form eines Schwurs an: »Du liebst mich nicht, darum werde ich dich auch nicht lieben.«

Zerbrochene Beziehungen zum eigenen Geschlecht prägen tief in unserem Herzen verwirrte Bilder von dem betreffenden Geschlecht ein. Außerdem werden die Bilder unseres Herzens über die Menschen, die uns als Kinder verletzt oder abgelehnt haben, durch unsere ebenso schuldhaften Antworten auf ihr Versagen noch weiter verdunkelt. Diese Bilder des Herzens umfassen all die negativen Gefühle und Haltungen, die mit unseren zerbrochenen, gleichgeschlechtlichen Beziehungen verbunden sind.

Die Bilder unseres Herzens über für uns bedeutsame Menschen gleichen Geschlechts bestimmen, wie unsere Beziehungen zum eigenen Geschlecht aussehen. Wenn ein Mensch in der Gegenwart Schwierigkeiten hat, Beziehungen zum eigenen Geschlecht aufzubauen, so kommt dies häufig von zerbrochenen gleichgeschlechtlichen Beziehungen in der Vergangenheit. Eine Ablösung vom gleichgeschlechtlichen Elternteil führt unter Umständen zu einer grundsätzlichen Distanzierung von all dem, was dieser Elternteil für uns symbolisiert hat. In unserem Schmerz projizieren wir unbewußt unsere krankgewordenen Gefühle und Haltungen auf alle Angehörigen des eigenen Geschlechtes. Während wir einem Angehörigen unseres eigenen Geschlechtes zwar möglicherweise eine erotisch überfrachtete Liebe entgegenbringen, begegnen wir ihm andererseits vielleicht auch mit verdrängtem Haß, Zorn oder Ablehnung. Die unbewußten Projektionen der Ambivalenz gegenüber dem gleichen Geschlecht sind unberechenbar. Beim Homosexuellen (oder bei der Lesbierin) können bestimmte Menschen ein höheres Maß an Ambivalenz auslösen als andere, weil diese Menschen ganz einfach irgendeinen Aspekt seines (oder ihres) eigenen Geschlechts symbolisieren, dem er (oder sie) entfremdet ist oder über den bei ihm (oder ihr) Verwirrung herrscht.

Tief im Herzen des Homosexuellen (oder der Lesbierin) existieren vermutlich zwei polarisierte Bilder des eigenen Geschlechts. In der einen Ecke des Herzens regiert das idealisierte, romantische Bild vom eigenen Geschlecht – so wie das Herz die neurotische Liebe symbolisiert, die er (oder sie) für das gleiche Geschlecht empfindet. Dieses Bild stellt möglicherweise den vollkommenen gleichgeschlechtlichen Elternteil oder den vollkommenen homosexuellen Liebhaber (oder die vollkommene lesbische Geliebte) dar. In der anderen Ecke des Herzens dieses Homosexuellen (oder dieser Lesbierin) herrscht das gefürchtete, verachtete Bild vom eigenen Geschlecht – so wie das Herz den neurotischen Haß symbolisiert, den er (oder sie) dem eigenen Geschlecht entgegenbringt. Für den Homosexuellen ist dies vielleicht das Bild des grausamen, autoritären oder passiven, abwesenden Vaters. Für die Lesbierin ist dies vielleicht das Bild der distanzierten, lieblosen oder mißbrauchten, passiven Mutter. Zwischen diesen beiden Extremen des idealisierten Bildes einerseits und des verachteten Bildes andererseits kann eine Vielzahl von Zerrbildern über das eigene Geschlecht liegen.

## Der vollkommene Liebhaber

Ein idealisiertes und erotisiertes Bild vom eigenen Geschlecht spielt in homosexuellen Beziehungen eine große Rolle. Wenn der Homosexuelle verliebt ist, liebt er eigentlich das idealisierte Bild, das er in seinem Herzen vom eigenen Geschlecht hat. Der gleichgeschlechtliche Partner entspricht nur diesem idealisierten Bild, so wie ich es an der Geschichte mit den *Clones* gezeigt habe. Die Beziehung des Homosexuellen zu seinem gleichgeschlechtlichen Partner basiert eher auf einer Projektion eines illusorischen Bildes in seinem Herzen und weniger auf echter Liebe zu einem anderen Menschen.

Zum Teil ereignete sich meine Heilung von der Homosexualität erst, als ich meiner götzendienerischen Hoffnung absagte, eines Tages diesen vollkommenen homosexuellen Liebhaber zu finden, der dem idealisierten und erotisierten Bild vom eigenen Geschlecht in meinem Herzen entsprach. Nachdem ich bereits tiefe Heilung vom Herrn empfangen hatte, hegte ich in meinem Herzen immer noch diese götzendienerische Hoffnung. Ich wußte, daß diese Hoffnung nicht dem Willen Gottes entsprach und daß ich ihr absterben mußte. Doch ich wollte immer noch etwas von der eigenen Kontrolle über mein Leben behalten. In meinem Denken glaubte ich immer noch, es könne in dieser Welt einen Mann geben, der all meine Bedürfnisse erfüllen könnte. Zu diesem Zeitpunkt wütete die homosexuelle Neurose nicht mehr mit dieser angstvollen Gewalt in mir. Es war nun eher ein stilles neurotisches »Summen«. Nun versuchte mich der Satan damit, die Heilung zu nehmen, die mir Jesus zu diesem Zeitpunkt bereits geschenkt hatte, und diesen homosexuellen Liebhaber zu suchen, um mit ihm den Rest meines Lebens friedlich zu verbringen.

Diese sündhafte Hoffnung war einer der wichtigsten Punkte, die mich daran hinderten, weitere Heilung von Gott zu empfangen. Nachdem ich davon umgekehrt war, stellte ich mich der Tatsache, daß ich durch meine anfängliche Abkehr von der Homosexualität etwas hinter mir gelassen hatte, das mir großes Vergnügen bereitet hatte. Die Bibel spricht vom »Genuß der Sünde« (vgl. Hebr 11,25). Teilweise besteht der Grund, warum wir von bestimmten Sünden nicht dauerhaft frei bleiben, in unserer Leugnung, daß diese Sünden ein gewisses Maß an Lust beinhalten. Während ich in dieser Zeit darum kämpfte, mich nicht homosexuell zu betätigen, erinnerte ich mich täglich daran, daß ich Gott etwas hingegeben hatte, das mir gefiel. Auch bat ich Gott, meine Sehnsucht nach diesen fleischlichen Genüssen durch ein ernsthaftes Verlangen nach guten und heiligen Freuden zu ersetzen. Eine ganze Zeit lang lautete mein Gebet: »Öffne meine Augen, die guten und heiligen Dinge zu sehen, die du in diese Welt hineingelegt hast. Öffne mein Herz, daß es auf diese Dinge mit Liebe, Freude und Staunen reagiert.«

Ein weiterer Faktor bei homosexuellen Beziehungen ist die Suche nach einer geschlechtlichen Identität durch den gleichgeschlechtlichen Partner. Männer, die ihre geschlechtliche Identifikation in der Kindheit nicht abschließen konnten, versuchen, diese durch einen anderen Mann aufzubauen. Das überwältigende Gefühl, in jemanden vom eigenen Geschlecht »verliebt« zu sein, entspricht eigentlich einer Suche nach geschlechtlicher Identifikation, die erotisiert wurde.

Wenn ein Mensch mit einer homosexuellen Neurose Heilung sucht, so muß derjenige, der sich um ihn kümmert, herausfinden, ob der Betreffende momentan in einer homosexuellen Beziehung steht. Die Trennung vom gleichgeschlechtlichen Partner kann den Schmerz einer unvollständigen geschlechtlichen Identifikation ans Tageslicht bringen. In einer homosexuellen Beziehung kann ein solcher Schmerz zeitweise unterdrückt werden.

Um geheilt zu werden muß der Homosexuelle sich dieser inneren Leere stellen und anerkennen, daß er versucht hat, diese Leere durch ein idealisiertes und erotisiertes Bild vom eigenen Geschlecht zu füllen – das heißt, er muß anerkennen, daß diese Leere ihn dazu gebracht hat, seine Identität in einen anderen Menschen gleichen Geschlechts hineinzuverlegen. Im Grunde stellt er damit das eigene Geschlecht als ein Götzenbild in seinem Herzen auf.

Der Prophet Ezechiel zeigt deutlich, daß wir, während wir uns von Gott trennen, Götzenbilder aufgestellt haben (vgl. Ez 14,7). Im Römerbrief, Kapitel 1, Verse 18-23, wird uns gesagt, daß aufgrund unseres Götzendienstes der Zorn Gottes über die gesamte Menschheit gekommen ist und nicht nur über die Homosexuellen. Wir »vertauschten die Herrlichkeit des unvergänglichen Gottes mit Bildern, die einen vergänglichen Menschen ... darstellen« (Röm 1,23). Im Zusammenhang des ersten Kapitels des Römerbriefs wird die Homosexualität als eine der Folgen dessen aufgeführt, daß die Menschheit den Götzen gedient hat (vgl. Röm 1,26-27). Um geheilt zu werden muß der Homosexuelle von seinem Götzendienst umkehren. Aber die Kirche muß auch verstehen, daß oft die Homosexualität mit dem Bedürfnis des Homosexuellen nach tiefer Heilung seiner geschlechtlichen Identität eng verbunden ist. Wir brauchen daher in der Kirche eine Atmosphäre der Gnade, in der wir einem Menschen mit einer solchen Leere, die durch eine unvollständige geschlechtliche Identifikation hervorgerufen wurde, mit viel Geduld und echter Liebe helfen können.

**Das verachtete Bild**

In der Zeit, als ich noch aktiv am schwulen Lebensstil teilnahm, arbeitete ich als Bedienung in einer Vielzahl von Restaurants. Eines dieser Restaurants lief, als ich dort anfing, wirtschaftlich nicht sehr gut. Der Besitzer versuchte, seinen maroden Betrieb zu retten und stellte einen erfahrenen Restaurantfachmann ein, der die Abläufe im Speisesaal managen sollte. Als ich Mr. Winston zum ersten Mal traf, mochte ich ihn. Er war ein stattlicher Mann mit angegrautem Haar und einem bezaubernden Lächeln. Er hatte eine gewisse Eleganz an sich, und ich fühlte mich sogar sexuell ein wenig zu ihm hingezogen.

Unter Mr. Winstons Management wurden die Abläufe im Restaurant so umstrukturiert, daß jeder Kellner einen Tisch weniger zu bedienen hatte. Vom Standpunkt des Managements dachte sich Mr. Winston, daß die Kellner mehr Zeit für den einzelnen Gast hätten, wenn sie für weniger Tische zuständig waren. Durch den verbesserten Service würde sich auch der Umsatz steigern. Aus meiner Perspektive als Kellner bedeutete dies, daß ich weniger Geld verdiente. Meine Gefühle für Mr. Winston änderten sich schlagartig um hundertachtzig Grad. Für was ich ihn zuvor gemocht hatte, dafür konnte ich ihn nun überhaupt nicht mehr leiden. Von diesem Augenblick an betrachtete ich ihn als einen kontrollierenden, alten Mann und als eine Bedrohung für meinen Lebensunterhalt.

Die andere extreme Ansicht, die das Herz über das eigene Geschlecht haben kann, drückt sich im verachteten Bild aus. Dieses Bild kann eine Zusammenstellung verschiedener gleichgeschlechtlicher Personen sein, die uns in der Vergangenheit verletzt haben. Wenn jemand, der unter Homosexualität leidet, Heilung sucht, so wird ihm womöglich zum ersten Mal bewußt, daß ihm der Umgang mit Autoritätspersonen schwerfällt. Dies ist leicht zu verstehen, denn unsere Eltern stellen ja unsere erste Begegnung mit Autoritätspersonen dar. Wenn es uns nicht gelingt, diese Autoritätspersonen als wohlwollend anzusehen, dann kann es geschehen, daß wir alle Autoritätspersonen als übelwollend betrachten.

Rückblickend kann ich erkennen, daß ich mein Mißtrauen und meine Abneigung gegenüber männlichen Autoritätspersonen auf Mr. Winston projizierte. Diese Projektion war in meiner zerbrochenen Beziehung zu meinem Vater verwurzelt. Mr. Winston und mein Vater waren sich auf zwei grundlegende Arten gleich. Erstens waren sie beide älter. Zweitens übten sie beide Autorität über mich aus. Ich besaß keine Objektivität gegenüber Autoritätspersonen und konnte die Gründe nicht erkennen, die Mr. Winston zu dieser Entscheidung bewogen hatten.

Subjektive Gefühlsreaktionen sind ein Kennzeichen der Ambivalenz gegenüber dem eigenen Geschlecht. Statt Mr. Winstons Entscheidung aus seiner Perspektive als Manager objektiv zu betrachten, reagierte ich subjektiv aus meinem Pool ambivalenter Gefühle gegenüber älteren Männern heraus. Ich schrieb ihm fast diabolische Motive zu und reagierte äußerst defensiv. Im einen Augenblick war er für mich ein attraktiver, stattlicher Herr für mich; im nächsten Augenblick war er nur eine von vielen bedrohlichen Autoritätspersonen, die versuchten, mich zu kontrollieren und zu zerstören. Im Endeffekt verbesserte jedoch die Umstrukturierung unser Geschäft, so daß auch mein Einkommen stieg. Aber das zählte für mich nicht. Obwohl ich in dem, was er erreicht hatte, schließlich auch Positives sehen konnte, reagierte ich auf ihn auch weiterhin subjektiv bis zu dem Tag, an dem ich das Restaurant verließ.

Es kann sein, daß wir ganze Menschengruppen verachten, nur weil uns eine Person aus dieser Gruppe in unserer Kindheit abgelehnt hat. Da ich als Kind künstlerisch begabt war, zog es mich in diese Richtung. Einige meiner Klassenkameraden sahen dieses Interesse als mädchenhaft an und machten mich lächerlich. Diese Jungen waren die typischen Sportler. Als Erwachsener und lange nachdem meine Heilung bereits ein gutes Stück vorangekommen war, ermahnte mich der Herr, einem besonders gemeinen Klassenkameraden zu vergeben und meine negative Haltung allen Männern gegenüber, die den Sport liebten, zu bekennen.

## Paranoia und die Ambivalenz gegenüber dem gleichen Geschlecht

Freud war der erste, der die Paranoia mit der männlichen Homosexualität in Verbindung brachte. Als Kommentar zu Freuds Analyse der Paranoia und der männlichen Sexualität schreibt Dr. William Niederland:

> *»Die bekannten Grundformen der Paranoia können alle als ein Widerspruch zu der einen Aussage dargestellt werden: ›Ich (ein Mann) liebe ihn (einen Mann).‹ Dies wird verändert zu: ›Ich liebe ihn nicht – ich hasse ihn.‹ Das Gefühl, das in dieser zweiten Aussage ausgedrückt wird und in dieser Form immer noch inakzeptabel ist, wird auf den ursprünglich Geliebten projiziert. Infolgedessen wird die Aussage ›Ich hasse ihn‹ durch die Projektion in den Gedanken verwandelt: ›Er haßt mich und verfolgt mich.‹ Diese Veränderung liefert eine innere Rechtfertigung, ›ihn zu hassen‹«.*[67]

Die Veränderung vom »Ich liebe ihn« zum »Ich hasse ihn« entspricht der gleichen Liebe-Haß-Dynamik, wie sie sich bei der Homosexualität in der Ambivalenz gegenüber dem gleichen Geschlecht findet. Dr. Frank Lake zählt in seinem Buch *Clinical Theology* verschiedene Adjektive auf, die für die Paranoia charakteristisch sind. Diese lassen sich besonders gut auf die homosexuelle Befindlichkeit anwenden – »defensiv, rechthaberisch, mißtrauisch gegenüber Verleumdung, hütet sich vor Kritikern; ›beweist‹ seine Position ständig gegenüber denen, die seine Rechte einzuschränken scheinen, streitsüchtig, widerspruchsfreudig.«[68]

Während ich in New York lebte, betätigte ich mich auch kurzzeitig in einer politischen Theatergruppe von Schwulen. Wir produzierten Stücke für Schwule, von Schwulen, über Schwule. In dieser Gruppe herrschte eine starke Mentalität, zwischen »denen da« und »uns« zu unterscheiden. »Die da« bezog sich auf die unterdrückerischen, Homosexuelle hassenden Heterosexuellen, die diese Welt beherrschten. Wir armen verfolgten Schwulen waren in der Welt der Heteros gefangen. Historisch gesehen haben die Gesellschaft und die Kirche tatsächlich Homosexuelle als Menschen niedereren Ranges und als Objekte ihres Hasses betrachtet. In der heutigen Welt der Homosexuellen hat diese Verfolgung zu einer generalisierten Paranoia geführt, die sich daran zeigt, daß militante Schwule lautstark ihre Rechte einfordern. Militante Schwulengruppen bedrängen Regierungsbeamte mit einer streitsüchtigen und gekonnten Argumentation, wie sie sich bei keiner anderen Interessensgruppe findet.

Sowohl das Gefühl, verfolgt zu werden als auch die kämpferische Haltung sind Kennzeichen der homosexuellen Paranoia. Als ich Mr. Winston diabolische Motive unterstellte, drückte ich damit eine paranoide Reaktion aus. Ich bekämpfte seine Entscheidung, das Restaurant umzustrukturieren, indem ich zum oberen Management ging und mich über ihn beklagte. Ich benahm mich wie ein Anwalt vor Gericht, glaubte die Argumente auf meiner Seite zu haben und war bereit, um meine Rechte zu kämpfen.

Mißtrauen und Verdächtigungen sind zwei weitere Hauptelemente der homosexuellen Paranoia. Noch viele Jahre nachdem das Homosexuelle keine unverhohlene Anziehungskraft mehr auf mich besaß, ertappte ich mich dabei, wie ich Männern immer noch mit Mißtrauen begegnete. Dieses Mißtrauen hinderte mich sehr daran, gesunde gleichgeschlechtliche Beziehungen aufzubauen. Wenn ich Männern mit einer kontrollierenden Art begegnete, reagierte ich oft mit einem solchen Zorn darauf, daß ich sie verletzte, statt mit ihrem kontrollierenden Verhalten objektiv umzugehen. Mein Zorn war eine unreife Art, meine Grenzen zu ziehen und mich von ihrer Kontrolle freizumachen. Diese zornigen Reaktionen waren psychologische Übertragungen, die ihre Wurzeln in der vernichtenden Kontrolle meines Vaters über mich hatten.

Schließlich ist auch die Stimme des »sich selbst bemitleidenden Kindes«, die im Zentrum der homosexuellen Neurose steht, mit der streitsüchtigen Stimme der homosexuellen Paranoia verwandt. Diese Stimme kämpft und verteidigt das Recht des inneren Kindes, sich zu beklagen. Dr. Gerard van den Aardweg schreibt:

> *»Es sieht so aus, als ob das ›innere Kind‹ darum kämpft, eine bedeutsam-tragische Pose einzunehmen und fürchtet, diese von Sucht bestimmte Form der Selbstliebe zu verlieren. Wir können verstehen, was Freud gemeint hat, als er das Phänomen des Widerstandes diskutierte, das er bei der Behandlung vieler Neurotiker beobachtete und das bei ihm ›den tiefsten Eindruck‹ hinterließ; er bekam dadurch ›das Gefühl, daß hier eine Kraft am Wirken ist, die sich selbst mit allen ihr zur Verfügung stehenden Mitteln dagegen verteidigt, geheilt zu werden und die hartnäckig an Krankheit und Leiden festhält.‹«*[69]

Meine Heilung von der homosexuellen Paranoia begann, als ich, erstens, lernte, all meine negativen Gedanken über das eigene Geschlecht zu prüfen. Statt jeden negativen Gedanken zu akzeptieren, hielt ich ihn in meinem

Herzen Gott hin. In mein Gebetstagebuch schrieb ich all die Dinge, die ich anderen Männern vorwarf. Dann bat ich Gott, mir zu zeigen, ob diese negativen Gedanken wahr oder falsch waren.

Zweitens lernte ich, nicht aus dem Zentrum meiner negativen Gedanken und Gefühle heraus zu leben. Zunächst bedeutete dies, daß ich lernen mußte, in der Spannung zwischen zwei einander entgegenstehenden Zentren zu leben – dem alten Zentrum des neurotischen Selbst, dem ich täglich abstarb, und dem neuen Zentrum meines wahren, erlösten Selbst in Christus, das für mich tagtäglich lebendiger wurde. Ich erlaubte es der Stimme des paranoiden, sich selbst bemitleidenden inneren Kindes nicht, mich zu dominieren. Vielmehr hungerte ich seine klagende, kritisierende Stimme aus, indem ich mich bewußt auf die Gegenwart Christi in mir einließ. Die innewohnende Gegenwart des Heiligen Geistes und des lebendigen Wortes Gottes, der Schrift, stellte mein eigentliches Zentrum dar. Dr. Lake erzählt in seinem Buch *Clinical Theology*, wie er seinen paranoiden Patienten dabei half, eine »doppelte Orientierung« zu entwickeln. Er lehrte sie, in der Spannung zwischen zwei gegensätzlichen Zentren zu leben, dabei jedoch das wahrhaftige, nicht-paranoide Zentrum dominieren zu lassen. Dr. Lake erkannte, daß dies für den Heilungsprozeß dieser Menschen zentral war.

Drittens lernte ich bei einer dieser Gelegenheiten, als ein negativer Gedanke über einen Angehörigen meines Geschlechts sich als zutreffend erwies, diesen Gedanken nicht auszusprechen. Natürlich versagte ich dabei immer wieder, doch mit der Zeit gelang es mir, solche Kritik für mich zu behalten. Schließlich lernte ich, berechtigte Kritik an anderen dem Herrn im Gebet hinzugeben. Dies soll nicht heißen, daß ich die Existenz solcher Charakterfehler bei anderen leugnete. Ich beschloß nur, daß diese Charakterfehler mein Bild von diesen Menschen nicht bestimmen sollten.

Viertens, und dies war vielleicht am wichtigsten, suchte ich das Gute in anderen und sprach so oft wie möglich mein Lob darüber aus. In einer gefallenen Welt erkennen wir nur allzu leicht, was bei anderen nicht in Ordnung ist, wie uns das biblische Gleichnis von dem Menschen mit dem Balken im Auge so wunderbar erzählt. Doch die eigentliche Tugend besteht darin, das Gute im anderen zu suchen und dieses Gute hervorzuheben.

### Die Ambivalenz gegenüber dem gleichen Geschlecht und der Zorn

Es war geradezu beängstigend, als fünfundzwanzig Jahre verdrängten Zornes gegenüber meinem eigenen Geschlecht in mir hochstiegen. Über einen Zeitraum von mehreren Monaten überkamen mich Zornesanfälle, die mehrere Stunden anhielten. Ich bekam diese Anfälle vor allem in der Zeit, in der ich mir endlich das Versagen meiner Familie eingestand. Ich wachte mitten in der Nacht auf, knirschte voller Wut mit den Zähnen, während sich ein Knoten aus Zorn und Angst durch meine Eingeweide wand. Ich wußte, daß ich diese Emotionen nicht verleugnen durfte und so ließ ich sie zu. Dieser Zorn, den ich zuvor verinnerlicht hatte, war die Wurzel meiner dunklen Depressionen, meines Selbsthasses und meiner Selbstmordgedanken gewesen.

Oft richtete sich mein Zorn gegen einen Mann, der gleichzeitig Gegenstand meiner Ambivalenz gegenüber dem eigenen Geschlecht war. In manchen Fällen vermischten sich in mir Wut und Sinnlichkeit. (Vergessen Sie nicht, daß Ambivalenz das Vorhandensein beider Elemente bedeutet, verzerrte Liebe und verzerrter Haß.) Obwohl vielleicht ein nebensächlicher Grund vorlag, auf diesen Mann ärgerlich zu sein, so war doch das Ausmaß meines Zorns in der jeweiligen Situation völlig übertrieben.

Dr. John Bancroft schreibt in *Human Sexuality and Its Problems* [»Die menschliche Sexualität und ihre Probleme«]: »Zorn kann eine sexuelle Reaktion erleichtern.« Er berichtet von zwei psychologischen Studien, die zeigen, daß es zu einer »erweiterten sexuellen Bildwelt führt, wenn Zorn hervorgerufen wird«.[70] So wie Angst und Begierden miteinander verwandt sind, so sind auch Zorn und Begierden miteinander verwandt. Wenn wir mit dem Zorn verantwortlich umgehen, so finden wir Erleichterung, was die Begierden und die damit verbundene sexuelle Bildwelt (z. B. eine krankhafte sexuelle Phantasie) angeht. Wenn wir die verborgene Wurzel des Zorns gegenüber dem eigenen Geschlecht aus dem Innersten unseres Herzens herausreißen, so hilft dies, die homoerotische Bildwelt und die homosexuellen Reaktionen, die dort sitzen, herauszulösen.

Auch wenn ich meine zornigen Gefühle nicht verleugnete, so mußte ich doch richtig mit ihnen umgehen. Will man den Zorn überwinden, so besteht ein erster Grundsatz darin, den Zorn nicht länger auf andere zu projizieren. Ich mußte meinen Zorn zu meinem eigenen Besitzstand erklären.

Dann betete ich. Wenn wir zornig sind, so sind wir dies am besten in der Gegenwart Gottes. Ich streckte Jesus meine Arme entgegen und ich konnte ihn am Kreuz für all meine Sünden sterben sehen. Mein Zorn erschien mir wie schwarzer, dicker Rauch, der in meinem Körper aufstieg und durch meine Hände entwich, weil er von mir weg- und zu den Wundmalen Jesu hingezogen wurde.

Auch andere Dinge halfen mir. Ich machte lange Fahrradtouren auf einsamen Wegen und schrie dabei so laut ich konnte. Ich schrieb all die negativen, nutzlosen und lächerlichen Gedanken in mein Gebetstagebuch, die ich denen entgegenbrachte, gegen die sich mein Zorn und meine Ambivalenz gegenüber dem eigenen Geschlecht richteten. Ich schrieb an diese Personen Briefe, ohne je die Absicht zu haben, sie abzusenden.

Ich lachte über mich selbst, besonders dann, wenn sich neben dem Zorn die weinerliche, sich selbst bemitleidende Stimme des inneren Kindes zeigte. Wenn ich das Los dieses inneren Kindes dramatisierte, so half mir dies, seine Stimme zum Schweigen zu bringen: »Oh du armes, verletztes Kind, nie hat irgend jemand ein größeres Recht besessen, wütend zu sein, als du.«

Ich reinigte mein Vokabular von Sätzen wie: »Du hast mich wütend gemacht.« Die Wahrheit ist, daß ich auf bestimmte Situationen mit Zorn reagierte, was manchmal angebracht war. Doch es gibt in meinem Innern niemanden, der mich zornig macht.

Ich bat vertrauenswürdige Brüder und Schwestern nach oder sogar während solcher Phasen tiefen Zorns darum, daß sie unter Handauflegung für mich beteten.

In meinem Zorn hat mich Gott nicht abgelehnt und er hat es auch nicht zugelassen, daß ich in meinem Zorn schwelgte. Das wichtigste war wohl mein inneres Wissen, daß ich meinen Zorn nicht auf Gott projizieren und ihn nicht für meine gegenwärtigen Umstände verantwortlich machen durfte. Schließlich hatte er mir Jesus gegeben, den, der mich von meinem Schmerz erlösen konnte.

Im Umgang mit anderen, die dieses Problem hatten, habe ich bemerkt, daß manchmal ein dämonischer »Geist des Zorns« den Schmerz legitimer Wut dazu mißbraucht, diese Person zu beeinflußen. Ist diese dämonische Gegenwart erst einmal erkannt, so kann man sie leicht vertreiben, indem man sie zurückweist.

Wenn der Betreffende im Zorn an einem anderen schuldig geworden ist, so muß er auf diese Person zugehen und um Vergebung bitten. Viele Menschen wissen jedoch nicht, wie sie mit dem Zorn eines anderen Menschen umgehen sollen. Viele Christen bezeichnen jeglichen Zorn vorschnell als Sünde und erkennen nicht, daß die Schrift an vielen Stellen von einem berechtigten Zorn spricht.

Als ich mit meinem Zorn richtig umzugehen lernte und ihn nicht mehr auf Männer aus meinem Umfeld projizierte, erlebte ich auch immer weniger homosexuelle Versuchungen. Als mein Zorn nachließ, verminderten sich auch die damit verbundenen Begierden.

## Sexualisierter Haß

Ich habe mehrfach mit Männern gebetet, deren negative Seite der Ambivalenz erotisiert war. In diesen Fällen vermischt sich die Begierde mit Haß. In ihren sexuellen Phantasien entstehen Bilder, in denen sie ihre(n) gleichgeschlechtlichen Partner verletzen oder gar ermorden. Diese Phantasien verursachen bei ihnen immer große Scham und Schuldgefühle, und ich bin möglicherweise der einzige, dem sie dieses Problem jemals offenbart haben. Diese leidenden Menschen müssen zunächst von der Scham und den Schuldgefühlen befreit werden. Um diese Befreiung zu ermöglichen, setzen wir uns zum Gebet zusammen, das in etwa folgendermaßen abläuft.

Nachdem wir den Namen Jesu angerufen haben, besprechen wir die mögliche Bedeutung dieser Bilder, in denen sie ihren gleichgeschlechtlichen Partner verletzen. Wieder gilt: Einsicht in das konfuse Symbolverständnis ist der erste Schritt, um die Macht der neurotischen Bildwelt und der mit ihr verbundenen Gefühle zu lösen. Während wir über die Bilder selbst sprechen, frage ich: »Was ist deiner Meinung nach die Bedeutung dieser Bildwelt in deiner sexuellen Phantasie?«

Oft antworten sie: »Da steckt viel Begierde, Zorn und Haß gegenüber dieser Person drin.«

»Das stimmt, Zorn und Haß beeinflussen ganz eindeutig dein inneres Bild vom eigenen Geschlecht. Doch bitte bedenke, daß diese Personen, die in deinen Phantasien auftreten, für dich die Maskulinität repräsentieren. Du mußt lernen die Bilder zu übertragen und nicht wörtlich als die tatsächlichen Wünsche deines Herzens zu deuten. In diesen Bildern, in denen du deine sexuellen Partner verletzt oder gar ermordest, symbolisiert dein Herz deinen erotisierten Zorn und Haß gegenüber deinem eigenen Geschlecht.«

Wenn sie erst einmal ihr konfuses Symbolverständnis als eine Verbindung aus lusterfüllten Bildern und Gefühlen von Zorn und Haß verstanden haben, so verringert sich die Angst davor, diese sexuellen Phantasien womöglich tatsächlich auszuleben.

Dann frage ich sie, ob sie denken, daß sie diese Phantasien im Gebet dem Herrn Jesus hingeben könnten. Fast immer sagen sie ja. Nachdem wir den Namen Jesu angerufen und bewußt die heilende Gegenwart Gottes gesucht haben, bitte ich sie, es in der Gegenwart Gottes zuzulassen, daß ihre sexuellen Phantasien ganz und gar in ihr Bewußtsein treten.

Gemeinsam bitten wir Jesus dann, in jedes dieser pervertierten Bilder der Phantasiewelt hineinzukommen. Um diese Bilder aus dem tiefsten Herzen herauszulösen, frage ich den Betreffenden zunächst: »Bekennst du die Begierde, die sich mit deinem Zorn und Haß vermischt hat?«

»Ja, ich bekenne diese Begierde und wende mich von ihr ab.«

Dann fordere ich sie auf, jede krankhafte sexuelle Handlung, jedes krankhafte sexuelle Symbol, die sich in ihrer Phantasiewelt befinden, eins nach dem anderen aus ihrem Denken herauszuwerfen. Während sie diese Dinge im Gebet Jesus übergeben, ermutige ich sie: »Beschreibe dem Herrn genau, welche Bedeutung dieser Aspekt deiner sexuellen Phantasien für dich besitzt. Nenne ihm auch all die Gefühle, die dadurch bei dir hervorgerufen werden.« Wir beten so lange weiter, bis jede Einzelheit der sexuellen Phantasien dem Herrn hingegeben wurde.

Manchmal benutzen dämonische Mächte dieses konfuse Symbolverständnis, um den Betreffenden zu unterdrücken oder sich bei ihm einzunisten. Nicht selten manifestiert sich ein Dämon während einer solchen Gebetszeit. In manchen Fällen manifestieren sich die Dämonen nicht, sondern verstecken sich nur. An diesem Punkt ist die »Gabe der Unterscheidung der Geister« gefragt (vgl. 1 Kor 12,10), so daß Dämonen, die sich versteckt haben, in aller Gelassenheit ausgetrieben werden können. Es ist leicht, Dämonen auszutreiben, wenn man den davon Betroffenen auffordert, den Dämonen abzusagen und diesen Menschen dann mit geweihtem Wasser benetzt oder mit geweihtem Öl salbt.

## Die Ambivalenz gegenüber dem gleichen Geschlecht und der Neid

Neid, eine der sieben Hauptsünden, ist ein weiterer Faktor bei der Ambivalenz gegenüber dem gleichen Geschlecht und bei der Homosexualität (sofern diese erotisiert wurde). Andrew Comiskey schreibt in seinem Arbeitsbuch »Befreite Sexualität«:

> *»Wir sind eifersüchtig auf Menschen, die besitzen, was wir gerne hätten, aber nicht haben. Dies gilt sowohl für den emotionalen wie körperlichen Bereich. Die Eifersucht streckt ihre impulsiven, bedürftigen Krallen aus und sucht sich ein Objekt. Hier ist nicht ein Imitieren jener gemeint, die wir bewundern, oder bei denen wir in gesunden Freundschaften Ergänzung suchen. Wir sprechen hier von der Eifersucht, die in unreifer Weise versucht, durch einen anderen Menschen ganzheitlich zu werden. ›Homosexuell‹, anders ausgedrückt, bedeutet demnach, sich seiner geschlechtlichen Identität und seines Akzeptiertseins nicht sicher zu sein und sich deshalb in der Reflexion einer Person gleichen Geschlechts selber zu idealisieren.«*[71]

Der Neid hängt mit der kannibalistischen Zwangsvorstellung der homosexuellen Neurose zusammen. Sowohl der Neid als auch die kannibalistische Zwangsvorstellung richten sich gegen solche Personen, die für uns die Ganzheitlichkeit symbolisieren, die wir in unserer geschlechtlichen Identität suchen. Wie bereits weiter oben zitiert, schreibt Dr. Ruth Tiffany Barnhouse in ihrem Buch *Homosexuality: A Symbolic Confusion*:

*»... kann es sein, daß jemand auf die homosexuelle Anpassung zurückgreift, um sich mit der ›maskulinen‹ Stärke des Partners zu identifizieren. Einer meiner Patienten drückte es so aus: ›Es war nicht so sehr der Wunsch, Peter zu lieben; ich wollte Peter sein.‹«*[72]

Im Einklang mit der Beurteilung der Homosexualität im Römerbrief fanden sowohl Rev. Comiskey als auch Dr. Barnhouse, die Homosexualität sei »voll Neid« (vgl. Röm 1,26-29).

Viele Menschen ohne homosexuelle Neurose sind in ihrer geschlechtlichen und sexuellen Identität unbestätigt und unsicher. Wie der Homosexuelle so verfallen auch diese Menschen in die Fehlhaltung, andere Angehörige des gleichen Geschlechtes zu beneiden, die in ihren Augen für ihr Geschlecht Ganzheitlichkeit symbolisieren. Sie haben unter Umständen das Bedürfnis, das Gute in anderen zu leugnen und nach etwas Negativem in dieser Person zu suchen, um es herauszuheben. Wenn der Neid das Gute in einem anderen Menschen zugesteht, so geschieht dies, um dieses Gute habgierig zu besitzen, zu kontrollieren oder zu zerstören. Das Matthäusevangelium berichtet uns, daß Jesus Pilatus überantwortet wurde aufgrund des Neides der Menschenmenge, die später schrie: »Ans Kreuz mit ihm!« (vgl. Mt 27,18.22).

Es kann sein, daß wir denjenigen, gegen den sich unser Neid richtet, sogar verachten, weil er Eigenschaften besitzt, die wir uns so sehr für uns selbst wünschen würden. Wenn der Neid, entweder in der Homosexualität oder in der Heterosexualität, erotisiert wird, so geschieht es nicht selten, daß ein und dieselbe Person einerseits verachtet wird, andererseits aber auch eine sexuelle Anziehung ausübt. Wird der Neid nicht erotisiert, so kann er dazu führen, daß man sich selbst in einem ungesunden Wettbewerbsdenken ständig mit anderen vergleicht.

Manchmal entspringt der Neid einer dämonischen Quelle. In einer bestimmten kirchlichen Tradition wurde der dämonische Neid als der »böse Blick« bezeichnet – definiert als »Eifersucht und Neid mancher Menschen, weil sie bestimmte Dinge nicht haben: Schönheit, Jugend, Mut oder eine andere Form von Glückseligkeit«.[73] Vater Stephanou, ein griechisch-orthodoxer Priester, schreibt, daß »satanische Mächte durch bestimmte Menschen das Böse beeinflussen, das über die Menschheit kommt«.[74] Er erzählt, wie er einmal persönlich vom dämonischen Neid eines anderen Menschen betroffen war:

> *»Ich war so bedrückt und so niedergeschlagen, daß ich mich nicht vom Boden erheben konnte, um mein Euchologion und meine Stola aus meinem Wagen zu holen, der unten vor dem Gebäude geparkt war. Mit Mühe kämpfte ich mich die Treppen hinunter zu meinem Wagen und wieder hinauf zu meinem Zimmer. Ich dachte, ich müßte sterben. Ich konnte kaum die Kraft aufbringen, die ich brauchte, um meinen Mund zu öffnen, um ein Exorzismusgebet herauszustottern.«*[75]

In Zeiten, in denen sich der Neid eines anderen Menschen gegen mich richtete, habe ich im Blick dieser Menschen etwas Böses beobachten können. Manchmal habe ich mich durch solche Menschen ausgesprochen ausgelaugt und sogar bedrückt gefühlt. Der dämonische Neid richtet sich oft gerade gegen die Begabungen eines Christen, die Gott für die Ausbreitung seines Reiches zu benutzen gedenkt. In gewisser Weise scheint der Neid den Christen daran zu hindern, diese von Gott geschenkten Begabungen in vollem Maße einzusetzen. Doch der Christ besitzt eine Waffe, die er gegen solche Angriffe einsetzen kann – das Exorzismusgebet. Ich gebe hier die verkürzte Version eines solchen Gebetes wider. (Beachten Sie, daß »Männlichkeit« in diesem Gebet unter den Dingen aufgelistet wird, denen typischerweise der Neid anderer Menschen gilt. Ein Mann, der mit der Homosexualität zu kämpfen hat, beneidet häufig andere Männer um ihre Männlichkeit.)

> *»Oh Herr, unser Gott, König aller Zeiten, ... , der du allein durch deinen Willen alle Dinge schaffst und veränderst, ... , du Arzt und Heiland unserer Seelen, der du Schutz gewährst all denen, die auf dich hoffen, wir flehen zu dir und bitten dich: Verbanne, vertreibe und nimm alle diabolischen Handlungen, jede Attacke und jeden Angriff des Satans, alle üble Neugier und allen Schaden und den Zauber des bösen Blicks, der durch übelmeinende und böse Menschen über deinen Knecht [Name des Betreffenden] gekommen ist; und wenn dies geschehen ist aufgrund von Schönheit, Männlichkeit oder Wohlstand oder Eifersucht und Neid oder durch den bösen Blick, so ... strecke du, unser Meister, deine gewaltige Hand aus, ..., suche ihn [oder sie] durch deinen friedenbrin-*

*genden Engel heim, durch den mächtigen Wächter über Leib und Seele, der von ihm [oder ihr] jedes böse Vorhaben, jeden Zauber und jeden Fluch des bösen Blicks korrumpierender und neidischer Menschen wehrt und fernhält. ...«*[76]

Wenn wir selbst uns des Neides schuldig gemacht haben, so bringt uns das Schuldbekenntnis durch das Kreuz Jesu Heilung. Nachdem wir umgekehrt sind, ist es gut, Gott laut für all die guten Eigenschaften zu danken, für die wir die betreffende Person zuvor beneidet haben. Aus dieser Haltung heraus können wir vor dem Herrn und wenn nötig auch vor anderen das tiefe Gefühl der persönlichen Unsicherheit in uns schmerzvoll anerkennen, das uns dazu gebracht hat, einen anderen Menschen für das Gute, das in ihm ist, zu beneiden. Auf dem Grund unserer Unsicherheit wird sich Selbsthaß finden. Auch dieser muß als Sünde bekannt werden.

Dann können wir Gott bitten, daß er uns die Gnade, Disziplin und Geduld mit uns selbst gibt, damit wir die guten Eigenschaften entwickeln können, um die wir andere zuvor beneidet haben. Es kann jedoch genauso wichtig sein, die Tatsache anzuerkennen, daß wir diese guten Eigenschaften vielleicht nie besitzen werden. In jedem Fall müssen wir andere für ihre guten Eigenschaften achten und dies bedeutet das Gegenteil von Neid.

## Warnzeichen der Ambivalenz gegenüber dem gleichen Geschlecht

Da die Ambivalenz gegenüber dem eigenen Geschlecht ihrem Wesen nach unbewußt ist, müssen wir lernen, ihre Signale in uns zu erkennen. Wir können uns die folgenden Fragen stellen:

- Empfinde ich gegenüber einem Menschen meines eigenen Geschlechts Neid?
- Bin ich ohne einen logischen Grund zornig auf einen Angehörigen meines Geschlechts?
- Verachte ich einen Menschen meines Geschlechtes, fühle mich aber gleichzeitig von ihm sexuell angezogen?
- Empfinde ich widersprüchliche Gefühle gegenüber einem Angehörigen meines eigenen Geschlechts?

Und wir können unsere Träume prüfen. Menschen, gegen die sich unsere Ambivalenz gegenüber dem eigenen Geschlecht richtet, können in unseren

Träumen als Symbole unserer Geschlechtlichkeit auftreten. Nicht selten träumen wir davon, mit einem dieser Menschen sexuell vereinigt zu sein, aus dem erotischen Versuch heraus, die guten Eigenschaften, um die wir diesen Menschen beneiden, an uns zu nehmen.

Wenn wir auf eine der obigen Fragen mit »Ja« antworten, so kann dies darauf hinweisen, daß wir gegenüber dieser Person eine gewisse Ambivalenz empfinden. Dieses Problem zu erkennen bedeutet schon, die halbe Schlacht gewonnen zu haben.

## Meine Heilung von der Ambivalenz gegenüber dem gleichen Geschlecht

Ebenso wie ich auf ältere Männer ungelöste Fragen über meinen Vater projizierte, so projizierte ich diese Fragen auch auf Gott, den Vater. Das Bild von Vaterschaft in meinem Herzen mußte eine radikale Resymbolisierung erfahren, damit ich die Liebe meines himmlischen Vaters empfangen konnte. Und dies geschah dann auch. Im Juni 1984 besuchte ich eine internationale Konferenz von *Exodus* in Baltimore, Maryland. *Exodus* ist eine Dachorganisation verschiedener christlicher Werke zur Wiederherstellung Homosexueller.

Der Redner, der den Grundgedanken der Konferenz vorstellte, war Dr. Robert Frost, Autor des Buches *Our Heavenly Father* [»Unser himmlischer Vater«]. Eine ganze Woche lang lehrte Dr. Frost über die Vaterschaft Gottes. Am Ende dieser Woche bat er christliche Leiter und Seelsorger, nach vorne zu kommen, um ihm beim Dienst der väterlichen Liebe Gottes zu helfen. Dann bat Dr. Frost alle Anwesenden, die die heilende Berührung ihres himmlischen Vaters benötigten, nach vorne zu kommen und durch einen der Leiter Gebet in Anspruch zu nehmen. Fast alle Anwesenden kamen nach vorne.

Dr. Frost forderte uns auf, unseren Kopf auf die Schulter desjenigen zu legen, der für uns betete, und von ihm eine väterliche Umarmung zu empfangen. Sobald ich dies tat, begann ich, aus tiefster Seele zu weinen. Bald war der gesamte Raum von dem Schluchzen unbestätigter Männer und Frauen erfüllt, die die Liebe ihres himmlischen Vaters empfingen. Das Schluchzen schien sehr lange anzuhalten. Dann breitete sich ein himmlischer Friede aus, und Stille erfüllte den Raum. Das Weinen derer, die nie wirkliche Bestätigung durch ihre Väter erhalten hatten, hörte auf.

Als ich zu meinem Platz zurückkehrte, empfand ich eine innere Ruhe, wie ich sie zuvor noch nicht gekannt hatte. Ich erfuhr an diesem Tag, was im Buch Zefania, Kapitel 3, Vers 17, gesagt wird: »Der Herr, dein Gott, ist in deiner Mitte, ein Held, der Rettung bringt. Er freut sich und jubelt über dich, er erneuert seine Liebe zu dir, er jubelt über dich und frohlockt, wie man frohlockt an einem Festtag.« Zum ersten Mal in meinem Leben glaubte ich, daß Gott ein wirklicher Vater ist, der sich zutiefst an mir freut und mich liebt. Durch den Dienst Dr. Frosts empfing ich von meinem himmlischen Vater etwas von der Bestätigung, die ich mir immer bei meinem irdischen Vater ersehnt hatte.

Doch selbst nachdem ich eine so tiefe Heilung von Gott erfahren hatte, hoffte ich immer noch innerhalb der christlichen Gemeinschaft einen Mann zu finden, der etwas von meinem legitimen Verlangen nach gleichgeschlechtlicher Liebe, das ich seit meiner Kindheit empfand, erfüllen konnte. Ich suchte nicht mehr den vollkommenen Liebhaber (das idealisierte und erotisierte Bild vom eigenen Geschlecht), auch suchte ich nicht nach dem vollkommenen Vater (einem nicht-erotisierten, aber immer noch idealisierten Bild vom eigenen Geschlecht); ich wollte nur einfach einen geistlichen Vater im Herrn finden, so wie Paulus es für Timotheus gewesen war (vgl. 1 Tim 1,18). Doch die Zerbrochenheit, die ich bei vielen Männern in der Gemeinde beobachtete, beendete meine Suche bald. Viele dieser Männer waren in ihrer Maskulinität genauso unbestätigt wie ich es gewesen war, obwohl sie ihre gleichgeschlechtlichen Beziehungen nicht erotisiert hatten. In dem Versuch, ihr Bedürfnis nach gleichgeschlechtlicher Liebe zu stillen, hatte ich bei manchen dieser Männer den Eindruck, als würden sie auf emotionaler Ebene eine Art Rückwärtssalto vollbringen, um die Liebe und Anerkennung anderer Männer zu bekommen.

Schließlich beendete ich meine Suche nach einem geistlichen Vater. Wenn ich ein gesunder Christ und Mann werden wollte, so bestand mein primäres Bedürfnis darin zu lernen, wie ich zu anderen Männern als meinen Freunden und Brüdern im Herrn Beziehungen leben konnte. Eines Tages gab ich dem Herrn im Gebet all meine Erwartungen hin, die ich an christliche Männer hatte, und beschloß, mehr von mir selbst zu geben.

Dies befreite mich dazu, ältere und weisere Christen zu achten, ohne von ihnen die Erfüllung all meiner Bedürfnisse nach väterlicher Liebe zu erwarten. In diesen Männern entdeckte ich Vorbilder wohlwollender Autorität, moderne Leitfiguren, denen ich nacheifern konnte. Manche dieser Männer kannte ich persönlich, z. B. Ted Smith von *Pastoral Care Ministries*, Rev. Joseph Garlington von der *Covenant Church* in Pittsburgh, Dr. Robert Frost und meine männlichen Dozenten von der *Trinity Episcopal School for Ministry* in Ambridge, Pennsylvania. Andere habe ich persönlich nie kennengelernt, doch habe ich sie entweder bei einem Vortrag gehört oder ihre Bücher gelesen. Dazu gehören C. S. Lewis, Bruder Michael Scanlan von der Universität der Franziskaner in Steubenville, Ohio, und der Theologe Dr. Donald Bloesch. Als äußerst seriöse Männer haben sie die Wahrheit in Liebe ausgesprochen, waren selbst demütig und haben das Evangelium Jesu Christi mutig proklamiert. Indem ich die guten Eigenschaften dieser Männer geachtet habe und mich von ihrem Vorbild prägen ließ, nahm ich in mich selbst die gesunde Maskulinität auf, nach der ich mich immer gesehnt hatte. Ich betrachte diese Männer als meine geistlichen Väter.

Die Schrift lehrt uns, daß wir nicht jeden Mann auf Erden Vater nennen sollen, weil wir einen Vater haben, der im Himmel ist (vgl. Mt 23,9). Hätte ich auch weiterhin versucht, all meine Bedürfnisse nach gleichgeschlechtlicher Liebe durch menschliche Beziehungen zu stillen, so wäre mein Blick für immer auf dem Geschöpf haften geblieben, statt auf den Schöpfer gerichtet zu sein. Mein Hunger nach einem Vater war verzehrend. Hätte mir ein Mann angeboten, als mein Vaterersatz zu dienen, so hätte ich ihn emotional verschlungen. Nur mein himmlischer Vater konnte mir die Heilung und die maskuline Bestätigung geben, die ich so verzweifelt benötigte und suchte.

Heilung von der Ambivalenz gegenüber dem gleichen Geschlecht kann nur geschehen, wenn wir uns auf nicht-erotische gleichgeschlechtliche Beziehungen einlassen. Im Zusammenhang mit solchen Beziehungen treten die Fragen, die mit der Ambivalenz gegenüber dem gleichen Geschlecht verbunden sind, unweigerlich zutage. Wenn die eigene Gemeinde nicht entsprechend ausgerüstet ist, um die Ambivalenz gegenüber dem gleichen Geschlecht bei einer Person, die Heilung von der Homosexualität erfährt, zu verstehen und damit richtig umzugehen, so sollte sich der Betreffende nach einer therapeutischen Gruppe umsehen. Es gibt eine Reihe von Programmen, die verschiedene Wege zu einer verbesserten Beziehungsfähigkeit anbieten. Das Gelernte läßt sich dann durchaus auf die Beziehungen innerhalb der eigenen Gemeinde anwenden. Wenn es keine Gruppe in der näheren Umgebung gibt, kann man manche Programme auch allein durcharbeiten, und zwar mit Hilfe des Buches »Unterwegs zur Ganzheitlichkeit«, verbunden mit dem Arbeitsbuch »Befreite Sexualität« von Andrew Comiskey, die in christlichen Buchhandlungen erhältlich sind.

Wenn die Gemeinde als eine therapeutische Gemeinschaft fungiert, in der Verständnis, Vergebung und Liebe lebendig sind, so ist hier die geeignetste Umgebung, um mit der Ambivalenz gegenüber dem gleichen Geschlecht fertigzuwerden. Bei meiner Gemeinde war dies der Fall, als die Fragen aus meinem tiefsten Innern an die Oberfläche sprudelten.

Nachdem ich diese unglaubliche Heilung von der Ablehnung empfangen hatte (wie in Kapitel 2 beschrieben), wurde mir die gleichgeschlechtliche Ambivalenz, die ich allen Männern in meinem Bibelkreis entgegenbrachte, besonders bewußt. Manchmal hatte ich auf diese Brüder im Herrn meinen Haß und meine generelle Verachtung (Zorn) gegenüber all denen, die mich und meine Familie in der Vergangenheit verachtet hatten, projiziert.

Da diese Männer mir viel Liebe und Fürsorge entgegenbrachten, wußte ich, daß ich ihnen meine Sünde bekennen konnte. Doch als ich dies versuchte, fiel es ihnen schwer, mein Bekenntnis zu hören. Als liebevolle Christen boten sie mir vorschnell die Vergebung an und erkannten nicht, daß ich die Heilung benötigte, die aus Sündenbekenntnis und Umkehr entspringt. »Darum bekennt einander eure Sünden, und betet füreinander, damit ihr geheiligt werdet. Viel vermag das inständige Gebet eines Gerechten« (Jak 5,16). In unserer Gemeinde praktizierte man nur sehr selten ein formales Sündenbekenntnis. Ich mußte sie daher regelrecht anflehen, sich meines anzuhören.

Nachdem ich sie schließlich überzeugt hatte, empfingen wir alle viel Heilung. In direktem Anschluß an mein Sündenbekenntnis begannen auch sie, ihre Schuld an mir und anderen, die mit der Homosexualität kämpften (und um die sie sich nicht gekümmert hatten), zu bekennen. Im gemeinsamen Gebet sprachen wir einander die Vergebung zu. Während dieses Gebetes geschah etwas Außergewöhnliches. Ein Strom übernatürlicher Liebe floß von mir zu ihnen. Wieder einmal stellte die einfache Wahrheit des Evangeliums über Sündenbekenntnis und Vergebung die Ordnung der Liebe wieder her.

Wir müssen lernen, im Gebet vor Gott zu bleiben und bei jeder Art von Heilung auf seine Führung zu hören. Denn es kann sein, daß er für jede Situation eine eigene Lösung hat. Es ist nicht immer angebracht, daß jemand seine Ambivalenz gegenüber dem eigenen Geschlecht vor denen bekennt, gegen die sich diese Ambivalenz richtet. Es kann sein, daß diese Menschen dem Betreffenden nicht als Brüder (oder Schwestern) in Christus verpflichtet sind. Es kann auch sein, daß sie nicht reif genug sind, um mit diesem Sündenbekenntnis richtig umzugehen, geschweige denn, die Homosexualität richtig zu verstehen. Falls es sich um unreife Menschen handelt, so kann es geschehen, daß sie den, der das Sündenbekenntnis ausgesprochen hat, für immer als »den mit dem homosexuellen Problem« ansehen und ihm nicht als dem erlösten Christen begegnen, der er in Wahrheit ist.

## Umgang mit Versuchungen

Als meine Heilung fortschritt, arbeitete ich mich mit Gottes Hilfe durch meine Ambivalenz gegenüber dem gleichen Geschlecht hindurch. Mit der Zeit verwandelten sich meine homosexuellen Begierden, die ich früher genossen hatte, in sündhafte Versuchungen, die ich immer weniger wollte. Während diese Begierden schließlich aufhörten, sah ich mich auch weiterhin Versuchungen gegenüber – sowohl sexueller als auch nicht-sexueller Natur. Nun war es leicht zu erkennen, ob diese sexuellen Versuchungen »aus der Welt, dem Fleisch oder vom Teufel« kamen. Um welche Quelle es sich auch handelte, der Ausgangspunkt meiner Abwehr war immer, durch den Glauben bewußt die Gegenwart Christus, der in meinem Herzen Wohnung genommen hatte, zu suchen.

Wenn die Versuchung aus der Welt kam, mußte ich ihr widerstehen oder ihr entfliehen. Einer meiner Freunde, der mich aus dem Ausland besuchen kam, bemerkte mir gegenüber: »Die Männer auf der Plakatwerbung in Amerika werden in der gleichen verführerischen Pose dargestellt wie in meinem Land die Frauen.« Seine Aussage öffnete mir die Augen zu sehen, wie sehr wir mit verführerischen Bildern von Männern wie von Frauen bombardiert werden – insbesondere im Fernsehen und im Film. Folglich beschloß ich, um mein geistiges Wohlbefinden zu schützen, keine Fernsehsendungen und Filme mehr anzuschauen, die ausgesprochen sexuelle Szenen enthielten.

Wenn die sexuellen Versuchungen aus meinem Fleisch kamen, so geschah dies oft im Zusammenhang mit gleichgeschlechtlichen Beziehungen. Im Gebet stellte ich Gott bestimmte Schlüsselfragen über die betreffende Person: Was hat dieser Mensch, das ich selbst mir wünsche? Beneide ich ihn in irgendeiner Weise? Fühle ich mich ihm unterlegen? Fast immer war mein Bedürfnis nach weiterer Heilung meiner geschlechtlichen Identität der Schlüssel, der mir weiterhalf. Diese Versuchungen konnte ich überwinden, indem ich um noch mehr persönliche Heilung bat oder indem ich ein solches Heilungsgebet von Christen in Anspruch nahm, denen ich vertraute.

Sexuelle Versuchungen des Teufels traten oft als Gedanken auf, die von außen auf mein Bewußtsein einstürmten. Eines Nachts, direkt vor einem großen Heilungsdienst von *Pastoral Care Ministries*, lag ich fast die ganze Zeit wach, während mir Erinnerungen an vergangene homosexuelle Begegnungen durch den Kopf schwirrten. Da ich wußte, daß dies nicht dem Verlangen meines Herzens entsprach, verwarf ich diese Erinnerungen, sowie sie in mein Gedächtnis traten. Doch die Flut der homoerotischen Erinnerungen schien endlos. Schließlich nahm ich mein geweihtes Wasser heraus, segnete mein Schlafzimmer und befahl dem Teufel, sich zu verziehen und mich in Ruhe zu lassen. Dann hörte ich in meinem Geist, wie er anklagend sagte: »Du hast jede dieser Begegnungen genossen.«

Ich konnte mich nur an den ersten Teil eines Verses aus dem Matthäusevangelium erinnern: »Schließ ohne Zögern Frieden mit deinem Gegner« (5,25) und so antwortete ich: »Ganz gewiß tat ich dies, aber damals war ich ein ungeheiligter, neurotischer Mann. Nun bin ich dabei, ein gesunder und geheiligter Mann zu werden. Nun wohnt durch den Glauben an Jesus Christus der Heilige Geist in mir. Daher gebiete ich dir im Namen Jesu Christi: Laß mich in Ruhe und kehre dahin zurück, wohin du gehörst.«

Wenn ich die geistliche Autorität ausübte, die ich als ein Christ besitze, in dem der Heilige Geist wohnt, so erwies sich dies immer als meine beste Verteidigung. Wenn die Bedrückung besonders intensiv war und länger als einen Tag andauerte, so waren Fasten und das Gebet um Gottes Befreiung ein sicheres Heilmittel.

Einige Male schickte der Satan Männer zu mir, um meinen Dienst für die sexuelle Befreiung Homosexueller zu diskreditieren. Einer dieser Männer, ein junger Seminarist, vereinbarte mit mir einen Gesprächstermin. Ich werde ihn Bill nennen. Bei unserem ersten Treffen fragte ich ihn: »Bill, warum sind Sie gekommen?« Sehr offen sagte er mir: »Mein geistlicher Betreuer schlug vor, ich solle zu Ihnen kommen, um mit Ihnen über die Heilung von der Homosexualität zu reden. Aber ich glaube nicht, daß das nötig ist, weil ich nicht denke, die Homosexualität sei mit der Bibel oder dem Christentum unvereinbar.«

»Dieser Dienst richtet sich an Menschen, die Hilfe wollen. Aber wenn Sie unser Gruppentreffen am nächsten Dienstag abend besuchen möchten, so sind Sie herzlich willkommen«, antwortete ich.

Bei diesem ersten Treffen war Bill sehr kurz angebunden. Es schien mir, daß er nur gekommen war, um seinen geistlichen Betreuer zufriedenzustellen. Aus diesem Grund betete ich kein Heilungsgebet für Bill, da dies seinen freien Willen verletzt hätte. Bill besuchte mehrere unserer wöchentlichen Treffen, kam dann aber nicht mehr.

Die negativen geistlichen Auswirkungen dessen, daß ich Bill erlaubt hatte, zu unseren Gruppentreffen zu kommen, erfuhr ich erst viele Jahre später. Zu diesem Zeitpunkt war Bill bereits zum Pfarrer ordiniert. Ein anderer Pfarrer seiner Konfession berichtete mir, daß Bill meinen Dienst nun diskreditierte. Bill faßte unser Treffen so zusammen: »Vor Jahren besuchte ich Mario Bergners Heilungsdienst, aber ich empfing keinerlei

Heilung.« Was Bill anderen nicht sagte, war, daß er damals, als er zu mir kam, keine Heilung von der Homosexualität wollte und ich auch nicht für ihn gebetet hatte.

Ein andermal vereinbarte ein Mann, der behauptete, Hilfe zu suchen, einen Gesprächstermin mit mir. Tatsächlich kam er jedoch, um mich zu verführen. Ich möchte ihn Steve nennen. Als er mein Büro betrat, überführte ihn der Heilige Geist. Er bekannte seine Sünde und besuchte mein *Living Waters*-Programm. Nachdem bei ihm die Heilung bereits eingesetzt hatte, bekannte Steve, daß er ursprünglich gekommen war, um diesen Dienst in Verruf zu bringen.

Der Unterschied zwischen diesen beiden Männern bestimmte den weiteren Verlauf ihres Lebens. Der eine war demütig; der andere voller Stolz. Steve war offen dafür, sich vom Heiligen Geist überführen zu lassen und bekannte seine Sünde. Bill war in einem stolzen theologischen Denken gefangen, durch das er seine Sünde rationalisierte und seine Seele gegen die heilende Kraft Gottes verschloß.

*Kapitel 7*

# Der Haß gegenüber Frauen

*»Kommt, Geister, die ihr lauscht*
*Auf Mordgedanken, und entweibt mich hier;*
*Füllt mich vom Wirbel bis zur Zeh randvoll*
*Mit wilder Grausamkeit!«*

Lady Macbeth in »Macbeth«, 1. Akt, 5. Szene

Kristin wuchs in einem Zuhause auf, in dem der Haß gegenüber Frauen für sie eine tagtägliche Realität darstellte. Als jüngstes von vier Kindern und als einzige Tochter blickte sie auf eine Kindheit zurück, in der sie zur Dienerin ihrer Brüder gemacht wurde; in der sie zuschauen mußte, wie ihre Brüder Dinge aßen, die ihr vorenthalten wurden; und in der sie altmodische Sachen tragen mußte, während ihre Brüder sich wie ihre Altersgenossen kleiden konnten. Kristins Mutter behandelte sie grausam und zog die Brüder eindeutig vor. Im Blick ihres Vaters entdeckte Kristin nie die liebevolle Bestätigung, die ein kleines Mädchen von ihrem Papa so dringend benötigte. Statt dessen betrachtete er sie voller Begierde.

Als Jugendliche versuchte Kristin, ihren tiefen inneren Schmerz durch Drogen zu betäuben. Die schwere Misogynie (Frauenhaß), die sie erfahren hatte, führte dazu, daß sie ihre eigene Femininität ablehnte. Wie Lady Macbeth war Kristin »entweibt«. Sie schnitt sich regelmäßig die Wimpern, weil sie ihr zu feminin erschienen. Sie nahm eine falsche Maskulinität an, um in diesem kranken Zuhause überleben zu können. Da sie die Misogynie, die bei ihr zu Hause herrschte, verinnerlichte, begann sie, ihren eigenen Körper zu hassen. Als ihre Sexualität erkennbar wurde, ließ sie sich auf ein Phantasieleben ein, in dem auch Bilder auftraten, in denen sie ihren eigenen Körper zerstörte.

In ihren späten Jugendjahren kam sie immer mehr zu der Überzeugung, daß sie ein Mann war, der in einem weiblichen Körper gefangen war; man nennt diesen Zustand im allgemeinen Transsexualität. Sobald wie möglich zog sie von zu Hause weg in eine Großstadt und tauchte in das dortige Nachtleben ein. In den Schwulenbars fand sie andere Transsexuelle und Transvestiten – Menschen wie sie. Doch da sie nie andere weibliche Transsexuelle oder Transvestiten traf, fürchtete sie, tatsächlich verrückt zu sein.

Sie fühlte sich allein gelassen, war äußerst depressiv und versuchte, Selbstmord zu begehen, was ihr jedoch nicht gelang.

Später machte sie eine Reise in den Westen der USA. Auf der Rückfahrt saß sie in der Bar des Zugrestaurants und betäubte ihren Schmerz mit Alkohol. Sie beschreibt ihre Gefühle zum damaligen Zeitpunkt folgendermaßen: »Ich dachte, ich würde ganz einfach sterben, wenn mich nicht jemand berührte.« Ein Mann, der ihr gegenüber saß, lud sie in sein Schlafwagenabteil ein. Sie wollte nur von ihm in den Arm genommen werden. Doch er hatte etwas anderes im Sinn. Da sie nicht die Kraft hatte, sich zu wehren, dachte sie bei sich: Das ist nun mal das Schicksal mancher Menschen; sie werden geboren, um vergewaltigt und mißbraucht zu werden.

Monate nach dieser schrecklichen Nacht im Zug stolperten Kristin und eine Freundin in eine christliche Versammlung des örtlichen CVJM hinein. Sie hörten die Botschaft des Evangeliums, aber, so sagt Kristin, »ich war viel zu räudig, um zu Christus zu kommen.« Dennoch kam sie auch in der darauffolgenden Woche wieder zu dieser Versammlung. In seiner Predigt sagte der Redner: »Wenn Sie meinen, Sie seien nicht gut genug, um Christ zu werden, dann denken Sie doch einmal an den Apostel Paulus. Er war ein Mörder, und Jesus hat ihm vergeben!«

Bei diesen Worten brach in Kristins Herz ein Damm. Sie konnte sich mit den Sünden des Paulus identifizieren, denn sie war nach dieser Nacht im Zug schwanger geworden und hatte das Kind später abtreiben lassen. Die Liebe Gottes und die Wahrheit des Kreuzes erreichten Kristins Seele. Sie sagte »Ja« zu Christus und beschreibt dies heute so: »Ich ergriff diese wirkliche Hoffnung, die man nur in Christus finden kann.« Ihre Bekehrung brachte ihr die grundlegende Heilung, die jeder Mensch braucht, die anfängliche Erneuerung ihres Geistes und Gemütes durch die Neugeburt und die Wiederherstellung der Beziehung zu Gott.

Gott begann schon bald, die tiefe Verwirrung in Kristins Herzen zu heilen. Nachdem sie sich einer Gemeinde angeschlossen hatte, begegnete sie einem Mann, der für sie die maskuline Identität darstellte, die sie sich selbst immer noch wünschte. Über diesen Mann sagte sie: »Ich wollte Matthew sein, körperlich, emotional und geistlich. Ich wollte so aussehen wie er und so reden wie er. Ich wollte die Anbetung so leiten können wie er – ich wollte sein Leben besitzen.« Da sie die Tiefe ihrer Not erkannte, kehrte sie von dieser Begehrlichkeit um, doch brauchte sie auch die Erfahrung zu wissen, daß sie selbst von Gott wunderbar gemacht war.

Während sie darauf wartete, daß Gott die Heilung vollenden würde, die sie sich so sehr wünschte, klammerte sie sich an die Worte Jesu: »Wenn ihr meine Gebote haltet, werdet ihr in meiner Liebe bleiben, so wie ich die Gebote meines Vaters gehalten habe und in seiner Liebe bleibe. Dies habe ich euch gesagt, damit meine Freude in euch ist und damit eure Freude vollkommen wird« (Joh 15,10-11).

Gott veranlaßte Kristin auch, Leanne Paynes Buch *Real Presence* [»Wirkliche Gegenwart«] zu lesen. Eine Passage sprach sie besonders an:

> *»Die verwirklichte und integrierte Persönlichkeit, die ihre Identität in Gott allein findet und sie nicht länger in einer Rolle (Ehefrau, Mutter, Vater, Frau in der Gemeinde), in der Karriere oder dem Beruf (Arzt, Anwalt, Pfarrer, Künstler) oder in einer Gruppe (Frauen, leitende Mitarbeiter, Schwarze) sucht, wird nicht länger von der Angst zu versagen geprägt oder festgelegt, ebenso wenig wie von dem, was andere über sie denken. Sie findet ihre Rechtfertigung allein in Gott. Diese erlöste Persönlichkeit ist befreit von den Zwängen der Sünde, eigener und fremder Fehler und Eigenheiten; sie ist befreit von der Ablehnung, die sie in der Vergangenheit erfahren hat und auch heute noch erfährt. Sie ist wahrhaft frei; frei zu lieben – selbst die eigenen Feinde; frei, Dinge zu schaffen – trotz der Ängste und des Hasses, die sie umgeben. Diese Persönlichkeit versucht nicht länger, ihre Beziehungen zu anderen (oder zum Leib Christi) auf der Basis irgendeines Könnens aufzubauen, denn sie findet ihre Identität nicht länger in diesem Können. Ängste, äußerer Druck und ein falsches Dominiertwerden durch andere prägen das innere Leben dieser Persönlichkeit nicht länger, ja nicht einmal mehr – über einen längeren Zeitraum – die Umstände ihres äußeren Lebens; da sie sich ihres inneren Seins gewiß ist, ist diese Persönlichkeit in der Lage, sich solchen Dingen zu stellen und damit fertigzuwerden, anstatt sich von ihnen prägen zu lassen. Sie hat, soweit es der Rahmen unserer Endlichkeit zuläßt, mit ihrem Willen beschlossen, mit Gott eins zu sein. Da ihr Wille mit dem ihres Schöpfers im Einklang steht, kann sie aufs Vollkommenste mit ihrem Schöpfer zusammenwirken. Paradoxerweise scheint es, als habe diese erlöste Persönlichkeit sich selbst verloren, in Wirklichkeit findet sie sich selbst zum ersten Mal auf eine wahrhaft kreative Weise.«*[77]

Diese Passage, so sagte Kristin, »wurde zum Schrei meines Herzens, zu meinem innigsten Gebet und zu meiner Hoffnung, auf die hin ich lebte«. Sie riß die Seite aus dem Buch heraus und nahm sie zu verschiedenen Seelsorgern mit. Nachdem diese den Text gelesen hatten, sagten sie alle, daß die

Gedanken, die hier ausgedrückt wurden, »zu simpel und unrealistisch für dieses Leben« seien. Doch Kristin drängte weiter auf das Ziel der Ganzheitlichkeit und der Reife in Christus hin, denn sie war überzeugt davon, daß diese hier und jetzt zu erlangen waren.

Sie schrieb an Leanne Payne, und Leanne schlug vor, sie solle sich mit mir in Verbindung setzen. Kristin fuhr jede Woche fast dreihundert Kilometer, um eine Selbsthilfegruppe über sexuelle Ganzheitlichkeit in Christus zu besuchen, die ich leitete. Obwohl sie selten viel sagte, war sie ganz eindeutig ein offenes Gefäß, das eifrig darauf wartete, jedes bißchen Heilung zu empfangen, das Jesus für sie bereithielt. Sie stieß zu dieser Selbsthilfegruppe hinzu, als diese die Themen bereits zur Hälfte durchgearbeitet hatte, und konnte nur zu einer Handvoll Treffen kommen, bevor die Gruppe zu Ende war.

Danach bedauerte ich, daß ich mich nicht mehr um sie gekümmert und nicht versucht hatte, sie näher kennenzulernen. Da ich vorhatte, ein Wochenendseminar über das heilende Gebet zu machen, lud ich Kristin ein, zu kommen und die Anbetung zu leiten. Obwohl sie zunächst zusagte, schrieb sie mir später eine Absage. Ihr Brief machte mich traurig, nicht weil ich dadurch eine Anbetungsleiterin verlor, sondern weil ich wußte, daß der Herr Kristin noch mehr Heilung schenken wollte. Obwohl ihr Brief keine Antwort erfordert hätte, schrieb ich ihr bald zurück und sagte ihr, wie sehr ich ihre Absage bedauerte und ermutigte sie zu kommen, auch wenn sie die Anbetung nicht leiten wollte.

Acht Monate vergingen und ich war soweit, ein neues Konzept für eine Selbsthilfegruppe auszuprobieren. Andrew Comiskey, im Bereich der Wiederherstellung auf sexuellem Gebiet ein angesehener Pfarrer, war gerade dabei, sein Programm zur sexuellen Befreiung in Christus von *Living Waters* zu überarbeiten und gestattete mir freundlicherweise, dieses neue Konzept für meinen Dienst zu benutzen. Während ich die Kandidaten für die erste Gruppe sorgfältig auswählte, tauchte auch Kristin wieder auf. Sie wohnte nun ganz in der Nähe und wollte an dem neuen Programm teilnehmen.

Seit ich Kristin das letzte Mal gesehen hatte, war viel an ihr geschehen. In der vorhergehenden Gruppe hatte sie angefangen, ihre Femininität und ihren Körper anzunehmen. Nun erlebte sie zum ersten Mal in ihrem Leben, als Frau geliebt und nicht gehaßt zu werden. Doch sie erkannte, daß ihr Herz immer noch verwirrt war, als sie entdeckte, daß sie sich in eine bestimmte Frau »verliebt« hatte. So merkwürdig es klingen mag, die lesbischen Gefühle waren in Kristins Fall eine Phase ihrer Heilung.

Doch sie wußte, daß dies keine wirkliche Liebe war, und wollte keine lesbische Beziehung eingehen. Nun benötigte sie also auch Heilung von einer neurotischen Beziehung zu jemandem von ihrem eigenen Geschlecht.

Zur gleichen Zeit besuchte sie eine Gemeinde, die von einem äußerst dominierenden Mann geleitet wurde. Kristin beschrieb ihn als »den Mann an der Spitze, der in allem das Sagen hatte, jedem vorschrieb, was er zu tun hatte, und der seine Meinungen überall kundtat«. So wenig sie diesen Mann auch leiden konnte, so fühlte sie sich doch zu ihm hingezogen. Sie wollte es ihm gleichtun. Seine Ambivalenz gegenüber dem anderen Geschlecht rief nun Kristins Ambivalenz gegenüber dem anderen Geschlecht wach. Ihre Gefühle für ihn schwankten zwischen regelrechtem Haß und körperlichem Angezogensein. Sie hatte den Eindruck, daß er sie vielleicht respektieren und ihr zuhören würde, wenn sie seine Liebe erlangen könnte. Sie betrachtete Liebe in diesem Fall nicht als ein Ziel, sondern als das Tor zur Gleichheit. In ihrem bewußten Denken und Herzen wollte sie niemals wirklich eine intime Beziehung mit ihm eingehen.

Seit Kristin an meiner ersten Gruppe teilgenommen hatte, hatte sie sich mir gegenüber sehr ambivalent verhalten. Der Brief, den ich ihr geschickt hatte und in dem ich ihr geraten hatte, doch zu meinem Seminar zu kommen, ob sie nun die Anbetung leitete oder nicht, rief in ihr Zorn hervor. Obwohl sie erkennen konnte, daß ich ein echtes Interesse an ihr als Mensch hatte, war ich in ihrem Denken doch nur einer unter vielen Männern, die ihr unerwünschte Ratschläge gaben. Sie erzählte mir später:

> *»Ich hab's vermasselt, richtig vermasselt! Ich war wütend und fühlte dir gegenüber nichts als eine intensive Mischung aus Haß und Zorn. Ich marschierte buchstäblich laut schreiend durch das Haus und zerknitterte und entfaltete deinen Brief so oft, bis er sich wie ein weiches Tuch anfühlte. Ich versank so sehr in meinem Zorn, daß ich nicht mehr schlafen konnte, und eine ganze Woche lang war ich völlig durcheinander. Mit meinem Verstand wußte ich, daß du es nur gut mit mir meintest, aber ich konnte nichts anderes mehr fühlen als Zorn. Nach einer Woche fiel ich schließlich vor Gott auf mein Angesicht und schrie aus ganzem Herzen zu ihm. Irgendwie schaffte er es, seine Liebe in mein verdrehtes und verhärtetes Herz hineinscheinen zu lassen und die beängstigende Sünde, die sich darin befand, zu offenbaren. Damals betete ich ungefähr so: ›Gott, du sagst in deinem Wort, daß du uns nur gute Gaben geben wirst, aber du hast mir eine Schlange gegeben. Du hast mir eine Schlange anstelle eines Vaters gegeben, und dafür hasse ich dich. Ich*

*hasse diese Schlange und ich hasse dich. Ich hasse dich. Ich möchte niemals, nie, heiraten, weil ich weiß , daß du nichts anderes als Schlangen für mich hast. Nein, vielen Dank! Damit will ich nichts zu tun haben.‹*
*Nachdem ich all meinen Zorn herausgeschrien hatte und schließlich mit meinem Latein am Ende war, sagte Gott zu mir: ›Kristin, ich gebe nur gute Gaben, und ich habe dir keine Schlange [anstelle eines Vaters] gegeben, sondern einen Mann, den ich wunderbar und zu meinem Bilde geschaffen hatte. Ich habe ihn gerufen, mich zu lieben und mir zu dienen. Ich habe ihn gerufen, dich zu lieben und zu bestätigen. Doch aus seinem freien Willen heraus hat er beschlossen, sich selbst zu dienen und den Begierden seines eigenen Herzens zu folgen, statt mich zu suchen. Er hat gegen mich und gegen dich gesündigt. Nun rufe ich dich, den Menschen zu sehen, den ich in Wahrheit geschaffen hatte. Ich rufe dich auf, ihm zu vergeben und mir zu vertrauen.‹«*

Kristins Ambivalenz mir gegenüber offenbarte ihr, daß sie ihrem Vater vergeben mußte. Doch selbst nachdem sie dies getan hatte, war ihr Kampf gegen die Ambivalenz gegenüber dem anderen Geschlecht noch nicht vorbei. In den zwanzig Wochen, die das *Living-Waters*-Programm andauerte, blieb ich auch weiterhin derjenige, gegen den sich die meisten der zornigen Projektionen Kristins richteten. Bei einigen Diskussionen innerhalb der Gruppe stritt sie lebhaft mit mir, aber ich wußte, daß sie aus dem Unbewußten heraus nur ihrer Ambivalenz gegenüber dem anderen Geschlecht Luft machte. Ich machte jedoch auch in der Art und Weise, wie ich mit ihr umging, Fehler, für die ich sie später um Vergebung bat. Ihre Wut auf mich war teilweise berechtigt, teilweise jedoch auch nicht.

Kristin und alle anderen Teilnehmer der Gruppe erlebten in der Zeit, in der wir dieses Programm durcharbeiteten, unglaubliches Wachstum. Andrew Comiskey besitzt die bemerkenswerte Gabe, theologische Wahrheiten mit psychologischen Erkenntnissen zu verbinden, ohne daß dabei das Evangelium in den Hintergrund tritt. Verbunden mit der Ausrüstung, die mir meine Zusammenarbeit mit Leanne Payne und mit *Pastoral Care Ministries* eingebracht hatte, brachte dieses Seminar für uns alle lebensverändernde Frucht. Unsere Gebetszeiten waren Augenblicke, in denen sich Himmel und Erde begegneten und in denen der Heilige Geist kam, um Gottes Volk zu heilen. Auch Kristins Heilung gehörte zu diesen Augenblicken.

## Das Gebet für Kristin

Wir begannen das Gebet, indem wir den Namen Jesu anriefen und den Heiligen Geist baten, zu kommen und Kristins Geist und Herz zu heilen. Nichts schien zu passieren, deshalb warteten wir in der Stille auf den Heiligen Geist, in dem Wissen, daß Gott am Wirken war. Nach mehreren Minuten fragte ich Kristin, ob Gott ihr irgend etwas gezeigt hätte. »Ich sehe nur dieses Bild von mir selbst in der sechsten Klasse. Meine Haare sind kurzgeschoren, und ich sehe aus wie ein Junge«, sagte sie.

In dem Augenblick, als sie das sagte, wußte ich, daß der Herr Kristins Herz mit neuen Symbolen füllen wollte. Dieses Bild zeigte, mit Hilfe welcher Symbole Kristins Herz sie als Person definierte. Ich fragte Kristin, ob sie dieses Selbstbild aus ihrem Denken herausnehmen und Jesus hingeben könnte. Als sie dies tat, beugte sie sich vor Schmerz vornüber und fing unter tiefem, tränenreichem Schluchzen zu weinen an.

Wir führten das Gebet fort, und Gott offenbarte, daß Kristin bereits im Augenblick ihrer Empfängnis abgelehnt worden war. Wir riefen einfach die Gegenwart Jesu an und baten ihn, in den Augenblick hineinzutreten, in dem Kristin empfangen worden war, und diese Ablehnung des ungeborenen Mädchens im Mutterleib zu heilen. Ich las Psalm 139, Verses 13-16:

> »Denn du hast mein Inneres geschaffen, mich gewoben im Schoß meiner Mutter. Ich danke dir, daß du mich so wunderbar gestaltet hast. Ich weiß: Staunenswert sind deine Werke. Als ich geformt wurde im Dunkeln, kunstvoll gewirkt in den Tiefen der Erde, waren meine Glieder dir nicht verborgen. Deine Augen sahen, wie ich entstand, in deinem Buch war schon alles verzeichnet; meine Tage waren schon gebildet, als noch keiner von ihnen da war.«

Gemeinsam beteten wir Kristin durch die neun Monate der Angst hindurch, die sie im Mutterleib erlebt hatte, und wir begleiteten sie im Gebet durch das Trauma, in eine Welt hineingeboren zu werden, von der sie abgelehnt wurde. Wir trösteten das kleine Mädchen in Kristins Innern, indem wir ihr versicherten, daß Gott in diesen ersten Monaten ihres Lebens bei ihr gewesen war.

Dann stieg in ihr ein Bild auf, das zeigte, wie ihre Mutter sie emotional mißbraucht und gehaßt hatte. Auf unser Drängen hin vergab Kristin ihrer Mutter und wurde von der Sünde frei, die ihre Mutter an ihr begangen hatte. Nun wurde Kristins Bedürfnis nach Mutterliebe offensichtlich. Wir nahmen sie einfach fest in den Arm, während der Herr dieses unglaubliche Heilungswerk vollbrachte und ihren Mangel an Liebe ausfüllte, die eine kranke Mutter ihr nie gegeben hatte.

Im folgenden gebe ich Kristins Bericht darüber wieder, was als nächstes geschah:

*»Der Herr führte mich zurück in eine Zeit in meinem Leben, in der ich ganz besonders verängstigt war (mit drei Jahren). Hier empfing ich ein Bild von mir und meinem Vater im Badezimmer, wo er versuchte, mich zu belästigen. Ich hatte immer befürchtet, daß dies geschehen war, aber ich konnte mich bis zu dem Zeitpunkt unseres Gebetes niemals bewußt daran erinnern. Ich konnte mich nur daran erinnern, daß ich immer sehr lange auf der Toilette gesessen und einfach nur geweint hatte (insbesondere bei Nacht).*

*Mein Schlafzimmer war für mich ein schwarzes Loch voller Alpträume, in denen dicke, schwarze Krötenspinnen und verrückte Männer mit Messern lebten – das Badezimmer schien mir sehr viel sicherer. In Wirklichkeit reagierte ich damals, als dies [der Versuch der sexuellen Belästigung] geschah, laut und heftig. Mein Schreien, das wußte ich damals, würde meine Mutter wecken, die in meinen Augen viel stärker war als mein Vater. Allein ihre Stimme forderte Gehorsam – so auch in jener Nacht –, und ohne ihr Schlafzimmer zu verlassen, war sie in der Lage, den Dingen umgehend Einhalt zu gebieten. Ich rannte aus dem Badezimmer, bin mir aber nicht sicher, wohin.*

*Nachdem ich dir dieses Bild beschrieben hatte, batest du mich, mit meinem Vater im selben Raum zu bleiben, und dann fragtest du, ob sich in diesem Raum noch irgend etwas anderes befand. Ich konnte nur meine drei Brüder sehen, die hinter meinem Vater standen und ihm über den Rücken schauten. Dann fordertest du mich auf, Jesus in diesem Raum zu sehen.*

*Zunächst konnte ich Jesus in diesem Raum überhaupt nicht erkennen und ich war voller Angst. Ich wollte nur heraus aus diesem Raum, aber er war so groß, daß ich keine Türen oder Fenster erkennen konnte, durch die ich hätte fliehen können. In diesem Augenblick des Schrekkens wurde mir bewußt, daß es in meiner Vision nur Männer gab und ein Mann hielt mich fest und Männer standen [nun] um mich herum und beteten. Es gab keinen einzigen Ausweg. Ich mußte mich ihnen stellen, ganz besonders meinem Vater.*

*Durch euer beständiges Gebet war ich schließlich in der Lage, Jesus in diesem Raum zu erkennen. Er kam herüber und hob mich vom Boden auf und hielt mich in seinen Armen, während ich zu wachsen begann. Ich wuchs heran, bis ich gleich groß war wie mein Vater, und ich konnte ihm direkt in die Augen sehen und ihm sagen, was mir auf der Seele lag.«*

Es ist an dieser Stelle wichtig festzuhalten, daß die Dinge, die Kristin nun sah, keine echte Erinnerung mehr waren, sondern eine symbolische Darstellung der Heilung, die sich zutrug. Kristin ist in Wirklichkeit nur etwa einen Meter fünfzig groß, und so bedeutete das Heranwachsen zur Größe ihres Vaters, daß sie symbolisch vor ihn hinstehen konnte und ihn in der Wahrheit mit den Sünden konfrontieren konnte, die er an ihr begangen hatte.

*»Aus mir sprudelten die Angst, der Schmerz und die tiefe Abscheu davor, wie ein Sexobjekt behandelt worden zu sein, hervor. Auch die Wut und Bitterkeit darüber, in einer so verkrümmten Existenz gefangen zu sein, kamen heraus. Heraus kam auch die entsetzliche Verstellung als Mann, die mir doch niemals wirklich die Gewißheit darüber gab, daß ich den Schutz hatte, den ich von meinem Vater und anderen Männern gebraucht hätte.*
*Ich trauerte eine mir ungemein lang erscheinende Zeit, und dann fordertest du mich auf, ihn [den Vater] mit den Augen Jesu anzuschauen. Du erinnertest mich auch immer wieder daran, daß Jesus da war und mich immer beschützen und sich zwischen mich und meinen Vater stellen würde. Ich brauchte diese ständige Erinnerung, denn es dauerte eine ganze Weile, bevor mich die Angst verließ.«*

In dieser Phase des Gebetes war es notwendig, Kristin von den Sünden freizusetzen, die ihr Vater an ihr begangen hatte. Ich sprach eine Art Versöhnungsgebet, in dem ich Gott die Sünde der Misogynie bekannte, die Kristins Vater und Mutter an ihr begangen hatten und durch die sie zu einer Person geworden war, zu der Gott sie nie geschaffen hatte. Ich bat Jesus, die Sünde der Misogynie von ihrer Seele zu nehmen und diese Sünde zu binden. Dann bat ich Jesus, in alle Bereiche hineinzukommen, in denen Kristin von der Sünde ihres Vaters geprägt worden war und sie von den negativen Folgen dieser Sünde zu lösen. Ich betete insbesondere darum, daß das Licht Jesu die Bereiche ihres Seins erleuchten möge, in denen sie sich durch die Sünde ihres Vaters schmutzig und verdorben fühlte. Dann besprengte ich sie mit geweihtem Wasser und bat Gott, diese Bereiche durch seine Heiligkeit zu reinigen. Darauf bat ich Jesus, Kristin zu helfen, ihren Vater so zu sehen, wie er wirklich ist, d. h. ihn als den bedürftigen und unerlösten Sünder zu erkennen, der er war.

> *»Als ich meinen Vater endlich mit den Augen Jesu richtig sehen konnte, vergab ich ihm noch mehr, und mit jedem Wort löste sich etwas von der Furcht in mir.«*

An diesem Punkt des Gebetes ging es darum, daß die Misogynie von Kristins Vater und ihrer Mutter ihre wahre feminine Identität erstickt hatte. Ich erinnerte mich an die Worte Jesu an die Tochter des Jairus und richtete diese Worte im Gebet direkt an das tote kleine Mädchen im Innern Kristins: »Mädchen, ich sage dir, steh auf!« (Mk 5,41). Ich bat Kristin, geradewegs zu Jesus aufzusehen und von ihm ihr wahres Selbst zu empfangen. In diesem Augenblick verwandelte sich Kristins Schluchzen in Tränen reiner Freude. In der Gegenwart des Heiligen Geistes stieg die Freude selbst vom Himmel herab und nahm in Kristins Seele Wohnung. Bald wurden auch wir, die wir mitbeteten, von dieser Freude erfüllt, und der Raum, in dem wir uns befanden, war erfüllt von Lobpreis, Anbetung und Dank an Gott.

> *»Danach zeigte mir Jesus, wer ich in seinen Augen wirklich war – eine wunderbar gemachte Frau, geschaffen zu seinem Bilde und lieblich in seinen Augen. (Das ursprüngliche Bild, das ich am Anfang unserer Gebetszeit von mir hatte, war das Bild eines sehr nüchternen, traurig dreinschauenden Kindes mit kurzgeschorenem Haar. [Nun] hatte ich von mir das Bild einer starken, schönen Frau, voller Freude und mit langem Haar, das in Locken herunterfiel.) Ich war endlich frei – Preist den Herrn!«*

## Misogynie

Misogyne Tendenzen treten bei Männern in der Regel in einer subtileren Form auf als der Mißbrauch, den Kristin erlebt hat, oder Schläge und Vergewaltigungen in der Ehe. Die subtilen Formen sind schwerer zu erkennen, umfassen aber z. B. die folgenden Dinge:

- Mancher gibt vor, die Gesprächsbeiträge von Frauen zu schätzen, mißachtet ihre Bemerkungen jedoch bald, nachdem sie ausgesprochen wurden.

- Mancher schiebt Frauen die Schuld für alles mögliche zu (so wie das mein Vater bei meiner Mutter tat).
- Mancher verachtet Frauen, die bei Männern Hilfe suchen. Sie werden als kränklich und hilflos angesehen.
- Mancher erwartet ständig, daß die Frau dem Mann gegenüber die Gebende ist und nicht umgekehrt. Dies wird in christlichen Kreisen manchmal gekonnt verborgen, indem die Lehre von der Unterordnung der Frau ihrem Ehemann gegenüber betont wird, ohne den biblischen Kontext zu beachten, der von der gegenseitigen Unterordnung aller Gläubigen spricht (vgl. Eph 5,21).
- Mancher bedient sich der typischen Männersprache, mit der er von der eigenen Frau in abwertender Weise spricht, z. B.: »Ja, sie darf mit mir unter einem Dach wohnen.« »Ich füttere sie ja schließlich durch.« »Ich denke schon, Gott könnte durch eine Frau reden; er hat ja auch durch Bileams Eselin geredet.« »Stülp einer Frau eine Tasche über den Kopf und schon sehen sie alle gleich aus.« (Es tut mir leid, daß ich an dieser Stelle ins Detail gehen muß, aber ich weiß, daß einige Männer, die dieses Buch lesen, ihre eigenen Worte wiedererkennen werden.)
- Mancher ist unfähig, einer Frau zu danken, wenn sie ihm etwas Gutes getan, ihm etwas beigebracht oder ihm in irgendeiner Weise geholfen hat.
- Mancher ist unfähig, von Frauen etwas anzunehmen, denn man könnte ihr ja dann etwas schulden.
- Mancher kritisiert die eigene Frau im Privaten ständig auf subtile Weise, während er in der Öffentlichkeit genau das Gegenteil tut.

Das misogyne Verhalten, das Frauen so sehr verletzt, kommt meist nicht von homosexuellen Männern, sondern von zerbrochenen heterosexuellen Männern, zu denen diese Frauen eine Beziehung haben. Dr. Margaret J. Rinck beschreibt in ihrem ausgezeichneten Buch *Christian Men Who Hate Women* [»Christliche Männer, die Frauen hassen«] vieles von der Pathologie sehr treffend, die hinter dem Mann mit misogynen Problemen steckt. Sie weist darauf hin, daß die Beziehungen eines solchen Mannes zu Frauen von seinem ambivalenten Bedürfnis gekennzeichnet sind, die Frau zu kontrollieren und gleichzeitig auf Distanz zu halten.

> *»Auf die eine Weise baut der Misogyn eine Mauer um sich selbst herum, um die Frau fernzuhalten, weil er fürchtet, sie könne seine Scham bemerken, wenn sie ihm zu nahe käme. Die Tatsache, daß er sie herum-*

*schubst, dient einem doppelten Zweck. Es dient dazu, die Frau zu kontrollieren und sie davon abzuhalten, daß sie ihn verläßt, doch er hält sie auch emotional auf Distanz. Auf eine Weise tritt er als der ›Self-made-man‹ auf, unabhängig, selbstbewußt, zuversichtlich, ohne jemanden zu brauchen. Doch er ist so unsicher, auch seiner selbst unsicher, so unfähig, sich von ihr zu lösen, daß er sie fast nur als eine Extension seiner selbst ansieht.«*[78]

Einige christliche Männer mit uneingestandenen misogynen Tendenzen finden sich in christlichen Gemeinschaftsgruppen zusammen, die ausschließlich Männern vorbehalten sind. Diejenigen, die es zu solchen Gruppen zieht, suchen ausnahmslos nach einer Bestätigung ihrer maskulinen Identität. Ihr Wunsch, sich auf eine gesunde Weise mit anderen christlichen Männern zusammenzufinden, ist berechtigt. Unglücklicherweise werden diese Gruppen nur allzu oft zu einem Ort, an dem Männer ihre Unsicherheiten ausleben. Sie spielen ein Spiel und versuchen, ihre Maskulinität dadurch zu bestätigen, daß sie eine Rolle annehmen, statt sich mit Christus zu identifizieren. Die besonderen Merkmale mancher dieser Gruppen drücken nur die dort herrschende Zerbrochenheit aus.

Diese Männer haben oft ein überzogenes Selbstbild und meinen voller Stolz, sie gehörten zur ersten Garde des Christentums. Sie sind ganz der Gnade des Maskulinen ausgeliefert, das sich vom Femininen isoliert hat, was bei Männern zu einem ungebremsten Drang nach Macht führt. Die Tyrannen dieser Welt – Hitler, Mussolini, Stalin, Jim Jones, Saddam Hussein – sind immer Männer, die von den zivilisierenden Einflüssen des wahrhaft Femininen abgeschnitten sind.

Dieser Drang nach Macht manifestiert sich darin, daß sie Leiterschaft mit Kontrolle verwechseln. Erinnern Sie sich, die Kontrolle ist ein primäres Bedürfnis im Herzen von Männern mit misogynen Tendenzen. Sie geben der Welt nicht das Vorbild des dienenden Leiters, wie es die Schrift lehrt (obwohl sie sicher über dienende Leiterschaft sprechen). Statt dessen stellen sie nur allzu schnell Autoritätsstrukturen auf, mit Hilfe derer sie die Menschen kontrollieren, die ihnen untergeordnet sind. Man kann sich diese Strukturen wie einen heidnischen Tempel vorstellen, der die Form einer gestuften Pyramide hat. Auf der untersten Stufe befinden sich alle Frauen der Christenheit, die von solchen Gruppen ausgeschlossen sind. Eine Stufe darüber befinden sich die männlichen Personen. Über diesen stehen andere Männer, und an der Spitze befindet sich schließlich ein einzelner Mann oder eine Gruppe von Männern, die über den anderen thronen.

> »Ihr wißt, daß die Herrscher ihre Völker unterdrücken und die Mächtigen ihre Macht über die Menschen mißbrauchen. Bei euch soll es nicht so sein, sondern wer bei euch groß sein will, der soll euer Diener sein, und wer bei euch der Erste sein will, soll euer Sklave sein« (Mt 20,25-27).

Die meisten Männer, die sich solchen Strukturen unterwerfen, werden ihre gottgegebenen Gaben und Talente vermutlich nie voll ausüben können. Nur der kleinen Gruppe von Männern an der Spitze wird Einsicht, Weisheit und wahre Begabtheit zugestanden. Ein Pfarrer, der seine Ausbildung an einem unserer besten Theologischen Seminare absolviert hatte, verließ schließlich eine Gemeinde, die von einer solchen Gruppe beherrscht wurde. Er erzählte mir: »Ich habe zehn Jahre lang an meiner theologischen Ausbildung gearbeitet und wartete nur darauf, eine Führungsposition anvertraut zu bekommen. Aber in Wirklichkeit hatten diejenigen, die über mir standen, gar nicht die Absicht, meine Gaben und meine Ausbildung zu nutzen. Und ihre Kontrolle und ihre Autoritätsposition wollten sie erst recht nicht aufgeben.«

Menschen, die aus solchen kontrollierenden Gruppen ausbrechen, wird manchmal vorgeworfen, sie besäßen einen »ungehorsamen und rebellischen Geist«. Christinnen in Führungspositionen, die ihre gottgegebenen Gaben ausüben, werden von solchen Gruppen kritisiert und zu den Hauptzielscheiben misogyner Projektionen. Wenn Frauen darauf bestehen, ihre Gaben im Gehorsam vor Gott auszuüben, so halten diese misogynen Männer sie für manipulativ und kontrollierend oder beschuldigen sie, den »Geist Isebels« zu besitzen.

Eines der wichtigsten negativen Merkmale dieser rein männlichen Gruppen christlicher Gemeinschaft besteht in der Fähigkeit ihrer Mitglieder, sich gegenseitig in Schutz zu nehmen, wenn sie mit ihren Problemen (Sünden) konfrontiert werden, und in der Fähigkeit, anderen Schuld zuzuweisen. Ihr gesellschaftliches Gegenstück besitzen sie in jener zweifelhaften Seite amerikanischen Gemeinschaftsdenkens, in dem die »good old boys« sich zusammenfinden. Diese jahrhundertealte Allianz ungeheilter und seelisch armer Männer existiert, um die Macht zu erhalten und die undurchsichtigen Geschäfte des einzelnen zu überdecken, die dem Erhalt dieser Macht dienen.

Das wichtigste Anliegen besteht darin, die Bestätigung und Annahme der anderen Männer in der Gruppe zu erlangen und zu erhalten. Folglich nehmen die Ehefrauen im Leben solcher Männer einen weniger wichtigen Platz ein. Das erschreckende Ergebnis ist eine Männer-Zentriertheit, die der modernen Homosexualität durchaus entspricht und auch an das herankommt, was Paulus in Korinth vorfand, nämlich Männer, die von ihren falschen Beziehungen zu anderen Männern besessen waren, statt auf richtige Weise zu Frauen Beziehungen zu knüpfen.

Wenn ein Mann einer Frau in all ihren Begabungen nicht begegnen kann, verlagert er auf pervertierte Weise sein eigenes Geschlecht in Bereiche, in denen er Frauen für unzulänglich hält. Donald Bloesch schreibt in *Is the Bible Sexist?* [»Ist die Bibel sexistisch?«] darüber, wie in der griechisch-römischen Kultur zu Zeiten des Paulus eine niedrige Einschätzung der Frauen dazu führte, daß ältere Männer, statt die intellektuelle Gemeinschaft ihrer Ehefrauen zu suchen, die Gemeinschaft jüngerer Männer vorzogen.

> *»Bei den Griechen aßen Mann und Frau nicht zusammen und besaßen auch kein gemeinsames Schlafquartier. Die Männer verbrachten die meiste Zeit außerhalb des Hauses, während die Frau ganz auf das Heim beschränkt war. Intellektuelle Gespräche zwischen Mann und Frau wurden nicht gutgeheißen, und viele Ehemänner suchten zu diesem Zweck die Gemeinschaft brillanter jüngerer Männer.«*[79]

Diese »brillanten jüngeren Männer« wurden oft die verweiblichten Partner in einer homosexuellen, auf Jugendliche ausgerichteten Beziehung, die in der antiken griechischen Gesellschaft so weit verbreitet war. Historisch gesehen geschieht in einer Gesellschaft die Abwertung der Frau zeitgleich mit der Bejahung der Päderastie, Homosexualität und Prostitution. Auch das Wort »Misogynie« selbst kommt aus dem Griechischen. Wenn wir in einer Gesellschaft Homosexualität, Päderastie und Misogynie finden, so haben wir es mit einer Gesellschaft zu tun, die sich im Zerfall befindet. Dr. Richard Lovelace bemerkt in seinem Buch *Homosexuality and the Church* zum zweiten Kapitel des Römerbriefs: »Die Homosexualität des einzelnen ist keine direkte Bestrafung seines oder ihres Götzendienstes, sondern das Ergebnis eines zerstörten Sozialgefüges in einer Gesellschaft von Götzendienern.«[80]

J. B. Skemp zeigt in seinem Buch *The Greeks and the Gospel* [»Die Griechen und das Evangelium«] den Zusammenhang zwischen Homosexualität, Prostitution und Päderastie, die als zentrale Themen der Literatur des antiken Griechenland auftreten. »Homosexuelle Gedichte sind ab der alexandrinischen Zeit häufiger, und in der attischen Komödie ist die Kurtisane die durchgängigste Figur; obwohl man, zumindest bei Aristophanes, nicht zimperlich ist, Beziehungen zwischen Männern und schönen Jungen zu erwähnen.«[81]

Im Zentrum der heidnischen Religionen des Nahen Ostens stand das polarisierte Bild von der Frau, die entweder als Jungfrau oder als Hure angesehen wurde. Zum götzendienerischen Gottesdienst im antiken Griechenland gehörten sowohl Tempelprostituierte als auch Tempeljungfrauen. In der ägyptischen Religion war die Göttin Isis, die unter vielen Göttinnen der Religionen des Mittelmeerraumes ihre Entsprechungen hatte, zugleich Mutter, Ehefrau und Hure. Feministische Theologen bewerten vorschnell Religionen, in denen Göttinnen eine zentrale Rolle spielen, höher als die jüdisch-christliche Religion von Jahweh, dem himmlischen Vater, und Jesus, seinem Sohn. In einer positiven Bewertung dieses Bildes von der Göttin als Mutter und Hure hält eine feministische Gelehrte als Ergebnis fest: »Mit ihr konnten sich sowohl respektable Frauen als auch Prostituierte identifizieren.«[82] Doch dieses Bild hat die Frau durch die gesamte Geschichte hindurch nur abgewertet. Die feministischen Theologen erkennen nicht, daß »der revolutionäre Charakter des Judentums, der alle Formen des nicht-ehelichen Geschlechtsverkehrs verbot«[83], die Frau aus ihrer sexuell minderbewerteten Rolle erlöste.

Als Paulus die Korinther warnte: »Täuscht euch nicht! Weder Unzüchtige noch Götzendiener, weder Ehebrecher noch Lustknaben, noch Knabenschänder [Homosexuelle, wie es in anderen Übersetzungen heißt], ... werden das Reich Gottes erben« (1 Kor 6,9-10), so schließt er an dieser Stelle auch die pervertierten Beziehungen zwischen älteren und jüngeren Männern ein, die aus der Unfähigkeit der korinthischen Männer entstanden waren, ihre Frauen als vernunftbegabte Menschen anzusehen. Doch die Worte des Paulus an dieser Stelle müssen auch als eine strikte Ablehnung der Homosexualität im allgemeinen, und nicht nur der Päderastie [homosexuelle Beziehung zu Jugendlichen] im besonderen, verstanden werden.

*»Im Gegensatz dazu ermutigte Paulus die Ehefrau, Fragen zu stellen, und den Ehemann, mit ihr über geistliche Fragen zu sprechen (vgl. 1 Kor 14,35). Er wies darauf hin, daß der ganze Leib leidet, wenn ein Glied schwach ist (vgl. 1 Kor 12,24-26). Er lehnte die Trennung der Geschlechter, sowohl zu Hause als auch im Gottesdienst, ab (vgl. 1 Kor 11,11). Mehr noch, er bestätigte die völlige Gleichheit der sexuellen Rechte in der Ehe und betonte, daß jeder Partner die erotischen Bedürfnisse des anderen erfüllen solle (vgl. 1 Kor 7,3-5).*
*Die* Magna Charta *der christlichen Freiheit steht im Galaterbrief, Kapitel 3, Vers 28: ›Es gibt nicht mehr Juden und Griechen, nicht Sklaven und Freie, nicht Mann und Frau; denn ihr seid alle* einer *in*

*Christus Jesus.‹ Paulus betonte immer wieder, daß in Christus eine grundlegende Gleichheit besteht, daß Mann und Frau gleichberechtigte Erben der Erlösung sind.«*[84]

Christus brach in eine heidnische Welt hinein, die das polarisierte Bild der Frau als Jungfrau und Hure bereitwillig akzeptierte. Wird die Frau als Jungfrau betrachtet, so ist sie ein »heiliger Schrein«, den man nicht berühren darf, damit er nicht durch die unwürdige Hand eines Mannes ins Profane gezogen wird. So betrachtet, ist die Frau hoch erhaben und eher ein Heiligenbild als eine Person. Wird die Frau als Hure betrachtet, so ist sie unrein und sollte nicht berührt werden, damit sich der Mann nicht durch den Kontakt mit ihr »entweiht«. So betrachtet, ist die Frau eher ein Objekt, das den fleischlichen, unheiligen Leidenschaften des Mannes zur Verfügung steht. Indem Jesus durch den Mutterleib einer Jungfrau zur Welt kam und indem er seine versöhnende Hand den Prostituierten entgegenstreckte, befreite Jesus die Frau aus diesen beiden Zuständen der Unberührbarkeit. Er begegnete Frauen als Menschen aus Fleisch und Blut und führte ihre Erlösung auf die gleiche Weise herbei wie die des Mannes – durch das Kreuz.

## Der Komplex von Jungfrau und Hure

In den späten achtziger Jahren führte ein amerikanischer Fernsehprediger der ganzen Welt ein ausgezeichnetes Beispiel für den Komplex von Jungfrau und Hure vor Augen. Er war ein mächtiger Evangelist. Ich verfolgte seine Missionskampagnen im Fernsehen, hörte ihn die einfache Botschaft des Evangeliums predigen und freute mich darüber, daß Hunderte und Tausende auf seine Einladung reagierten, in Christus ein neues Leben zu beginnen.

In seinen täglich ausgestrahlten Fernsehsendungen war er bekannt dafür, daß er sich vehement gegen sexuelle Sünden aussprach und häufig Gäste einlud, die die Heilungsdienste vieler respektierter Christen recht undifferenziert verurteilten. Die Zuschauer sahen ihn oft auf der Bühne stehen, in der einen Hand die Bibel und mit der anderen auf eine Illustration auf einer Tafel deutend. Vor seinem Podium saßen ein Gremium von Bibellehrern und die Ehefrau des Evangelisten. Während die Männer theologische Wahrheiten diskutierten, verhielt sich die Frau des Evangelisten still. Sie saß gewöhnlich nur da und blickte zu ihrem Mann auf, während er lehrte.

Einmal beteiligte sich die Frau an der Diskussion, die sich an eine Lehre anschloß. Sie hatte einen klugen Verstand und ihr Diskussionsbeitrag war äußerst tiefschürfend. Der Evangelist stand auf dem Podium und schaute zu seiner Frau herab. Er dankte ihr für den Beitrag und nahm eilig die Diskussion wieder auf – was sie gesagt hatte, ignorierte er völlig. Ganz offensichtlich schätzte er ihren klugen Verstand nicht. (Vielleicht paßte das nicht in sein Bild von der idealen christlichen Ehefrau.)

Kurz nach dieser Sendung stellte sich heraus, daß dieser Evangelist ein Doppelleben führte. Er hatte sich seit vielen Jahren der Dienste einer Prostituierten bedient. Ohne Zögern bekannte er seine Sünden in aller Öffentlichkeit und bat seine Frau um Vergebung.

Ich verfolgte die Geschichte in den Medien und dachte mir dabei, daß die Aussagen, die dieser Evangelist über seine Ehefrau machte, ähnlich klangen wie Romeos idealisiertes Bild von Julia in Shakespeares Drama. Sie war die »ideale Ehefrau«, und Gott hatte »keinem Mann je eine bessere Frau geschenkt«. Sie war hoch erhaben, unberührbar, ein heiliger Schrein, aber keine Person.

Die Kehrseite dieses heiligen Bildes von der Frau war das Bild der Frau als Hure. Bei einer Prostituierten suchte er seine sexuellen Begierden zu erfüllen. Mein Herz war voller Schmerz für ihn, als er reumütig bekannte, daß ihn dieser Zwang, Prostituierte aufzusuchen, seit seiner Jugend geplagt hatte.

Das Problem dieses Mannes bestand nicht nur in seinem sündhaften Verhalten mit der Prostituierten, sondern vielmehr noch in der sündhaften Verfassung, in der sich sein Herz befand, das zwei entgegengesetzte Bilder von der Frau in sich trug. »Denn aus dem Herzen kommen böse Gedanken, Mord, Ehebruch, Unzucht, Diebstahl, falsche Zeugenaussagen und Verleumdungen« (Mt 15,19). Dieser Evangelist war ein klassisches Beispiel für den Komplex von Jungfrau und Hure, das zeigt, wie verwirrt das Symbolverständnis sein kann, wenn man gegenüber dem anderen Geschlecht in eine zwiespältige Haltung hineingewachsen ist.

Es war offensichtlich, daß der gefallene Zustand seines Herzens seine Theologie geformt hatte. Seine extreme Lehre über die Unterordnung der Ehefrauen unter ihre Männer und seine völlige Ablehnung der eher femininen Dienste des Christentums (z. B. das Gebiet der »Inneren Heilung«) waren symptomatisch für seine Flucht vor dem Femininen. Er unterdrückte das Feminine bei sich und bei anderen in dem schwachen Versuch, die verzerrten Bilder zu kontrollieren, die er von der Frau hatte und die ihn in dieses sündhafte Verhalten hineinmanövriert hatten.

Der Mann und seine gefallenen Ansichten über die Frau erhalten das Geschäft der Prostitution am Leben. Wenn die Prostitution das älteste Gewerbe der Welt ist, so ist die Ambivalenz gegenüber dem anderen Geschlecht die älteste Neurose der Welt.

Die Heilung, die er damals wie heute benötigte, ist genau die Heilung, die ich empfangen habe – die Frau im rechten Licht zu sehen, von der Ambivalenz gegenüber dem anderen Geschlecht und von der Misogynie geheilt zu werden. Anscheinend betonte seine Theologie die Notwendigkeit einer Neugeburt so sehr, daß dabei das Bedürfnis nach einer fortwährenden Heiligung des Christen ignoriert wurde. Sein Bild der Bekehrung schien davon auszugehen, daß das gesamte Erlösungswerk des Kreuzes im Moment der »Neugeburt« vollendet wurde. Folglich gab es in seiner Theologie keinen Platz für Christen, die an einem sexuellen Problem litten, das sogar ihr ganzes Leben kontrollierte. Als seine Kirchenleitung zu Recht darauf bestand, er solle Seelsorge in Anspruch nehmen, lehnte er dies rundheraus ab. Er wurde später ein zweites Mal bei einer Prostituierten ertappt.

## Freiheit von der Misogynie

Die Misogynie ist häufig eine Wurzelsünde, die vielen sexuellen Problemen zugrundeliegt. Sie hängt nicht nur mit der Homosexualität beim Mann zusammen, sie hat auch mit der weiblichen Homosexualität und mit Perversionen im heterosexuellen Bereich zu tun. Sie ruft in den Beziehungen zwischen Männern und Frauen Probleme ohne Ende hervor. Die Ambivalenz gegenüber dem anderen Geschlecht hindert auch die Arbeit für das Reich Gottes, in der wir versuchen, dem Auftrag zu entsprechen, den Christus uns gegeben hat.

Die Sünde der Misogynie zu bekennen ist für die betroffenen Männer oft der Schlüssel zur Befreiung von dieser Fehlhaltung. Bei mir war dies der Fall. Wenn ein Mann mit der Homosexualität zu kämpfen hat, so besteht der erste Schritt zu einer gesunden heterosexuellen Identität darin, diese Sünde zu erkennen und davon umzukehren. Wenn ein Mann an der Ambivalenz gegenüber dem anderen Geschlecht leidet, ohne von einer homosexuellen Neurose betroffen zu sein, so bringt das Sündenbekenntnis oft den Durchbruch, der es ihm erlaubt, von Vertrauen und Heiligkeit geprägte Beziehungen zu Frauen einzugehen.

Ich bete oft das folgende Gebet mit Männern, und zwar sowohl im Einzelgespräch wie auch bei öffentlichen Versammlungen, um ihnen dabei zu helfen, die Sünde der Misogynie zu durchbrechen.

*»Herr Jesus, ich danke dir, daß du Frau und Mann im Bilde Gottes dazu geschaffen hast, zusammen zu sein. Ich habe mich nicht daran gefreut, daß du die Frau wunderbar geschaffen hast. Ich bekenne dir dies als Sünde.*

*Ich bekenne vor dir, Herr Jesus, daß ich durch den Mutterleib einer Frau zur Welt gekommen bin. Ihr Körper war einst die Lebensquelle für meinen Körper, und durch sie hast du mir mein natürliches Leben gegeben. Und durch den Mutterleib einer Jungfrau wurde die gesamte Menschheit gesegnet, durch das Leben und den Dienst unseres Herrn und Heilands. Ich erkenne nun, daß ich der Frau nie all das erstatten kann, durch das du sie mir und allen Männern zum Segen gemacht hast. Zeig mir, Herr, die Frauen, an denen ich schuldig geworden bin.* (Warten Sie einen Augenblick in der Gegenwart Gottes ab, damit er allen die Sünden ihres Herzens gegenüber Frauen offenbaren kann.)

*Ich bekenne dir, Herr, diese Sünde(n). Ich bekenne die Sünde der Misogynie. Ich widerrufe sie in Jesu Namen und wende mich von ihr ab. Bitte, Herr Jesus, vergib mir diese Sünde.* (Sorgen Sie dafür, daß sich alle genug Zeit nehmen, in der Gegenwart Gottes abzuwarten und seine Heilung ganz zu empfangen.)

*Ich bitte dich nun, Herr Jesus, die Frau so lieben und segnen zu können, wie Christus die Kirche, seine Braut, geliebt und gesegnet hat. Zeige mir, Herr, wie ich der Frau geben kann, wie ich sie segnen und ihr meine Dankbarkeit ausdrücken kann. Befreie mich dazu, sie bedingungslos zu lieben und keine Gegenleistung zu erwarten als allein deine Stimme, die zu mir spricht: ›Du treuer und gerechter Knecht‹.«*

Nicht selten muß man auch Frauen bitten, dieses Gebet zu sprechen. Mädchen, die in einem misogynen Zuhause aufgewachsen sind, wachsen zu Misogynen heran. Als Christinnen nehmen sie die verzerrten Lehren von der Unterordnung der Ehefrau unter ihren Mann oft bereitwillig an, ohne den Kontext der gegenseitigen Unterordnung zu beachten (vgl. Eph 5,21).

Zu den subtilen Formen, in denen die Misogynie bei Frauen auftaucht, gehört folgendes:

- Die Frau achtet die Meinung von Männern zu bestimmten Themen höher als die von Frauen, egal, ob der Mann auf diesem Gebiet Fachkenntnisse besitzt oder nicht.
- Die Frau verachtet schwache Frauen (oft war ihre Mutter angesichts eines misogynen Vaters schwach).

- Sie wetteifert mit Männern und imitiert sogar maskuline Züge, um auf diese Weise in diesem Wettbewerb noch erfolgreicher zu sein.
- Sie zieht ihre Söhne ihren Töchtern vor.
- Sie macht ihre Mutter verantwortlich, oder macht sie gar zum Sündenbock, für Probleme zu Hause, für die der Vater eigentlich teilweise oder völlig verantwortlich ist.
- Sie hat das Bedürfnis, von Männern gehört und verstanden zu werden, empfindet Frauen gegenüber dieses Bedürfnis jedoch nicht.
- Sie wünscht sich unbewußt (oder bewußt), ein Mann zu sein.

Bei manchen Frauen, wie Kristin, tritt das Verlangen, ein Mann zu sein, als ausgeprägte sexuelle Neurose zutage. Diese Frauen müssen von der Sünde der Misogynie umkehren und obiges Gebet sprechen. Es kann auch nötig sein, daß sie von dieser Sünde selbst freigesetzt werden, da diese Sünde über zerbrochene Beziehungen zu Männern wie Frauen in ihr Leben eingedrungen ist. Diese Sünde kann ihre Seele einschnüren und sie zu Menschen prägen, wie dies nie beabsichtigt war, und ihre wahre feminine Identität unterdrücken.

Für Frauen, die von dieser Sünde, so wie sie davon geprägt wurden, freigesetzt werden müssen, spreche ich manchmal ein Gebet der Versöhnung:

> *»Komm, Heiliger Geist, und erfülle das Herz meiner Schwester ganz. Erfülle die dunklen Ecken des Schmerzes, in denen sie schon so lange die Folgen der Misogynie gespürt hat. Erfülle sie, Herr Jesus, und beginne nun, sie von dieser Sünde freizusetzen.*
> *Ich bekenne dir, Herr Jesus, die Sünde der Misogynie, die diese, deine Tochter, bedrückt hat. Ich bekenne diese Sünde, die über die väterliche und die mütterliche Seite ihrer Familie über sie gekommen ist. Nimm diese Sünde der Misogynie von ihrer Seele, Herr Jesus, und verbanne die Sünde an einen fernen Ort.*
> *Löse sie von den negativen Folgen dieser Sünde – z. B. dort, wo sie ihr eigenes Geschlecht verachtet hat, sich gewünscht hat, ein Mann zu sein, oder einfach als Folge dieser Sünde zu einer Un-Person geworden ist. Herr Jesus, erlöse sie nun von jeglicher Form, in der sich dieser Frauenhaß in ihrem Körper eingenistet hat und sogar körperliche Gebrechen verursacht hat, und heile ihren Körper.*
> *Ich bitte dich, Herr Jesus, daß du kommst und die wahre Frau in ihr segnest. Bestätige sie in ihrer wahren femininen Identität. Füll sie mit deiner Liebe.«*

Diese Heilungen können sehr dramatisch sein, und am besten betet man diese Art von Gebet mit mehreren geübten Gebetshelfern beiderlei Geschlechts. Für die leidende Frau ist es besonders heilsam, wenn ein Mann das Versöhnungsgebet ausspricht und die Sünde der Misogynie, die an ihr begangen wurde, bekennt. In dieser Zeit sollte jedoch eine Frau sie im Arm halten. Wenn ein Mann dies tut, so kann es sein, daß sie vor seiner Berührung zurückschreckt, weil ihr diese Sünde vermutlich zum ersten Mal durch die falsche Berührung eines Mannes begegnet ist. Auch wenn man am Ende des Gebetes um die Heilung des Femininen bittet, ist die Berührung einer emotional gesunden Frau ein gutes »sakramentales« Mittel, durch das Gott seine Heilung in diese Frau hineinfließen lassen kann. Danach kann ein Mann diese Frau um die Erlaubnis bitten, sie auf angemessene Weise zu berühren, und dann über ihr als seiner Schwester im Herrn einen Segen aussprechen.

## Eine wirkliche Frau

Kristins Leben zeigt auch weiterhin die Früchte solcher Gebete wie dem hier beschriebenen. In den Monaten, die auf diesen Durchbruch im Gebet folgten, blühte ihre Femininität auf. Viele der Männer, die am *Living Waters*-Programm teilgenommen hatten, besuchten dieselbe Gemeinde wie Kristin und ich. Wir alle waren erstaunt über das, was wir an ihr beobachteten, und ihr wurde die Aufmerksamkeit, die wir ihr entgegenbrachten, sogar etwas peinlich. Im Rückblick wird mir klar, daß viele der Männer zum ersten Mal in Kristin eine wirkliche Frau sahen.

Später hatte sie eine romantische Beziehung zu einem jungen Mann, einem Christen, wodurch ihre Ambivalenz gegenüber dem anderen Geschlecht noch an weiteren Stellen zutage trat. Doch sie betrachtete diese verwirrten Gefühle nie als die Wahrheit und projizierte sie auch nicht auf den jungen Mann. Statt dessen schaute sie geradewegs zu Jesus auf und brachte jeden verwirrten Gedanken und jede konfuse Emotion, die in ihr hochstiegen, in die heilende Gegenwart Jesu. Dort, vor dem Herrn, und begleitet von der Liebe und dem Rat anderer Christen, denen sie vertraute, wuchs sie auch weiterhin zu der Frau heran, zu der Gott sie geschaffen hatte.

Bei Kristin wurde die Ordnung der Liebe wiederhergestellt, weil sie mit sich und mit Gott schonungslos ehrlich war. Kristin suchte nicht primär die Heilung, sie gab sich zuerst an Jesus hin. Während ihres Heilungsprozesses und in ihrem Schmerz vertauschte sie das Evangelium Christi nie mit dem »Evangelium« der Selbstverwirklichung.

Wenn Jesus die Marios und Kristins dieser Welt heilen kann, dann kann er jeden heilen.

> »Gepriesen sei der Gott und Vater Jesu Christi, unseres Herrn, der Vater des Erbarmens und der Gott allen Trostes. Er tröstet uns in all unserer Not, damit auch wir die Kraft haben, alle zu trösten, die in Not sind, durch den Trost, mit dem auch wir von Gott getröstet werden. Wie uns nämlich die Leiden Christi überreich zuteil geworden sind, so wird uns durch Christus auch überreicher Trost zuteil« (2 Kor 1,3-5).

*Kapitel 8*

# Die Liebe zum anderen Geschlecht

*»Da ließ Gott, der Herr, einen tiefen Schlaf auf den Menschen fallen, so daß er einschlief, nahm eine seiner Rippen und verschloß ihre Stelle mit Fleisch. Gott, der Herr, baute aus der Rippe, die er vom Menschen genommen hatte, eine Frau und führte sie dem Menschen zu. Und der Mensch sprach: Das endlich ist Bein von meinem Bein und Fleisch von meinem Fleisch«* (Gen 2,21-23).

Kevin kam zu mir, weil er über die Probleme, die er und seine Frau Cindy in ihrer Ehe hatten, verzweifelt war. Während wir uns unterhielten, wurde bald deutlich, daß das Problem zum Teil in Kevins Ambivalenz gegenüber dem anderen Geschlecht bestand, die er vor allem auch auf seine Ehefrau Cindy projizierte. Verzweifelt erzählte Kevin mir, daß er zu Cindy in der Öffentlichkeit zwar freundlich und großzügig war, sie jedoch zu Hause mit seinen Worten vernichtete. Mit großer Ernsthaftigkeit schaute er mir in die Augen und sagte: »Ich liebe sie und ich möchte ihr nicht länger weh tun.«

In unserem weiteren Gespräch erzählte Kevin mir ein wenig über das Zuhause seiner Kindheit und auch über Cindys Familie. Sie waren beide in schwer gestörten Familien aufgewachsen, in denen der Alkoholismus ein großes Problem darstellte. Sie heirateten mit knapp über zwanzig Jahren und hatten keine Ahnung, wie eine normale Ehe aussieht.

Zu Beginn ihrer Ehe schlossen sie sich einer christlichen Gemeinschaft an, die viel über die Dynamik zwischen Mann und Frau in der Ehe, der Familie und der Gemeinde lehrte. Wie bei so vielen Gemeinden der Fall, verstand diese Gemeinschaft Maskulinität und Femininität primär als Rollen (oder Aufgaben), die man erfüllt, um männlich oder weiblich zu sein. Sie neigten dazu, die Frau primär als intuitiv zu definieren (das Feminine) und den Mann primär als rational (das Maskuline). Da Kevin und Cindy verzweifelt danach suchten, überhaupt irgendein Verständnis über die geschlechtlichen Identitätsrollen (und über die Normalität) zu gewinnen, nahmen die beiden fälschlicherweise rigide, extreme Lehren über die Geschlechterrollen, über Jüngerschaft und über die Unterordnung der Ehefrau unter ihren Mann an. Diese Lehren über die Unterordnung der Frau nährten nur Kevins unbewußte Ambivalenz gegenüber dem anderen Geschlecht und seinen Wunsch, Cindys Liebe ganz für sich in Beschlag zu nehmen.

Nachdem ich Kevin erklärt hatte, was die Ambivalenz gegenüber dem anderen Geschlecht ist, baten wir Gott, sein Herz zu erforschen und alle verwirrten oder verzerrten Ansichten über Frauen, die sich darin befanden, zu offenbaren. Wir beteten auch besonders darum, daß Kevin Cindy nicht länger durch seine eigene Beziehung zu ihr davon abhielt, zu Jesus aufzublicken, dem ihr tiefstes Verlangen gelten sollte. Wie es so oft der Fall ist, wenn Ehepaare extreme Lehren über die Unterordnung der Frau annehmen, so war auch Kevin zwischen seine Frau und Gott getreten. Dies versetzte ihn in eine Position, die er niemals ausfüllen konnte, denn er hätte dann immer recht haben müssen. Es bewirkte auch Einsamkeit, da er bei seiner Frau keine Hilfe suchen konnte, wenn er Hilfe benötigte. Dieses Gebet war der erste Schritt, damit sowohl Kevin als auch Cindy frei werden konnten, zu den Menschen zu werden, zu denen Jesus sie geschaffen hatte.

Zehn Tage später traf ich mich mit Cindy und sprach auch mit ihr über viele dieser Themen. Sie war eine kluge Frau, die ein Gespür dafür hatte, was in ihr vorging. Sie erzählte mir, wie sie sich krampfhaft bemüht hatte, die perfekte Tochter, Ehefrau, Mutter, Mitarbeiterin und Freundin zu sein. Cindy definierte sich selbst primär durch die Rollen, die sie im Leben anderer Menschen spielte. Diese Beziehungen formten ihre persönliche Identität. In der Sprache der modernen, populärwissenschaftlichen Psychologie war sie *codependent,* »mitabhängig«.

Im weitesten Sinne kann man die Mitabhängigkeit als eine Sucht nach Menschen, Verhaltensweisen oder Dingen definieren. Wenn der Mitabhängige nach einem anderen Menschen süchtig ist, so verwickelt er (oder sie) sich emotional so sehr mit der anderen Person, daß das Empfinden für das eigene Selbst – die persönliche Identität – ernsthaft eingeschränkt ist und von der Identität und den Problemen der anderen Person verdrängt wird.[85]

Seit Cindy und Kevin ein Jahr zuvor nach Ohio gezogen waren, hatte Cindy ihr Selbstvertrauen zunehmend verloren und befand sich nun in einer Depression. Es war ihr nicht gelungen, in ihrem Beruf Arbeit zu finden (selbst ehrenamtliche Stellen waren besetzt). Sie lebte noch nicht lange genug in Ohio, um tiefere Freundschaften aufzubauen. Cindy war all ihrer Rollen beraubt, durch die sie sich hätte definieren können. Sie fühlte sich als Un-Person.

Da sie mit dem Alkoholismus groß geworden war, hatte sie in ihrer schwer belasteten Familie eine überlebensnotwendige Rolle angenommen: die Rolle des Helden der Familie. Sie mußte dafür sorgen, daß in der Familie alles bestens war, und oft deckte sie die Fehler anderer, um den Frieden zu erhalten. Cindy lebte in der ständigen Angst, verlassen zu werden – eine Angst, die man unter den erwachsenen Kindern von Alkoholikern häufig findet. Genau gesagt, fürchtete sie, daß ihr Mann sie verlassen würde, wenn er herausfände, daß sie nicht vollkommen war. Die Autorin Janet G. Woititz schreibt:

> *»Es besteht jedoch die ständige Angst, daß der Mensch, den man liebt, morgen nicht mehr für einen da sein wird. In dem Versuch, sich selbst gegen den Verlust des geliebten Menschen zu schützen, idealisiert man die Beziehung und idealisiert die eigene Rolle innerhalb dieser Beziehung. Man versucht sich dagegen zu schützen, daß der andere einen verläßt, indem man mit allen Mittel versucht, perfekt zu sein und allen Bedürfnissen des anderen gerecht zu werden.«*[86]

Als Cindy den extremen Lehren der Unterordnung der Frau unter ihren Mann begegnete – Lehren, die auch einschlossen, daß sie ihre Berufung von Gott durch Kevin erfuhr –, nährte dies nur ihre Beziehungsmuster der Mitabhängigkeit. Man könnte sagen, daß Cindy die Ankündigung Gottes an Eva, »du hast Verlangen nach deinem Mann; er aber wird über dich herrschen« (Gen 3,16), fälschlicherweise als ein Gebot ansah, statt sie als einen Fluch zu erkennen, der die Folge des Sündenfalls war und von dem Jesus sie erlöst hatte.

Das Gebet um Cindys Heilung war einfach; es ging darum, daß ihr Blick sich auf Jesus richtete und daß er zur primären Quelle ihrer Sehnsüchte wurde. Ich ermunterte Cindy auch, sich einer christlichen Selbsthilfegruppe für die erwachsenen Kinder von Alkoholikern anzuschließen, damit sie sich den Problemen stellen konnte, die solche Menschen häufig haben. Nachdem ihren geistlichen Nöten begegnet worden war, benötigte sie psychologische Einsicht, um ihre Heilung im Alltag umsetzen zu können. Nachdem sie sich erst einmal den Folgen der Tatsache gestellt hatte, daß sie in einem gestörten Zuhause aufgewachsen war, kamen Fragen auf, bei denen sie die Unterstützung anderer mit einem ähnlichen Hintergrund benötigte.

Ich ermunterte auch Kevin, sich einer solchen Gruppe anzuschließen, doch er verleugnete immer noch das Alkoholproblem, das während seiner

Kindheit in seiner Familie bestanden hatte. Kevin hatte Gott schon seit einiger Zeit und sehr intensiv um Heilung gebeten und stand dem Gedanken, daß diese Heilung einen gewissen Prozeß benötigen könnte, mit großer Ungeduld gegenüber. Ich bat Gott, ihm Geduld mit sich selbst zu schenken und bat den Herrn auch, ihn allmählich aus der Verleugnung über seine wirklichen Familienverhältnisse herauszuführen.

In der Zwischenzeit handelte Gott voller Gnade an Cindys Leben; er bestätigte die Identität, die sie in ihm besaß, und heilte sie dabei auch von ihrer Mitabhängigkeit. Schon bald erhielt ich folgenden Brief, in dem sie unseren Herrn verherrlicht.

*»Lieber Mario,*
*ich freue mich daran, wie Gott mich verändert. Am Tag nach unserem Gebet offenbarte der Herr mir, daß mein Mann, meine Ehe und meine Familie für mich zu Götzen geworden waren. Ich hatte diese Dinge, die Gott mir geschenkt hatte, genommen und zu Götzen gemacht. Nun habe ich diesen Götzen abgesagt und Gott um Vergebung gebeten.*
*Du hast gebetet, daß Christus zum Zentrum meines Lebens werden möge, und seit diesem Gebet konnte ich mich selbst immer mehr unabhängig von meinem Mann, meinen Kindern und meiner Mutter begreifen. Nun muß ich lernen, auch im Alltag Christus zum Zentrum meines Lebens zu machen.*
*Gott zeigt mir auch weiterhin, wie meine Beziehungen zu anderen in der Vergangenheit ausgesehen haben, daß ich mich als Un-Person empfand, wenn ich mich nicht aus einer Beziehung heraus definieren konnte. Auf diese Weise bin ich damit umgegangen, daß ich in der Familie eines Alkoholikers aufgewachsen bin. Keiner in meiner Familie kümmerte sich um mich. Also habe ich alles mögliche getan, um mit Menschen zusammen zu sein. Ich bin nie in dem bestätigt worden, wer ich als Individuum bin, sondern immer nur in Beziehung zu anderen.*
*Der Herr hat mir dies, seit wir hierher gezogen sind, offenbart. Keine Freunde, kein Job – alle Versuche, Freundinnen oder auch nur eine ehrenamtliche Beschäftigung zu finden, schlugen fehl. Es scheint, als mußte der Herr mir alles nehmen, um mir von Angesicht zu Angesicht zu begegnen. Ich sehne mich so sehr danach, frei zu sein, und ich weiß, daß Gott, der mich bis hierher gebracht hat, sein Werk in mir vollenden wird. Es ist aufregend, aber es macht auch Angst, denn ich habe Angst vor den Verletzungen, die damit verbunden sein könnten.*

*Als Du betetest und ich das Kreuz an mein Herz legte, geschah etwas sehr Tiefgreifendes. Ich spürte, wie Jesus den Schmerz aus meinem Sein herauszog. Es war mir immer schwer gefallen, mir vorzustellen, wie Jesus meine Sünde und meine Verletzungen am Kreuz auf sich nimmt. Das schien allen zu gelten, nur nicht mir. Ich hatte immer das Bild von Jesus, wie er oben auf einem Hügel am Kreuz hängt, und ich befand mich am Fuß des Hügels und warf meine Sünden, Verletzungen und Sorgen zu ihm hinauf. Nur daß sie wieder zu mir herunterpurzelten – als ob sie es niemals ganz bis zum Kreuz schafften. Als das Kreuz sich so nah an meinem Herzen befand, fuhren der Schmerz und die Verletzungen geradewegs in Jesus hinein – es blieb kein freier Raum, und so konnten sie gar nicht zu mir zurückpurzeln. Danke Jesus, daß du so kreative Möglichkeiten hast, wie wir zu dir beten können.«*

Manchmal, wenn es jemand schwer fällt, von Jesus zu empfangen, nehme ich ein Kreuz und bitte den Betreffenden, es nahe an sein Herz zu halten. Diese symbolische Darstellung Jesu am Kreuz erreichte Cindys Herz sofort und umging ihr schmerzliches Denken, die Sünden würden wieder zu ihr zurückpurzeln.

*»Ich weiß, daß Jesus sagt: ›Du Teure, komm heraus, kleines Mädchen, komm heraus.‹ Und all die Dinge, die meine Familie betreffen, werden sich klären.*
*Als ich Deine Wohnung verließ, war ich zum ersten Mal dafür dankbar, daß wir hierher gezogen waren.*
*Danke, Cindy«*

Nach dieser ersten Heilung, durch die Cindy (eigentlich zum ersten Mal) die Vergebung ihrer Sünden erfuhr, nahm sie an einer Schulung von *Pastoral Care Ministries* teil und erlangte noch mehr Einsicht und persönliche Heilung. Sie schloß sich einer Gruppe für erwachsene Kinder von Alkoholikern an und setzte durch sie ihre Heilung auch im Alltag immer mehr um. Fragen, die sich ihr stellten, weil sie in einem von Alkohol geprägten Zuhause aufgewachsen war, erhielten nach und nach die entsprechenden Antworten.

Dieser Weg war für Cindy und Kevin nicht leicht, denn sie mußten lernen, mit den gestörten Beziehungsmustern fertigzuwerden, die sie in ihre Ehe mithineingenommen hatten. Gefühle, die sie früher in ihrer Familie notgedrungenerweise unterdrücken mußten, durften nun zutage treten.

Sowohl Kevin als auch Cindy standen vor der Herausforderung, ihre negativen Gefühle, die mit ihrer Vergangenheit verbunden waren, zu ihrem eigenen Besitzstand zu machen, statt sie aufeinander zu projizieren.

Doch weil sich Kevin und Cindy in einer liebevollen Gemeinschaft von Christen befanden und weil ihr Blick fest auf Jesus gerichtet war – und sie sich nicht mehr in einer verdrehten Weise gegenseitig zum Götzen machten –, kam ihre weitere Heilung gut voran.

## Die Ambivalenz gegenüber dem anderen Geschlecht

Die Ambivalenz gegenüber dem anderen Geschlecht ist eine der größten Barrieren, die Mann und Frau daran hindert, auf rechte Weise eine Beziehung zueinander aufzubauen. Obwohl sowohl Frauen als auch Männer eine Ambivalenz gegenüber dem anderen Geschlecht empfinden können, sind die Frauen doch eher diejenigen, gegen die sich diese Ambivalenz von Seiten beiderlei Geschlechts richtet. Dies mag mit einer Entwicklungsstufe der frühen Kindheit zusammenhängen, in der jedes Kind eine Ambivalenz gegenüber seiner Mutter empfindet. Wenn wir diese Entwicklungsphase nicht erfolgreich durchlaufen haben, so kann es geschehen, daß sich unsere ungelöste Ambivalenz gegenüber der Mutter verallgemeinert und gegen alle Frauen richtet. Als Erwachsene projizieren wir dann Probleme, die mit unserer Mutter zusammenhängen (z. B. Ablehnung) unbewußt auf Frauen im allgemeinen.

Die Ambivalenz gegenüber dem anderen Geschlecht spielt bei der homosexuellen Neurose oft eine genauso wichtige Rolle wie die Ambivalenz gegenüber dem eigenen Geschlecht. Wenn ein Mann, wie ich, dabei ist, die Homosexualität zu überwinden, und er es nicht schafft, seine Ambivalenz gegenüber Frauen zu verarbeiten, so wird er auch seine wahre heterosexuelle Identität nicht völlig erlangen. Weil ein Mensch mit einem homosexuellen Hintergrund mit einem Defizit an gleichgeschlechtlicher Liebe aufgewachsen ist, konzentriert er sich nicht selten übermäßig auf seine Bedürfnisse an gleichgeschlechtlicher Liebe; man könnte diese auch als Männerzentriertheit bezeichnen. Die Homosexualität könnte man als die Unfähigkeit ansehen, das andere Geschlecht im rechten Licht zu sehen, weil man auf ungesunde Weise allein mit dem eigenen Geschlecht beschäftigt ist. Um sich der Andersartigkeit des anderen Geschlechts zu stellen, muß man sich, was das eigene Geschlecht angeht, sicher fühlen.

Beim heterosexuellen Mann kann sich die Ambivalenz gegenüber dem anderen Geschlecht in der Angst manifestieren, sich verantwortlich an eine Frau zu binden. Er ist unfähig, die Beziehung zu einer Frau lange und tief genug gehen zu lassen, um es zum Erwachen echter Liebe kommen zu lassen. Außerdem kann es sein, daß er die Frau als menschliches Wesen unterschätzt und sich, wie der Homosexuelle, in einer Männerzentriertheit verfängt. Dann ist er möglicherweise davon besessen, anderen Männern zu gefallen oder kümmert sich zu sehr darum, was »die Jungs« von ihm denken. Wenn er verheiratet ist, so ist er möglicherweise seiner Frau untreu. Ist er Christ, so unterdrückt er sie unter Umständen durch extreme Forderungen bezüglich ihrer Unterordnung. Am anderen Ende des Spektrums der Ambivalenz gegenüber dem anderen Geschlecht beim Mann steht die Misogynie, der Frauenhaß. Misogynie ist das »Material«, das dem Mißbrauch von Frauen durch Pornographie und Vergewaltigung zugrunde liegt.

Die Ambivalenz gegenüber dem anderen Geschlecht entsteht in der Regel durch ungeheilte Verletzungen, Ablehnung, Ängste und Verwirrungen über das andere Geschlecht in der Vergangenheit. Als Erwachsene projizieren wir diese ungeheilten Dinge unbewußt auf das andere Geschlecht. Weil diese Projektionen ihrem Wesen nach unbewußt sind, erkennen wir die Ambivalenz dort, wo sie auftritt, nicht.

Als Mann wird uns nur bewußt, daß bestimmte Frauen uns auf irrationale Weise irritieren, daß wir andere Frauen fürchten und wieder andere eine übermächtige, sexuelle Versuchung für uns darstellen. Diese Irritationen, Ängste und sexuellen Versuchungen entstehen eigentlich aus psychologischen Projektionen. Manchmal richten sich diese Projektionen vor allem gegen eine bestimmte Frau in unserem Leben. Das kann unsere Mutter, unsere Ehefrau, unsere Tochter, unsere Schwester, die Freundin oder eine Kollegin sein. (Von nun an beziehe ich mich, wenn ich von der Ambivalenz gegenüber dem anderen Geschlecht spreche, auf die Ambivalenz von Männern gegenüber Frauen.)

Die Frau, gegen die sich unsere Ambivalenz richtet, spürt unter Umständen, daß irgend etwas nicht in Ordnung ist, doch sie erkennt nicht, daß sie nicht für dieses Problem verantwortlich ist. Vielleicht durchstöbert sie wie wahnsinnig ihr eigenes Herz, um einen Fehler auszumachen, der dort nicht zu finden ist. Es kann auch sein, daß sie auf unsere Ambivalenz mit Zorn reagiert, wenn wir ihr die Schuld für etwas geben, das sie nicht getan hat. Da sie jedoch möglicherweise ein falsches Verständnis von Zorn hat, kommt sie zu uns, um ihren Zorn zu bekennen (was unter bestimmten Umständen durchaus verständlich ist). Dies verstärkt allerdings nur unsere ambivalenten Gefühle ihr gegenüber. Nun geben wir ihr womöglich die Schuld an dem Problem, weil wir uns denken: In ihr steckt wirklich eine Menge unverarbeiteter Zorn. Doch in Wirklichkeit liegt das Problem bei unserem eigenen Herzen. Wenn dies der Fall ist, dann sind wir wie der Mann in dem biblischen Gleichnis, der einem anderen einen Splitter aus dem Auge zieht, aber selbst einen Balken im Auge hat.

Männer drücken ihre Ambivalenz gegenüber Frauen häufig dadurch aus, daß sie ihr Schuld zuweisen. In einer der ersten Begegnungen zwischen dem gefallenen Mann und der gefallenen Frau, von der uns die Bibel berichtet, schiebt er ihr die Schuld zu. Als Gott ihn fragt, ob er von der Frucht des Baumes gegessen hat, sagt er zu Gott: »Die Frau, die du mir beigesellt hast, sie hat mir von dem Baum gegeben, und so habe ich gegessen« (Gen 3,12). Statt die Verantwortung für sein eigenes Handeln zu übernehmen, zeigt Adam erst mit dem Finger auf Eva, bevor er schließlich zugibt: »Ich habe sie gegessen.«

## Die eigene Mutter hinter sich lassen

In unserem Herzen befinden sich oft verzerrte und konfuse Bilder vom anderen Geschlecht. Diese Bilder sind Gefäße all der negativen und sündhaften Einstellungen, die wir zum anderen Geschlecht haben. Als wahrhaft zerbrochene Bilder sind sie die Folge dessen, daß wir in einer gefallenen Welt leben – einer Welt, in der Familien häufig gestört sind, in der die Hollywood-Blondine das gesellschaftliche Ideal der Frau darstellt und in der es auch der Kirche oft nicht gelungen ist, die Frau richtig zu sehen.

In unserem gefallenen Zustand haben wir unter Umständen auch verzerrte Bilder vom anderen Geschlecht, die das Ergebnis unserer sündhaften Reaktionen auf die Sünden sind, die Menschen vom anderen Geschlecht an uns begangen haben. Oft handelt es sich um Reaktionen auf unsere Mutter. Solange wir Männer solche Reaktionen nicht bewältigen, werden wir unsere Mutter nicht hinter uns lassen können und auf diese Weise auch nicht die Freiheit finden, uns auf rechte Weise mit einer Frau zu vereinigen und ein Fleisch mit ihr zu werden. »Darum verläßt der Mann Vater und Mutter und bindet sich an seine Frau, und sie werden ein Fleisch« (Gen 2,24). Walter Trobisch schreibt:

*»Die Bibel ist sehr praktisch und nüchtern. Sie sagt: ›Ein Mann verläßt Vater und Mutter.‹ Das Verlassen ist der Preis des Glücks. Es braucht*

*einen eindeutigen und scharfen Schnitt. So wie ein Neugeborenes nicht wachsen kann, wenn die Nabelschnur nicht durchtrennt wird.«*[87]

Der Mann, der seine Mutter nicht hinter sich gelassen hat, kann einer Frau nicht geben, kann ihr nicht dienen und sie nicht lieben. In seiner unreifen Position wird so ein Mann einer Frau aus der Perspektive seiner eigenen Bedürfnisse begegnen. Folglich wird er dazu neigen, sie als eine »Erweiterung« seiner selbst zu betrachten und nicht als eine andere Person. Im Ehebett ist er sich möglicherweise seines eigenen Vergnügens bewußter als des Vergnügens, das er ihr bereiten kann. Im Kontext der christlichen Ehe kann es sein, daß er Lehren über die Unterordnung der Frau begrüßt, die von den Frauen allein verlangen, ständig die Gebenden zu sein. Im Gegensatz dazu das biblische Vorbild: Der Mann nimmt das Wesen Christi an – er gibt sich an seine Frau hin selbst bis zum Tode.

Die Bibel gebietet der Frau nicht, ihre Mutter und ihren Vater zu verlassen. Ein Grund dafür mag in der Tatsache zu suchen sein, daß es der Frau leichter fällt, ihre geschlechtliche Identität zu verwirklichen. Anders als der Mann, der sowohl seine Identität als Person als auch seine geschlechtliche Identität von der Mutter trennen muß, muß die Frau nur ihre Identität als Person von der ihrer Mutter trennen. Sie besitzt die gleiche geschlechtliche Identität wie ihre Mutter. Dies ist beim Mann nicht der Fall, und er muß dies erkennen.

In manchen Fällen hängt die Homosexualität bei Männern mit dieser Unfähigkeit zusammen, die eigene Geschlechtsidentität ganz von der der Mutter zu trennen. Bei der männlichen Form der Transsexualität und des Transvestitentums besteht das Problem eher darin, daß der Betreffende weder die Identität seiner Geschlechtlichkeit noch die seines Geschlechtes von der Mutter zu trennen vermag. In diesen Fällen war die Mutter fast immer emotional voller Bedürfnisse oder übermäßig kontrollierend. Nicht ausgeschlossen ist auch, daß sie ihren Sohn sogar sexuell mißbraucht hat, was meistens zu einer krankhaften Bindung zwischen Mutter und Kind führt. Solange diese krankhafte Bindung zwischen Mutter und Sohn nicht erkannt und gebrochen wird, kann der Sohn – ob er nun Homosexueller, Transsexueller oder Transvestit ist – emotional nicht die Reife erlangen, die er braucht, um zu erkennen, daß seine Identität der Geschlechtlichkeit anders ist als die seiner Mutter.

In *The Broken Image* schreibt Leanne Payne darüber, daß der sexuelle Neurotiker von seiner krankhaften Bindung an die Mutter frei werden muß. Das folgende Zitat stammt aus einem Bericht über die Heilung einer Frau von einer lesbischen Neurose. Doch was Leanne hier schreibt, gilt auch für Männer, die ihre Mutter hinter sich lassen müssen.

*»Im Gebet um die Freisetzung eines solchen Menschen bitte ich den Betreffenden in der Regel, Jesus mit den Augen seines Herzens zu sehen, ihn am Kreuz hängen zu sehen, wo er genau den Schmerz und die Bindungen auf sich genommen hat, mit denen derjenige nun zu kämpfen hat, ebenso wie alle Unversöhnlichkeit oder Sünde, die sich in seinem Herzen befinden. Ich fordere ihn auf, seine Hand nach Jesus auszustrecken und zu verfolgen, wie der Schmerz und die Finsternis in seine ausgestreckten, von Nägeln durchbohrten Hände fließen, während ich darum bete, daß die Seele dieses Menschen von der Herrschaft der eigenen Mutter abgetrennt wird. Oft frage ich solche Mensch sanft und ohne den Gebetsfluß zu unterbrechen: ›Was sehen Sie mit den Augen Ihres Herzens?‹ Und es ist wunderbar, was sie alles sehen, wenn die Finsternis aus ihnen heraus und zu Jesus fließt. Oft sehe ich das gleiche ›Bild‹, so wie der Heilige Geist uns führt.*

*Dann, und dies halte ich für einen wichtigen Schritt, fordere ich sie auf, sich ihre Mutter vorzustellen. Da der Heilige Geist die Dinge in der Hand hat und sich eine so mächtige Heilung vollzieht, haben diese Menschen meist ein äußerst aufschlußreiches Bild über ihre Mutter, ein Bild, das sie in die Lage versetzt, ihre Mutter zum ersten Mal objektiv zu sehen, ein Bild, das ihnen helfen wird, ihr zu vergeben.*

*Dann bitte ich sie zu schauen, ob zwischen ihnen und ihrer Mutter noch irgendeine Bindung besteht. Sie werden diese Bindungen erkennen und benennen. Daraufhin bitte ich sie, diese Bindungen, die sie gesehen haben, zu durchschneiden, als ob sie eine Schere in der Hand hätten. Die Befreiung, die dies herbeiführt, ist einfach phänomenal, und manchmal kommt es zu deutlichen emotionalen und sogar körperlichen Reaktionen auf diese Freisetzung. Manchmal haben wir diese Bindungen als eine dicke, infizierte Nabelschnur gesehen, ein andermal sahen sie aus wie ein gewundenes Seil, das die beiden Seelen aneinanderband, usw. Wenn diese Bindungen durchschnitten werden, sehen wir ein symbolisches Bild, ein wahres Bild, das die Erlösung zeigt, die gerade geschieht.«*[88]

Die eigene Mutter hinter sich zu lassen ist der Schlüssel, um sich der Welt des anderen Geschlechts zu stellen; der Schlüssel, um eine Frau recht lieben zu können.

## Entwicklungsbedingte Ambivalenz gegenüber der Mutter

> *»Die Funktion einer Mutter erschöpft sich nicht in Fürsorge, Schutz und Abhängigkeit. Durch den Vorgang der Geburt bringt sie uns zur Welt; man könnte fast sagen, daß die erste Begegnung mit ihr beinhaltet, von ihr weggestoßen zu werden. Bei der Geburt wird die Nabelschnur durchtrennt, und wenn die Mutter eine gesunde Liebe zu ihrem Kind besitzt, so schließt sich ein sanfter Prozeß der Trennung an, einer sowohl körperlichen als auch mentalen Trennung. Die Mutter zeigt dem Kind, daß es nicht der einzige ist, dem ihre Liebe gilt. Sie lehrt das Kind, ihre Zuneigung mit andern zu teilen. Sie lenkt den Blick des Kindes von sich selbst weg. Es muß sich der Wirklichkeit stellen. Nur die neurotische Mutter hält ihr Kind in einem Zustand der Abhängigkeit und Fixierung fest; eine kluge Mutter weiß nicht nur, wie man bindet, sondern auch, wie man löst. In der Tat ist ein Mann nur dann wirklich in der Lage zu lieben, wenn die psychologische Bindung der Fixierung auf die Mutter durchtrennt wird. Nur dann können wir uns der Welt und dem ›anderen‹ stellen.«*[89]

Wenn ein Kind erkennt, daß die Liebe und die Zeit der Mutter nicht nur ihm allein gelten, dann erlebt das Kind häufig eine Ambivalenz gegenüber der Mutter. Ich erkannte dies einmal sehr deutlich, als ich meine Schwester Karen besuchte. Ich kam an, als ihr Sohn, Alexander, der damals etwa zehn Monate alt war, gerade sein Mittagsschläfchen machte. Als vernarrter Onkel, der ich nun mal bin, ging ich, sobald er aufgewacht war, fröhlich in sein Zimmer, um ihn zu holen. Ich nahm ihn auf und trug ihn in die Küche. Er war noch ganz groggy und seine Augen waren voller Schlaf. Er sah aus wie ein Cherubim mit zerzausten, goldenen Locken. Als er Karen erblickte, drehte er sich wütend von ihr weg.

Lachend und mit weit offenen Armen kam Karen zu uns herüber und sagte: »Komm, Alex, komm zu Mami.«

Er machte eine Armbewegung, als wolle er Karen schlagen, wandte sein Gesicht ab und legte seinen Kopf auf meine Schulter.

»Ist das nicht nett, Karen?! Er freut sich, mich zu sehen.«

»Mach dir keine falschen Hoffnungen, Mario«, antwortete sie wissend. »Er ist wütend auf mich, weil ich ihn heute morgen vom Arm nehmen mußte, um mit meiner Hausarbeit weiterzukommen.«

In der Tat war dieser Junge von nicht mal einem Jahr wütend auf seine Mutter, weil sie ihn »weggestoßen« hatte. Nun tat er als Vergeltung das gleiche. Hätte sie seine kindliche Taktik nicht klug durchschaut, hätte sie vielleicht versucht, ihn zu besänftigen. Das hätte ihn nur gelehrt, daß er am besten mit Wut darauf reagiert, wenn ihre Zeit und Liebe nicht ihm allein gelten. Hätte Karen dem Verhalten dieses kleinen Bengels nachgegeben, so hätte er sich mit der Zeit ein Frauenbild angeeignet, in dem sie nur eine westliche Form von Geisha darstellt, die immer darauf wartet, von ihrem Mann in Aktion gerufen zu werden. Schließlich hätte Alexander womöglich eine ausgeprägte Ambivalenz gegenüber dem anderen Geschlecht entwickelt.

Wie viele Männer zeigen einer Frau gegenüber ungerechtfertigte Reaktionen, nur weil sie »nein« sagt? Oder wie viele Männer, die eine Liebesbeziehung zu einer Frau haben, reagieren eifersüchtig, wenn sie erkennen, daß ihre Zeit und Liebe nicht nur ihnen allein gilt?

## Die Frau wahrnehmen

Ein Mann lernt eine Frau kennen, indem er sie erlebt und in engem Kontakt zu ihr steht. In jedem Mann wohnt ein herrliches, von Gott geschenktes Bedürfnis, der Frau nicht nur zu begegnen, sondern tiefe Gemeinschaft mit ihr zu erleben. Diese Gemeinschaft ist einmalig in der Geschichte von Adam und Eva ausgedrückt. Beide waren einmal *ein* Leib:

> »Gott, der Herr, baute aus der Rippe, die er vom Menschen genommen hatte, eine Frau und führte sie dem Menschen zu. Und der Mensch sprach: Das endlich ist Bein von meinem Bein und Fleisch von meinem Fleisch. Frau soll sie heißen; denn vom Mann ist sie genommen« (Gen 2,22-23).

Adam sehnte sich danach, ein Fleisch mit Eva zu werden, weil sie zuvor ein Fleisch gewesen waren. Ob sich Männer dessen nun ganz bewußt sind oder nicht, jeder Mann hat von seiner Anlage her dieses Bedürfnis, mit der Frau Gemeinschaft zu haben, wieder mit ihr vereint zu werden, eins mit ihr zu werden. Darüber schreibt Walter Trobisch:

> *»Diese Geschichte ist die wundervollste und einzigartigste Beschreibung der Wirklichkeit der Liebe. Warum sehnen sich die Geschlechter ohne Ende nach einander? Wie kann man erklären, daß sie sich wie ein Magnet anziehen? Die Antwort lautet: Sie sind aus ein und demselben*

*Stück gemacht ... sie sind Teil eines Ganzen und wollen dieses Ganze wiederherstellen, sie wollen einander vervollkommnen, wollen ›ein Fleisch‹ werden.«*[90]

Ich las von dieser magnetischen Anziehungskraft zwischen den Geschlechtern zum ersten Mal in Karl Sterns Klassiker *The Flight from Woman* [»Die Flucht vor der Frau«]. Dr. Stern schreibt:

*»Die berühmteste Darstellung dieses Gedankens findet sich im Buch Genesis, als Gott den Menschen zu seinem Bilde schuf, als ›Mann und Frau‹ – bevor Eva aus dem Körper Adams herausgetrennt wurde.«*[91]

Zu dem Zeitpunkt befand ich mich noch im Heilungsprozeß von meiner homosexuellen Neurose. Als ich Sterns Beschreibung las, wie Eva aus Adam herausgetrennt wurde, war es, als entzünde sich in meinem Innern ein Feuerwerk. Ich erkannte plötzlich, daß ich nur dann wirklich erkennen konnte, was es heißt, im Bilde Gottes geschaffen zu sein, wenn ich mich wieder mit der Frau vereinigte. Unabhängig davon, ob ich dies nun glaubte oder nicht, gab es nach dem Willen Gottes in mir als Mann etwas, das die Gemeinschaft der Frau brauchte. Es war nur eine Frage der Zeit, bis dieses Bedürfnis nach der Frau ganz aus seinem verdrängten Zustand in mir heraustrat. In der Tat entzündete schon allein diese Erkenntnis in mir ein sexuelles Interesse an der Frau, wie ich es zuvor noch nie erlebt hatte. Zum ersten Mal hielt ich es für möglich, daß ich aus der sexuellen Vereinigung mit einer Frau Freude und Vergnügen empfangen könnte.

Als ich mich bewußt auf die Gegenwart Gottes einließ, trat tagtäglich mehr von meinem wahren maskulinen Selbst zutage. Ich war nicht länger allein auf Männer zentriert (d. h. auf mein eigenes Geschlecht) und wurde deshalb mehr auf das andere ausgerichtet, gewann ein größeres Interesse an Dingen außerhalb meiner selbst. Als Folge davon bemerkte ich nun Dinge, die mir zuvor entgangen waren. Zunächst besaßen Gottes Schöpfung und seine Kreaturen für mich eine neue Schönheit, ebenso wie die Hügel im südwestlichen Ohio und meine graue Tigerkatze, die ich *Little Guy* [» kleiner Junge«] rief.

Ich wurde mir auf angenehme Weise der Unterschiede zwischen meinen männlichen und weiblichen Studenten bewußt; heute weiß ich, daß dieses Bewußtsein bei den meisten Menschen während der Pubertät erwacht. Als Stimm- und Sprachlehrer wußte ich einiges über Kinästhetik (das Studium des Körpers in der Bewegung). Die Unterschiede zwischen dem Gang eines

Mannes und dem einer Frau oder in der Art, wie beide sitzen, schienen mir geradezu ins Auge zu springen. Ich versuchte nicht bewußt, diese Dinge zu bemerken. Es war vielmehr so, daß sie sich in mein Bewußtsein gruben und nicht locker ließen, bevor ich ihnen die angemessene Aufmerksamkeit geschenkt hatte.

Eines Nachmittags kam eine Studentin zu einem Tutorium über Shakespeares Texte in mein Büro. Nachdem sie eingetreten war, setzte sie sich auf einen robusten Sessel, und ich checkte methodisch ihre Körperhaltung, um sicherzustellen, daß sie die Position eingenommen hatte, die ihre Atmung optimal unterstützte und am bequemsten für sie war. Dann setzte ich mich in einen Sessel ihr gegenüber und hörte zu, wie dieses hübsche Mädchen mit ihrem rötlichen Haar den Text rezitierte. Plötzlich blieb mein Blick an einem besonders schönen Teil ihres Körpers haften. Aus einem mir unbekannten Grund war ich wie gelähmt. Gebannt und unfähig, mich zu rühren, hörte ich kein Wort mehr von dem, was sie rezitierte.

Da sie bemerkte, daß ich unaufmerksam war, rief sie mir zu: »Mario? Mario?«

Ich saß mit offenem Mund da und versuchte zu antworten, aber ich war so verzaubert, daß ich kein Wort herausbrachte. Ich versuchte zu reden, doch der dicke Kloß in meiner Kehle ließ nur einige krächzende Laute zu.

Beunruhigt fragte mich Carol vorsichtig: »Mario, ist alles in Ordnung?«

Da ich nicht wußte, ob alles in Ordnung war, schluckte ich den Kloß in meiner Kehle herunter und stieß hervor: »Oh, ich ..., oh, ich weiß nicht.«

Ich dachte kurz über diese Worte nach und kam mir ziemlich blöd vor, weil ich diese Studentin so angaffte. Daher bat ich sie unbeholfen: »Ähm Carol, könnten Sie bitte gehen?«

»Sicher«, antwortete sie. Sie schaute mich mit verwundertem Blick an, sprang von ihrem Sessel auf und stolperte eilig aus meinem Büro.

Als ich ihr gegenüber gesessen hatte, war das Licht in meinem Büro auf ihr Gesicht gefallen und hatte ihrer Wange einen besonders hübschen Farbton verliehen. Ihre weiche Haut mit ihrer samtig-rosa Färbung, die durch die Beleuchtung herausgehoben wurde, war schöner als alles, was ich bisher gesehen hatte. Es war so ganz anders als das Licht, das auf das Gesicht eines Mannes fallen könnte.

Die Schönheit dieses kleinen Ausschnitts ihres Gesichtes sprach tief in mir etwas an. Eine Vielzahl unerklärlicher Gefühle durchströmte meinen Körper wie ein Fluß aus Begeisterung und Freude. Je länger ich sie anschaute, um so mehr spürte ich dies. Ich wollte nicht, daß dieses Gefühl aufhörte.

Da ich diese Gefühle nicht kannte, begann ich, nachdem sie gegangen war, zu beten und fragte den Herrn: »Was war das!?«

Dann, als ob ein Engel in mein Büro gekommen wäre und mir Shakespeares Dichtkunst auf einem silbernen Tablett serviert hätte, kamen mir die Worte in den Sinn, die Romeo sprach, als er Julia zum ersten Mal auf ihrem Balkon erblickte:

*»O wie sie auf die Hand die Wange lehnt!*
*Wär ich der Handschuh doch auf dieser Hand*
*Und küßte diese Wange!«*

»Romeo und Julia«, 2. Akt

Ich erfuhr zum ersten Mal meine eigene Männlichkeit und drehte mich nicht länger nur um mein eigenes Geschlecht. Daher waren meine Augen offen, die Andersartigkeit des anderen Geschlechts wahrzunehmen. Ich nahm *die Frau* wahr.

Als Adam die Frau erblickte, die der Herr ihm zuführte, rief er freudig aus: »Das ist endlich Bein von meinem Bein und Fleisch von meinem Fleisch!« (Gen 2,23). Auf gleiche Weise rief auch meine Seele vor Freude, als ich zum ersten Mal eine Frau wahrnahm. Wie Adam erkannte auch ich in ihr etwas von mir selbst. Der Bruch, der zwischen mir und der Frau bestanden hatte, war überwunden. Paradoxerweise entdeckte ich nicht nur die Andersartigkeit der Frau, mir wurden gleichzeitig auch die Gemeinsamkeiten zwischen Mann und Frau bewußt. Gebannt von Carols Femininität spürte ich gleichzeitig auch, daß wir durch unser Menschsein miteinander verbunden waren. Es mag merkwürdig klingen, aber ich hatte diese ganz normale Verbundenheit zwischen mir und einer Frau noch nie zuvor empfunden.

Dieses undefinierbare Vergnügen, das in mir wach wurde, als ich eine Frau wahrnahm, war mir so fremd, daß ich einfach nicht wußte, was vor sich ging. Im Rückblick weiß ich, daß ich eine ganz normale erotische Reaktion erlebte, die ein Mann spürt, wenn er eine Frau attraktiv findet. Da ich sexuelle Erregung nur in ihrer übermächtigen, lustvollen, neurotischen Form kannte, hatte ich keinen Maßstab, mit dessen Hilfe ich diese neue Sexualität hätte erkennen können, die sich in mir aus ihrem verdrängten Zustand erhob.

Ein gesunder sexueller »Appetit« ist sanft und subtil, nicht laut und lärmend. Da ich jedoch von einem homosexuellen Hintergrund kam, erwartete ich, daß mein sexuelles Verlangen nach der Frau die gleiche lustvolle und übermächtige Gewalt besitzen würde wie die neurotische sexuelle Anziehungskraft, die Männer früher auf mich ausgeübt hatten. Ich habe mich inzwischen mit vielen Männern unterhalten, die ihre Homosexualität überwunden haben. Auch sie haben in ihrem Heilungsprozeß denselben Unterschied zwischen der Homosexualität und der gesunden Heterosexualität entdeckt. Andererseits lassen Männer, deren sexuelles Verlangen nach Frauen übermächtig und von Begierden bestimmt ist, genauso die Notwendigkeit einer Heilung ihrer Sexualität erkennen. Dieses Verlangen ist kein Zeichen ihrer Männlichkeit.

## Liebe, die vom Tod gezeichnet ist

Das sexuelle Erwachen, das ich bei diesem Tutorium erlebte, entspricht dem, was die meisten Männer in ihrer Pubertät erleben. Ich hatte es nicht gesucht; es hatte mich vielmehr gefunden und mich unerwartet erwischt. Obwohl dieses Erwachen natürlich und real war, mußte es reifen. Wie die erste Jugendliebe war es von einer narzißtischen Haltung gekennzeichnet. Meine Gefühle für diese Studentin standen im Zentrum dieser Erfahrung, nicht sie als Person.

Zunächst war es mir etwas peinlich, daß ich mit fünfundzwanzig meine Pubertät durchlief. Doch es schien mir, als wären viele meiner Kollegen an der Universität, die meisten älter als ich, auch nicht viel reifer. Da wurde mir klar, daß die Menschen in unserer heutigen Gesellschaft fast genauso lieben wie ein Jugendlicher, der sich noch in der Pubertät befindet. Diejenigen, die aus dieser Ich-Generation der letzten Jahrzehnte stammen, legen einen Narzißmus und ein Ich-Bewußtsein an den Tag, die es ihnen fast unmöglich machen, noch etwas anderes als nur sich selbst wahrzunehmen.

Viele, die Romeo und Julia lesen oder sehen, denken, es handle sich um eine Geschichte über die wahre Liebe. Meiner Einschätzung nach ist es das nicht. Shakespeare gab dem Stück den treffenden Titel »Die Tragödie von Romeo und Julia«.

Die meisten Menschen in unserer gefallenen und zerbrochenen Welt von heute verwechseln echte Liebe mit tragisch-romantischen Ansichten über die Liebe. Ich bezweifle zwar, daß Shakespeare sein Stück aus diesem Grund geschrieben hat, aber man könnte seinen Text durchaus als ein Statement über tragische, unreife und narzißtische Liebe interpretieren.

Das Stück beginnt mit einem Prolog, der die Form eines Sonettes annimmt. Sonette waren im Zeitalter der Königin Elizabeth I sehr beliebt. Sie wurden bei Zusammenkünften am Hof laut vorgelesen und stellten die Form dar, mit der die damals in Mode gekommene höfische Liebe ausgedrückt wurde.

Shakespeares Sonette sind geladen mit kraftvoller Sprache und ausdrucksvollen Bildern, und die Worte sind eng miteinander verbunden. Wenn Shakespeare Sonette in ein Stück integrierte, so gab er damit seinem Publikum zu verstehen, daß etwas Wichtiges vor sich ging. In diesem Stück tauchen eine Reihe schöner Sonette auf, die auf Schlüsselstellen hindeuten.

Das Sonett, mit dem Romeo und Julia eröffnet wird, offenbart die gesamte Handlung und beschreibt die Liebe dieser beiden Jugendlichen zueinander treffend als »unter einem schlechten Stern stehend« und als »vom Tode gezeichnet«:

*»A pair of star-cross'd lovers take their Life;*
*Whose misadventured piteous overthrows*
*Do with their death bury their parents' strife.*
*The fearful passage of their death-mark'd love,«*

[»Ein liebend Paar, das glühend sich erstrebt,
Um sternlos jung sein Leben zu beschließen,
Das seiner Väter Haß mit sich begräbt.
Des jungen Paares Liebesglück und Not,«]

»Romeo und Julia«, Prolog

Zuerst sehen wir Romeo, wie er sich mit seinem Cousin Benvolio unterhält. Romeo ist liebeskrank, weil sich seine augenblickliche Liebe, Rosalinde, einem Leben in Keuschheit verpflichtet hat. Sein Cousin gibt ihm den Rat, sie zu vergessen.

Da Benvolio sich sicher ist, daß Romeos Problem sich dadurch lösen wird, daß er ein anderes Mädchen kennenlernt, führt er Romeo zu einem Fest. Bei ihrer Ankunft tragen alle Gäste Masken. Romeo erblickt Julias Gesicht zunächst von ferne, bevor sie ihre Maske aufsetzt. Er bedeckt sein Gesicht mit einer Maske und geht auf sie zu. Auch sie trägt nun eine Maske. Die ersten vierzehn Zeilen ihres Gespräches haben wieder die Form eines Sonetts:

*»[Romeo:] Entweihet meine Hand verwegen dich,*
*O Heil'genbild, so will ich's lieblich büßen.*
*Zwei Pilger, neigen meine Lippen sich,*
*Den herben Druck im Kusse zu versüßen.*

*[Julia:] Nein, Pilger, lege nichts der Hand zuschulden*
*Für ihren sittsam-andachtsvollen Gruß.*
*Der Heil'gen Rechte darf Berührung dulden,*
*Und Hand in Hand ist frommer Waller Kuß.*
*[Romeo:] Hat nicht der Heil'ge Lippen wie der Waller?*
*[Julia:] Ja, doch Gebet ist die Bestimmung aller.*
*[Romeo:] Oh, so vergönne, teure Heil'ge, nun,*
*Daß auch die Lippen wie die Hände tun.*
*Voll Inbrunst beten sie zu dir: erhöre,*
*Daß Glaube nicht sich in Verzweiflung kehre.*
*[Julia:] Du weißt, ein Heil'ger pflegt sich nicht zu regen,*
*Auch wenn er eine Bitte zugesteht.*
*[Romeo:] So reg dich, Holde, nicht, wie Heil'ge pflegen,*
*Derweil mein Mund dir nimmt, was er erfleht. [Er küßt sie].«*[92]

1. Akt, 5. Szene

Beachten Sie, daß Julia und Romeo sich nicht direkt sehen. Beide sehen eine Maske. Es ist wirklich beängstigend, wie häufig sich Menschen in die gesellschaftliche Maske (das Erscheinungsbild) des anderen verlieben und nicht in die Person hinter der Maske (das wahre Selbst). Wie wenig hat sich unreife Liebe in vierhundert Jahren verändert! Beachten Sie auch, daß Romeo Julia in seinen ersten Worten an sie als einen »heiligen Schrein« bezeichnet, den zu berühren zu profan wäre. Julia ist für Romeo keine normale Frau.

Der erste Akt endet mit einem weiteren Sonett. Darin heißt es unter anderem:

*»Wo gleich bezaubert nun die Herzen schlagen,*
*Wird Romeo geliebt und liebt voll Glut;«*[93]

Es scheint, daß Romeo, wie so viele Menschen im 20. Jahrhundert, auf ein schönes Gesicht hereingefallen ist.

Unter dem Zauber der Liebe klettert Romeo nun über die Mauer, die Julias Hof von der Straße trennt und starrt zu ihrem Schlafzimmerfenster hinauf. Während er sich im Garten versteckt, erblickt er seine »Liebe« und spricht jene berühmten Worte:

*»Doch still, was schimmert durch das Fenster dort?*
*Es ist der Ost, und Julia ist die Sonne! –*

*Geh auf, du holde Sonn! Ertöt Lunen,*
*Die neidisch ist und schon vor Grame bleich,*
*Daß du viel schöner bist, obwohl ihr dienend.*
*Oh, da sie neidisch ist, so dien ihr nicht.*
*Nur Toren gehn in ihrer blassen, kranken*
*Vestalentracht einher: Wirf du sie ab!*
*Sie ist es, meine Göttin! Meine Liebe!*
*O wüßte sie, daß sie es ist! –*
*Sie spricht, doch sagt sie nichts: Was schadet das?*
*Ihr Aug redt, ich will ihm Antwort geben. –*
*Ich bin zu kühn, es redet nicht zu mir.*
*Ein Paar der schönsten Sterne am ganzen Himmel*
*Wird ausgesandt und bittet Juliens Augen,*
*In ihren Kreisen unterdes zu funkeln.*
*Doch wären ihre Augen dort, die Sterne*
*In ihrem Antlitz? Würde nicht der Glanz*
*Von ihren Wangen jene so beschämen,*
*Wie Sonnenlicht die Lampe? Würd ihr Aug*
*Aus luft'gen Höhen sich nicht so hell ergießen,*
*Daß Vögel sängen, froh den Tag zu grüßen?*
*O wie sie auf die Hand die Wange lehnt!*
*Wär ich der Handschuh doch auf dieser Hand*
*Und küßte diese Wange!«*[94]

2. Akt, 2. Szene

Zuvor, beim Fest, war Romeo vom Zauber der Liebe so betört, daß er Julia als einen »heiligen Schrein« ansah. Nun, im Hof, sieht er sie als die Sonne, den Mond und die Sterne am Himmel. Dieser arme Junge steht unter einem so schlechten Stern, daß er in Julia alles erblickt, nur nicht eine Frau aus Fleisch und Blut. Er ist nicht wirklich in Julia als Person verliebt, sondern vielmehr in die Art und Weise, wie sein Herz Julia symbolisiert (als heiligen Schrein, als Sonne, Mond und Sterne). Man konnte sagen, er ist in das Bild Julias oder in ihre Erscheinung verliebt. Romeo hat die Wirklichkeit der Liebe mit dem Erscheinungsbild der Liebe verwechselt.

Am Ende der Szene im Hof schwören sie zu heiraten. Als Romeo sich umwendet, um zu gehen, ruft Julia ihn zurück. Der Antwort Romeos auf Julias Zuruf sollte man besondere Beachtung schenken:

*»It is* my soul *that calls upon my name.*
*How silver-sweet sound lovers' tongues by night,*
*Like softest music to attending ears!«*

[»Mein Leben {Meine Seele} ist's, das meinen Namen ruft.
Wie silbersüß tönt bei der Nacht die Stimme
Der Liebenden, gleich lieblicher Musik
Dem Ohr des Lauschers!«][95]

2. Akt, 2. Szene (Hervorhebung durch den Autor)

Diese Worte Romeos sind wohl die aufschlußreichsten Worte, die er in diesem Stück äußert. Julia symbolisiert für Romeo auch seine Seele. Da die Seele feminin ist, nehmen Männer in einer Frau oft einen Aspekt ihrer eigenen Seele wahr. In der Schrift ist die Seele weiblich symbolisiert, daher werden sowohl Männer als auch Frauen als »die Braut Christi« bezeichnet.

Das Verlangen, das Romeo und Julia füreinander empfinden, wird dadurch noch entzündet, daß sie zwei Familien angehören, die miteinander verfeindet sind. In unserem gefallenen Zustand verlangt uns Menschen auf eine perverse Weise gerade nach den Dingen, die uns verboten sind. Ein verbotenes Verlangen ist oft die Triebkraft leidenschaftlicher und ehebrecherischer Liebesaffären. Wenn derjenige, der die Ehe bricht, sich von seinem Ehepartner trennen sollte, wird er oder sie sehr bald herausfinden, daß das Feuer dieser neuen »Liebe« vergeht. Dann sehnt der Betreffende sich oft bald nach der wirklichen Liebe, die ihn einst mit dem verlassenen Ehepartner verband. Als gefallene Geschöpfe sehnen wir uns manchmal gerade nach dem, was uns versagt ist. Wenn wir das, wonach uns auf fleischliche Weise verlangt hat, erst einmal besitzen, fühlen wir uns oft leer und unerfüllt.

Romeo bittet nun Pater Laurenzio, sie zu vermählen. Der Pater denkt zunächst, Romeo sei noch immer in Rosalinde verliebt. Er ist schockiert, als er erfährt, Romeo sei nun in Julia »verliebt« und wolle sie heiraten, nachdem er sie erst so kurze Zeit kennt. Der Pater sagt:

*»O heilger Sankt Franz! Was für ein Unbestand!*
*Ist Rosalinde schon aus deiner Brust verbannt,*
*Die du so heiß geliebt? Liegt junger Männer Liebe*
*Denn in den Augen nur, nicht in des Herzens Triebe?«*[96]

2. Akt, 3. Szene

Doch da er glaubt, die Ehe der beiden könne die verfeindeten Familien versöhnen, willigt der Pater ein, die Zeremonie zu vollziehen.

Während Romeo und der Pater vor der geheimen Zeremonie auf die Ankunft Julias warten, sagt Romeo zum Pater:

*»Füg unsre Hände nur*
*Durch deinen Segensspruch in eins, dann tue*
*Sein Äußerstes der Liebeswürger Tod:*
*Genug, daß ich nur mein sie nennen darf.«*[97]

2. Akt, 6. Szene

Die tragische Liebe ist narzißtisch, sie sucht das eigene. Romeo möchte Julia besitzen, wie man einen Gegenstand besitzt. Die Schrift lehrt uns, daß wirkliche Liebe das genaue Gegenteil davon ist: »Die Liebe ... sucht nicht ihren Vorteil« (1 Kor 13,5).

Romeo und Julia werden vermählt, und kurz darauf stirbt Romeos enger Freund Mercutio durch das Schwert von Julias Cousin Tybalt. Mercutios letzte Worte an Romeo lauten: »Zum Teufel eure Häuser!«

Die tragische Liebe zerstört das Leben der Menschen, die mit ihr in Berührung kommen. Mercutios Fluch gegen die beiden Familien offenbart das Wesen der tragischen Liebe; auf ihr liegt kein Segen.

An diesem Punkt des Stückes taucht Paris auf. Er ist vielleicht der einzige Mensch in diesem Stück, der der wirklichen Liebe nahekommt. Er liebt Julia. Er hat den angemessenen Weg gewählt, um die Hand seiner zukünftigen Braut zu erlangen – er bittet ihren Vater um die Hand der Tochter. Die Eltern legen einen Termin für die Hochzeit fest. (Nur Romeo, Julia, Julias Amme und der Pater wissen um die geheime Vermählung.) Julia ist entsetzt über den Plan ihres Vaters, sie mit Paris zu vermählen. Sie liebt Paris nicht und sie ist ja bereits eine verheiratete Frau.

Ohne Absicht tötet Romeo Tybalt in einem Straßenkampf. Da er nun wegen Mordes gesucht wird, muß er sich verstecken.

Julia versinkt angesichts ihrer herannahenden Hochzeit und der Tatsache, daß Romeo gesucht wird, in Verzweiflung. Hilfesuchend trifft sie sich mit dem Pater, der einen Plan schmiedet, um sie alle zu retten. Er gibt Julia einen Trank, der sie, sobald sie davon trinkt, in einen so tiefen Schlaf versetzen wird, daß diejenigen, die sie finden, denken werden, sie sei tot. Sobald Julia als tot angesehen und in den Sarg gelegt wird, wird der Pater Romeo zu ihr führen. Dann wird alles in Ordnung sein.

Doch die tragische Liebe zieht das Unheil an und scheint gerade dadurch ihre ganze Kraft zu entwickeln. Obwohl bereits zwei Menschen gestorben sind, bleiben die Augen dieser »unter einem schlechten Stern« stehenden Liebenden verschlossen. Die tragische Liebe sucht die Verborgenheit. Sie kann mit anderen nicht geteilt werden. Wirkliche Liebe besitzt die Freiheit, andere an der Freude der Liebenden teilhaben zu lassen. Wirkliche Liebe ist gebende Liebe; sie segnet alle, die mit ihr in Berührung kommen.

Die tragische Liebe ist unverantwortlich; sie sucht den einfachen Ausweg. Romeo übernimmt die Verantwortung für den Tod Tybalts nicht. Er läuft vielmehr davon. Julia übernimmt die Verantwortung für ihre Vermählung mit Romeo nicht. Sie belügt ihren Vater und will ihm nicht sagen, daß sie Paris nicht heiraten kann. Der einfache Ausweg aus diesem Schlamassel besteht darin, den »magischen Trank« zu nehmen. Wenn dessen Wirkung aufhört, wird alles wieder in Ordnung sein.

Die tragische Liebe betet Götzen an. Eine Romanze zwischen Mann und Frau kann so verzerrt sein, daß sie beinahe zur Anbetung wird. Wir suchen in der romantischen Liebe möglicherweise das Erlebnis eines verzehrenden Gefühls. Der einzige Ort, an dem der Mensch noch wagt, dieses alles verzehrende Gefühl zu suchen, ist die religiöse Ehrfurcht in der Gegenwart Gottes. Wir suchen in der romantischen Liebe ein Gefühl der Ganzheitlichkeit. Der einzige Ort, an dem wir noch wagen, diese Ganzheitlichkeit zu suchen, ist bei Gott, in der Beziehung zu Jesus. Solange wir »verliebt« sind, ist die Welt schön, voller Farbe, ein nie endender Frühling. Wenn wir nicht »verliebt« sind, ist die Welt wie ein kalter Februartag in Pittsburgh.

Warum wendet sich Romeo, als er zu Beginn des Stückes liebeskrank ist, an den Pater? Warum wendet sich Julia ebenfalls an den Pater, als ihre Beziehung zu Romeo in Gefahr ist? Es liegt daran, daß der Pater die Kirche symbolisiert, die Stellvertreterin Gottes.

Adam und Eva kannten vor dem Sündenfall echte religiöse Ehrfurcht. Weil ihre Beziehung zu Gott in Ordnung war, stimmte auch ihre Beziehung zueinander. Sie sahen einander so, wie sie wirklich waren, und projizierten nicht ihr idealisiertes Bild des vollkommenen Liebhabers aufeinander. Aus diesem Grund konnten sie Seite an Seite stehen, nackt und ohne sich vor Gott oder voreinander zu schämen. Erst nach dem Sündenfall empfanden Adam und Eva Scham und bedeckten ihre Blöße mit Feigenblättern. Als sie dies taten, setzten sie zum ersten Mal eine Maske auf, um ihr wahres Selbst zu verbergen.

Der Plan des Paters erreichte jedoch das Gegenteil. Da Romeo sich versteckt, kann der Pater ihn nicht davon unterrichten, daß Julia nicht tot ist, sondern sich nur in einem tiefen, durch Drogen verursachten Schlaf befindet. Nachdem Julia in ihren Sarg gebettet wurde, erfährt Romeo von Julias »Tod«. Da er glaubt, seine Liebe verloren zu haben, geht er in eine Apotheke, um sich Gift zu besorgen. Dann begibt er sich zu Julias Grab, um sich neben seiner Geliebten umzubringen.

Zu seiner Überraschung findet Romeo Paris am Grab, der gekommen ist, um Julias Tod zu betrauern. Die beiden Männer duellieren sich, und Romeo tötet Paris. Romeo öffnet das Grab und nimmt Paris mit hinein. Nachdem er den »toten« Leib Julias gefunden hat, küßt er sie ein letztes Mal, trinkt das Gift und stirbt.

Romeo begibt sich nicht zu Julias Grab, um zu trauern, sondern um sie auf dramatische Weise ein letztes Mal zu küssen und sich dann sein eigenes Leben zu nehmen. Er denkt nicht daran, wieviel Schmerz und Leid er seiner Familie und seinen Freunden durch seinen Selbstmord zufügt. Die tragische Liebe kümmert sich nicht um die Gefühle anderer.

Paris hingegen geht zu Julias Grab, um ihren Tod zu betrauern und sich von ihr zu verabschieden. Trauer ist die angemessene Antwort auf den Verlust wirklicher Liebe. Obwohl echte Trauer häufig mit Verzweiflung verbunden ist und derjenige, der eines geliebten Menschen beraubt wurde, sich fragt, wie er weiterleben kann, weiß er Besseres zu tun, als das Leid noch dadurch zu vermehren, daß er noch ein Leben auslöscht. Paris zeigt durch seine Trauer, daß er Julia auf rechte Weise geliebt hat. Romeo nimmt sich nicht die Zeit zu trauern.

Kurz darauf trifft der Pater, alt und langsam wie er ist, am Grab ein, nur um Romeo und Paris tot vorzufinden. Der magische Trunk, den er Julia gegeben hatte, verliert seine Wirkung, und sie erwacht. Der Pater versucht, sie zur Flucht zu überreden, als er hört, daß sich andere dem Grab nähern. Doch sie weigert sich zu gehen und gebietet dem Pater, sie allein zu lassen. Mit den toten Körpern von Romeo und Paris alleingelassen, gibt sie Romeo einen letzten Kuß, nimmt seinen Dolch und bringt sich um.

Auch Julia denkt nicht an Trauer; auch sie entscheidet sich für den Selbstmord. In manchen Produktionen benutzt sie dazu denselben Dolch, mit dem Romeo Paris getötet hat – dies gibt dem ganzen einen ironischen Zug. Die Liebe, die Paris für Julia empfindet, ist die einzige Liebe im ganzen Stück, die der Wirklichkeit nahekommt. Der Dolch wird zum Symbol dafür, was die tragische Liebe der wirklichen Liebe antut – sie tötet sie.

Die Familien von Romeo und Julia kommen zusammen mit dem Prinzen von Verona am Grab an. In ihrer Verzweiflung über das verlorene Leben versöhnen sich die beiden Familien, und das Stück endet mit den Worten:

*»For never was a story of more woe*
*Than this of Juliet and her Romeo.«*[98]

[»Denn niemals gab es ein so herbes Los
Wie Juliens und ihres Romeos.«]

5. Akt, 3. Szene

## Das idealisierte Bild der Frau

Wie Romeo durchlief auch ich eine Zeit, in der ich Frauen idealisierte. Nachdem ich meine Dozentenstelle an der *Wright State University* aufgegeben hatte, zog ich nach Milwaukee, um dort drei Jahre zu bleiben. In dieser Zeit arbeitete ich in einer christlichen Theatergruppe mit und lernte dort Melanie kennen. Melanie war und, so vermute ich, ist eine über die Maßen großartige Frau. Sie war voller Energie und Begeisterung und erinnerte mich an die Studentin, die in mir den ersten Funken normaler Sexualität entzündet hatte. Ich verliebte mich in sie. Melanie hingegen war nicht in mich verliebt.

Nachdem ich in mehreren Stücken mit ihr zusammengearbeitet hatte, wurden meine romantischen Gefühle für sie immer stärker. Das wäre in Ordnung gewesen, wenn sie diese Gefühle erwidert hätte. Aber sie machte sich sogar die Mühe, sich mit mir zu treffen und mir in aller Freundlichkeit zu sagen, daß sie kein Interesse an mir besaß, wofür ich ihr wirklich dankbar war. Nach diesem Treffen beschloß ich, sie nicht mehr zu verfolgen. Doch mein Herz hatte anderes im Sinn. Obwohl ich von meinem Verstand her wußte, daß es zwischen uns keine Hoffnung auf eine Beziehung gab, blieben meine Gefühle ihr gegenüber stark. Sie tauchte sogar häufig in meinen Träumen auf.

Zur selben Zeit wurden Leanne Payne und ich gute Freunde. Ich erzählte Leanne ein wenig von meinen Gefühlen für Melanie, und sie war erfreut darüber – bis ich ihr von meinen Träumen erzählte, in denen sowohl Melanie als auch sie selbst vorkamen. Aus dem Inhalt dieser Träume wurde ihr klar, daß sowohl Melanie als auch sie selbst für mich hochgradig idealisierte Personen waren. Ich war damals noch nicht so weit, daß ich verstehen konnte, was das bedeutete, doch aus den Gesprächen mit Leanne erkannte ich, daß Melanie und Leanne das Feminine in mir symbolisierten und ich diese Träume bildlich und nicht wörtlich verstehen mußte. Mit anderen Worten, ich träumte nicht wirklich von Melanie und Leanne; ich träumte von dem Teil meiner selbst, den sie repräsentierten.

Nachdem ich Leanne von einigen äußerst verwirrenden Träumen über Melanie erzählt hatte, sagte Leanne zu mir: »Mario, ich glaube, du hast in bezug auf Melanie ein konfuses Symbolverständnis.« Da ich nicht wirklich verstand, was »konfuses Symbolverständnis« bedeutete, nahm ich den Gedanken mit ins Gebet. Der Herr antwortete auf dieses Gebet, indem er mir durch zwei ärgerliche Zwischenfälle Erkenntnis darüber schenkte.

Der erste Zwischenfall ereignete sich bei einem Bankett, das für die Theatergruppe, in der Melanie und ich arbeiteten, gegeben wurde. Wir waren unabhängig voneinander eingeladen worden. Zusammen mit anderen Mitgliedern der Truppe saßen wir an einem langen, schmalen rechteckigen Tisch, und ich saß aufgrund der Sitzordnung Melanie gegenüber. Während des Dinners beugte sich mein Körper immer wieder zu Melanie hinüber, als würde er von ihr magisch angezogen. Plötzlich landete meine Krawatte in meinem Teller. Da ich mir der Situation bewußt war, stellte ich mich gegen den Drang meines Körpers, ihr nahe zu sein. Doch trotz meiner Anstrengungen beugte sich mein Körper auch weiterhin unkontrollierbar zu ihr hinüber. Ich wußte, wenn dies so weiterginge, würde mein Hemd genau wie meine Krawatte ins Essen tauchen. Schließlich war ich so verstört über meine Gefühle und mein Verhalten (und es war mir natürlich auch peinlich), daß ich mich entschuldigte und an einen anderen Tisch setzte.

Der zweite Zwischenfall war eine Verabredung mit einer jungen Frau, die ich Louise nennen möchte. Da es offensichtlich war, daß Melanie sich nicht mit mir verabreden wollte, versuchte ich, mein Interesse an anderen Frauen zu wecken. Ich dachte, daß mir das vielleicht helfen könnte, meine Gefühle für Melanie zu überwinden. Ich traf Louise in der Gemeinde. Sie war eine sehr reife und intelligente Christin – und auch sehr hübsch. Wir verbrachten Zeit miteinander und lernten einander kennen.

Eines Abends gingen Louise und ich zum Essen aus. Während des gesamten Abends war ich mit meinen Gedanken so sehr bei Melanie, daß ich aufpassen mußte, Louise nicht aus Versehen mit »Melanie« anzureden. Während des Essens erinnerten mich die femininen Eigenschaften, die ich an Louise entdeckte, an Melanie – ihr feiner Angorapulli, die Perlenkette an ihrem Hals, die Art, wie sich ihre Haare kräuselten, bevor sie ihre Schultern berührten, ihr hübsches Lächeln. Doch in Wirklichkeit sah Louise überhaupt nicht aus wie Melanie. Sie waren sogar äußerst unterschiedlich, von einer Ausnahme abgesehen – sie waren beide sehr feminin. Nach diesem Abend wußte ich, daß ich noch nicht soweit war, um eine Beziehung zu einer Frau einzugehen. So traf ich mich noch einmal zum Abendessen mit Louise, und wir beendeten die romantische Phase unserer Freundschaft im Frieden.

Nach diesen beiden Zwischenfällen verband ich diese mächtigen Gefühle für Melanie mit den neurotischen Empfindungen, die ich zuvor für junge Männer gehabt hatte, als ich noch homosexuell war. Nun wußte ich, daß mit mir etwas nicht stimmte. Ich erinnerte mich wieder an das, was Leanne mir über das konfuse Symbolverständnis gesagt hatte.

In meinem Herzen waren Femininität und Melanie unauflöslich miteinander verbunden. Melanie war der Maßstab, mit dessen Hilfe ich das Feminine in anderen Frauen und in mir selbst erkannte. Als Symbol in meinem Herzen war Melanie ein Schrein der Weiblichkeit, eine Huldigung an alles Feminine überhaupt. Wenn ich etwas Feminines sah, dachte ich sofort an Melanie. Während ich mit Louise zusammen war, projizierte ich auf sie unbewußt das Symbol, das mein Herz für Femininität besaß – Melanie.

Ich begegnete Melanie aus der unreifen Pose heraus, die meinem Bedürfnis entsprang, sie zu besitzen, sie zu haben. Sehr ähnlich meinen früheren kannibalistischen Zwangsvorstellungen gegenüber Männern besaß ich einen verzehrenden Hunger nach Melanie. Ich wollte von Melanie einen Teil meiner selbst nehmen, mit dem ich nicht in Berührung stand. Melanie symbolisierte für mich einen Teil meines Femininen, von dem ich abgeschnitten war und das ich mir zugänglich machen mußte.

Wie die unreife Liebe, die wir bei Romeo und Julia erkennen konnten, wanderten meine Gedanken über Melanie nur allzu schnell in Richtung Ehe. Doch ich hatte mir einige wichtige und notwendige Fragen noch nicht gestellt, wie z. B. die Frage: »Liebt sie mich?« Wie Romeo sah ich nie den Menschen aus Fleisch und Blut, der vor mir stand. Ich sah Melanie nur so, wie ich mein idealisiertes Bild der Frau auf sie projizierte. Melanie war meine Julia.

Als ich dies tief in meinem Herzen erkannte, wurde mir die Sünde bewußt, daß ich versuchte, mein Glück beim Geschöpf zu finden statt beim Schöpfer. Wie Romeo mit seiner Julia, so war Melanie in meinem Herzen ein »Schrein«. Daher mußte ich von meinem Götzendienst umkehren.

Ich bekannte diese Sünde noch in derselben Woche in meinem Hauskreis und kehrte davon um. Dann dienten mir die anderen Teilnehmer des Kreises, indem sie mir die Hände auflegten und für mich beteten, daß Gott mir die Sünde vergeben und mir Heilung schenken möge. Nachdem ich die

Vergebung Gottes empfangen hatte, drückte ich Jesus ganz spontan meine Liebe zu ihm aus. Da nun meine ganze religiöse Ehrfurcht ihm galt und nicht mehr in einem unbewußten Götzendienst auf die Frau gerichtet war, war ich um so mehr dazu befreit, Jesus zu lieben und anzubeten.

Die wirkliche Gefahr, die Melanie und mir erspart blieb, und zwar vor allem, weil Melanie nicht auf meine Gefühle reagierte, war die Ehe. Hätte ich sie geheiratet, so wäre ich womöglich eines Morgens mit dem Gefühl aufgewacht, daß sie mein idealisiertes Bild von der Frau nicht erfüllt – das Bild vom vollkommenen romantischen Gegenüber. Dies widerfährt vielen Jungverheirateten. In den meisten Fällen bedeutet dies nicht, daß sie den verkehrten Partner geheiratet haben, sondern vielmehr, daß sie zu einer reiferen Form der Liebe finden müssen. In meinem Fall jedoch hätte meine »Liebe« zu Melanie leicht in Haß umschlagen können, wenn sich anstelle des schönen Gesichts der Ambivalenz gegenüber dem anderen Geschlecht plötzlich auch das häßliche zeigen würde.

## Das gefürchtete, verabscheute Gegenüber

In einem Winkel unseres Herzens mag das Bild von der Frau als einem Ideal herrschen, als jemanden, den man verehrt und anbetet (einen heiligen Schrein). In einem anderen Winkel unseres Herzens betrachten wir die Frau vielleicht als jemanden, vor dem man sich fürchten muß und den man verabscheut.

Kurz nachdem ich von Milwaukee weggezogen war, bot mir Leanne Payne liebevoll ihre Freundschaft und ihren seelsorgerlichen Rat an. Obwohl ich viele Menschen kenne, die diese Gelegenheit, mit Leanne zusammenzuarbeiten und von ihr zu lernen, begrüßt hätten, tat ich dies nicht. Ich verspürte vielmehr einen merkwürdigen Widerstand dagegen, Leanne zu nahe zu kommen, obwohl ich gleichzeitig auch echte Liebe für Leanne empfand.

Meine Gefühle ließen mich vor einer Annäherung zurückschrecken. Ohne es zu wissen, empfand ich auch für Leanne eine Ambivalenz gegenüber dem anderen Geschlecht. Doch statt sie als mein idealisiertes Bild vom anderen Geschlecht anzusehen, betrachtete ich sie sowohl als etwas Idealisiertes wie auch als etwas Minderwertiges. Etwas in mir sah Leanne auch als das gefürchtete und verabscheute Gegenüber an.

Zunächst rationalisierte ich diese ambivalenten Gefühle weg, indem ich negativen Gedanken über Leanne nachging. Im Grunde gab ich ihr die

Schuld für die Ambivalenz und dachte, diese Gefühle seien irgendwie ihr Fehler.

Tatsächlich empfand ich echte Liebe für Leanne und war dankbar für alles, was sie für mich getan hatte. Ihre Bücher erfüllten mich mit tiefer Dankbarkeit für ihr fürsorgliches und verständnisvolles Herz. Zudem hatte Gott *The Broken Image* dazu benutzt, um mich wieder zu sich zurückzubringen. Schon allein aus diesem Grund war ich ihr dankbar. Wenn ich jedoch mit Leanne zusammen war, konnte ich ihr nie höflich dafür danken, wie Gott durch sie in meinem Leben gehandelt hatte. Es fiel mir schwer, ihr in die Augen zu sehen und noch viel schwerer, ihr ein Wort des Dankes zu sagen.

Mehrmals hatte mich Leanne schon zu einem Essen und zum Miteinander mit anderen Christen zu sich nach Hause eingeladen. Wir erzählten einander, was der Herr in unserem Leben tat. Nie gab sie sich herablassend, um als reifer Christ auf mich in all meiner Unreife herunterzublicken. Sie achtete mich stets als Person und als Mitchrist. Wenn ich von meinen Kämpfen berichtete, bot mir Leanne oft an, für mich zu beten. Häufig rief ich sie an und bat um ihr Gebet. Während dieser Gebetszeiten empfand ich selten, daß etwas geschah (manchmal war ich in meinen Gedanken viel zu sehr mit meiner Ambivalenz gegenüber Leanne beschäftigt). Doch einige Stunden nach diesen Gebetszeiten spürte ich ein starkes Wirken des Heiligen Geistes und die Heilung setzte ein.

Ein Grund, warum es mir schwer fiel, von Leanne zu empfangen, lag daran, daß ich ihr nichts schuldig sein wollte. Doch nachdem ich ihre Bücher gelesen und ihre Freundschaft genossen hatte, wußte ich, daß sie einer der wenigen Christen war, die mir wirklich helfen konnten. Also zwang ich mich dazu, von ihr zu empfangen, auch wenn es mir absolut nicht wohl dabei war.

Später las ich Walter Trobischs Buch *All a Man Can Be* [»Alles, was ein Mann sein kann«] und erkannte den Grund dafür. Das Buch besteht aus drei Teilen: dem Leiden, das Männern eigen ist; wie Männer auf Leiden reagieren und wie Männer von ihrem Leiden erlöst werden. Über das Leiden unsicherer Männer schreibt er:

> *»Der Mann, der stolze Eroberer, die großartige Figur muß, wenn es um die bloßen Tatsachen geht, zugeben, daß er von der Frau abhängig ist. Vom Beginn seines Lebens an war er der Empfangende – und die Frau war die Gebende.*

*Es ist überall auf der Welt dieselbe Geschichte. Der Empfangende fühlt sich unterlegen und von dem bedrückt, der gibt.«*[100]

Nach Trobisch befindet sich der Mann in dieser Verfassung, bis er all diese Gefühle in das erlösende Licht Christi stellt und umkehrt. Wir Männer müssen nicht nur die Notwendigkeit eingestehen, daß wir von der Frau empfangen, sondern um ganzheitliche Männer zu sein, müssen wir auch die Demut finden, dort, wo es nötig ist, um Hilfe zu bitten. Trobisch fährt fort:

*»Ein erlöster Mann ist einer, der keine Angst hat, nach Wegweisung zu fragen. Auf diese Weise geht er anderen voran. Nur wer selbst geführt wird, kann andere führen.«*[101]

Gegen Ende meines ersten Jahres in Milwaukee besuchte ich eine Konferenz, bei der Leanne zu den Hauptreferenten zählte. Während dieser Konferenz traf sich Leanne im Privaten mit mir und konfrontierte mich auf liebevolle Weise mit der Ambivalenz gegenüber dem anderen Geschlecht, die ich ihr gegenüber empfand. Weil diese sich jedoch noch auf einer unbewußten Ebene befand, sagte ich ihr, ich sei mir keiner Ambivalenz bewußt.

Es ist an dieser Stelle wichtig zu unterstreichen, daß viele Menschen sich oft nicht bewußt sind, was sie tun, weil die Projektionen der Ambivalenz gegenüber dem anderen Geschlecht ihrem Wesen nach unbewußt sind. Aus diesem Grund muß zum rechten Zeitpunkt eine Konfrontation damit stattfinden. Sie sollte durch einen Menschen geschehen, dem der Betreffende vertraut und den er respektiert. Bis dahin hatten Leannes seelsorgerlicher Rat und ihre Gebete in meinem Leben gute Frucht hervorgebracht, daher brachte ich ihre Worte im Gebet vor den Herrn. Außerdem wußte ich, daß sie mich liebte und daß das, was sie mir gesagt hatte, wahr sein könnte.

Ich kehrte zu meinem Platz zurück und wartete darauf, daß Leanne ihr nächstes Referat begann. Still betete ich zum Herrn Jesus und hielt ihm Leannes Art hin, mich – liebevoll – zu konfrontieren. Dann ging Leanne zum Podium und begann ihren Vortrag. Während sie sprach, bewegte sie wie immer ihre Hände, aber zum ersten Mal bemerkte ich, daß sie Nagellack trug. Ich beobachtete, wie diese roten Fingernägel bei jeder ihrer Gesten durch die Luft wirbelten wie kleine Flammen am Ende eines Stocks. Ich begann, unruhig zu werden. Ich dachte bei mir, Leanne sieht mit ihren roten Fingernägeln da oben ein bißchen aus wie eine Hexe. Meine Gedanken rasten mit mir davon. Oh Herr, vielleicht ist sie wirklich eine Hexe, die sich verstellt hat. Vielleicht bin ich in eine Sekte hineingeraten. Plötzlich empfand ich gegenüber Leanne sowohl Angst als auch Verachtung.

Über meine Gedanken zutiefst erschreckt, konzentrierte ich mich wieder auf den Vortrag. In diesem Augenblick sagte Leanne: »Manchmal, wenn ich es mit einem Mann zu tun habe, der von einer geschlechtlichen Verwirrung geheilt wird, muß ich nur roten Nagellack auflegen und schon habe ich seine Ambivalenz gegenüber dem anderen Geschlecht geweckt.«

Nun, genau das geschah bei mir in diesem Augenblick. Genauso wie die femininen Qualitäten bei Melanie in mir Gedanken und Gefühle hervorriefen, die mit meinem idealisierten Bild der Frau zusammenhingen, so rief Leanne in diesem Augenblick in mir das extreme Gegenteil dieser Gedanken und Gefühle wach. Ihre lackierten Fingernägel riefen mein gefürchtetes und verachtetes Bild der Frau ins Bewußtsein. Dieses konfuse Symbolverständnis manifestierte sich zunächst in einer allgemeinen Ambivalenz gegenüber Leanne, wurde durch mein Gefühl der Unbehaglichkeit angesichts der roten Fingernägel in Wallung gebracht und fand schließlich seinen Höhepunkt darin, daß ich das gefürchtete und verachtete Bild der Frau als Hexe in meinem Herzen auf sie projizierte.

Rote Fingernägel rufen bei vielen Männern das Bild der weiblichen Verführerin wach, der Hexe, der Frau, die den Mann durch Manipulation kontrolliert. Den meisten Männern wird dies nicht bewußt. Hätte Leanne mich nicht gerade erst damit konfrontiert, und hätte ich nicht Jesus gebeten, mein Herz zu prüfen, so hätte ich von dieser Versammlung an vielleicht einer Lüge über Leanne geglaubt und wäre einer gewaltigen Täuschung über den Zustand meines eigenen Herzens erlegen.

Wenn ich zurückschaue, dann habe ich Leanne – emotional gesehen – so behandelt wie die Menschen damals Jeanne d'Arc. Im einen Augenblick sah ich in Leanne eine »Heilige«, eine Frau, die Gott gehorsam war; im nächsten Augenblick sah ich sie als »Hexe« und verbrannte sie mit meinen ambivalenten Gedanken auf dem Scheiterhaufen.

Jeanne d'Arc ist ein trauriges Beispiel dafür, was Frauen durch die ganze Geschichte hindurch erlebt haben. In der Geschichtsschreibung finden wir unverhältnismäßig viele Frauen, die als Hexen verbrannt wurden, im Vergleich zur Zahl der Männer, die als Hexer (oder Zauberer) verbrannt wurden. Das soll nicht heißen, daß es keine wirklichen Hexen gibt oder daß Frauen in ihrer Zerbrochenheit nicht mit dem Problem der Kontrolle zu tun hätten. Doch die christliche Antwort auf eine wirkliche Hexe besteht darin, sie zum Kreuz zu führen und nicht darin, sie auf dem Scheiterhaufen zu verbrennen.

Selbst in der heutigen Kirche werden sehr begabte, dominierende oder manipulative Frauen häufig beschuldigt, einen Geist der Hexerei zu haben. Was viele nicht verstehen, ist, daß eine Frau oft nur als Folge ihrer Beziehung zu einem passiven Mann dominierend oder manipulativ wird. Für die verheiratete Frau ist dies vielleicht die einzige Verteidigungsmöglichkeit, um die Familie zusammenzuhalten, und die einzige ihr bekannte Art, um ihren Mann dazu zu motivieren, für ihre Kinder zu sorgen. Man könnte das Problem genauso gutgeistlich interpretieren, indem man den Mann beschuldigt, den Geist eines Schwächlings zu haben.

Ich habe gehört, wie Pfarrer über bestimmte Frauen gesagt haben: »Sie hat den Geist Isebels« oder: »Sie hat einen Hexengeist.« Ich habe sogar einen Bericht über eine Frau erhalten, die gegen die Wand gedrängt wurde, als ambivalente Männer auf der Hexenjagd bei ihr einen Geist Isebels auszutreiben versuchten. Aber ich habe nie gehört, daß man einem kontrollierenden oder manipulativen Mann vorgeworfen hätte, er habe den Geist Ahabs (der ebenso böse Ehemann Isebels im Alten Testament) oder den Geist von Simon, dem Zauberer. Ich glaube, daß diese Männer, die ihre Zeit damit verbringen, den Geist Isebels zu benennen, unter der Ambivalenz gegenüber dem anderen Geschlecht leiden. So gesehen handeln sie dann nicht aufgrund der Gabe zur Unterscheidung der Geister, sondern vielmehr aus einer übertriebenen Dämonenfurcht heraus, die sich auf ungute Weise mit der Ambivalenz gegenüber dem anderen Geschlecht verbunden hat.

Ambivalenz, ob sie nun gegen das eigene oder gegen das andere Geschlecht gerichtet ist, hängt mit etwas zusammen, das die Psychologen »Übertragung« nennen. Übertragung bedeutet, daß wir auf jemanden in der Gegenwart eine Beziehungsdynamik projizieren, die mit Menschen aus unserer Vergangenheit zu tun hat. Es gibt positive Übertragungen wie das idealisierte Bild der Frau in der Ambivalenz gegenüber dem anderen Geschlecht. Es gibt aber auch negative Übertragungen wie das gefürchtete und verabscheute Frauenbild der Ambivalenz gegenüber dem anderen Geschlecht. Um zur Heilung zu finden müssen wir uns den Übertragungen offen stellen und uns Einsicht in ihren Ursprung schenken lassen. Doch oft widerstrebt uns solche Einsicht. Dieses Widerstreben ist vielleicht sogar dann am stärksten, wenn die Übertragung am offensichtlichsten ist. Wie wir bei dem Fernsehprediger gesehen haben, lehnte er die Hilfe ab, die ihm von seiner Kirche angeboten wurde, nachdem seine Sünde öffentlich bekannt wurde und er sie offen eingestand.

Der Stolz nährt den Widerstand und hält uns davon ab, unseren Sünden und Fehlern ins Auge zu sehen. Dann kommt es oft zur Selbsttäuschung. Dick Keyes schreibt:

*»Öfter, als wir zugeben möchten, bewältigen wir bedrohliche Situationen und persönliche Schuld durch Selbsttäuschung. Unehrlichkeit geschieht so natürlich wie der Reflex, durch den wir das Auge schließen oder die Hand vors Gesicht halten, um uns zu schützen.«*[102]

Wenn wir uns selbst täuschen, indem wir glauben, die Probleme unserer Seele existierten nicht, dann geben wir im allgemeinen anderen die Schuld. Wenn wir jemanden gefunden haben, dem wir die Schuld zuschieben können, dann wird unser Problem auf die andere Person umgelenkt. So ist es auch bei einem Mann mit einer Ambivalenz gegenüber dem anderen Geschlecht, der sich weigert, sein Problem zu erkennen. Er versteht sein konfuses Symbolverständnis über die Frau wörtlich und betrachtet sie als jemanden, den es zu fürchten und zu verabscheuen gilt. Indem er diese Verzerrung auf eine wirkliche Frau projiziert, täuscht er sich und andere mit der Annahme, sie sei eine Hexe oder besäße den Geist Isebels.

## Die Frau meiner Träume

Sprachliche Bilder in der Literatur ersetzen in der Regel eine Sache durch eine andere. Ein sprachliches Bild besitzt entweder eine wörtliche oder eine übertragene Bedeutung. Die Personen, die in unseren Träumen auftauchen, können entweder wörtlich oder bildlich zu verstehende Darstellungen von etwas sein, das Teil unserer selbst ist. Als ich dies erst einmal verstanden hatte, bat ich Gott um eine Auslegung meiner Träume.

Meine Träume über Melanie und Leanne offenbarten tatsächlich Stellen meines Herzens, die Heilung benötigten. Im Zuhause meiner Kindheit hatte ich die Frau nur im negativen Licht der erniedrigenden Unterordnung beobachtet. Es war symptomatisch für meine Zerbrochenheit, daß mein Herz nach dem wahrhaft Femininen suchte, nach der wahren Frau. In meiner Zerbrochenheit schrie das Feminine in mir danach, sich ausdrücken zu können, es wollte seinen Sinn erkennen. Mein Herz sehnte sich nach Bildern ganzheitlicher Frauen. Diese Sehnsucht übertrug sich auf meine Träume. Leanne und Melanie repräsentierten das wahrhaft Feminine in mir.

Leanne, als Autorin, Referentin und als jemand, die im Namen Jesu diente, symbolisierte für mich das Feminine in seiner von Gott geschenkten kreativen Begabung. In ihrem Leben mit Christus und in ihrem fachlichen Können als Seelsorgerin sah ich in Leanne die christliche Reife, zu der Gott mich gerade hinführen wollte. Je mehr ich mit ihr zusammen war, um so mehr rief sie in mir die geheilten wie die ungeheilten Dimensionen des Femininen wach. Melanie repräsentierte das Feminine, so wie es in mir hätte sein sollen – lebendig, frei, Gott zu antworten und voller Freude. Gerade, als ich mir der Andersartigkeit der Frau bewußt wurde, lernte ich Melanie kennen. Sie repräsentierte für mich auch die wirkliche Frau – den richtigen Partner für den wirklichen Mann. In ihrer Gegenwart schien es mir oft so, als würde all die echte Maskulinität in mir hervorbrechen wie ein junger Hirsch, der auf einer Wiese herumspringt. So wie der unreife Romeo seine Seele in Julia erblickte, so erblickte ich die meine in Melanie.

Wenn wir keine Heilung unserer Ambivalenz gegenüber dem anderen Geschlecht und gegenüber dem konfusen Symbolverständnis in unserem Herzen erfahren, bindet uns häufig die Sünde des Neids. In meiner Zerbrochenheit beneidete ich Leanne um ihre Gaben als Schriftstellerin und in ihrem Dienst. Auch Melanie beneidete ich um die Freiheit ihres Geistes, von der ich glaubte, sie bleibe Männern unzugänglich. Wäre ich davon nicht umgekehrt, so hätte ich niemals eine Frau auf rechte Weise lieben können, niemals ihre Gaben schätzen gelernt und nie etwas von dem Guten besitzen können, worum ich zuvor Leanne und Melanie beneidet hatte. Ohne Heilung hätte ich das Feminine in mir immer auf Frauen projiziert, wäre unfähig gewesen, gesunde Beziehungen zu Frauen aufzubauen und wäre vielem in meiner eigenen Seele entfremdet geblieben.

## Wenn ein Mann seine Seele auf die Frau projiziert

Die Seele (ein Wort, das in modernen Bibelübersetzungen nur noch selten verwendet wird) ist kein Teil der menschlichen Natur, sondern kennzeichnet diese vielmehr in ihrer Gesamtheit. Das Wort für Seele besitzt im Hebräischen (*nepheth*) wie im Griechischen (*psyche*) grammatikalisch das feminine Geschlecht. Die Seele eines jeden Menschen ist feminin; es ist die Seele des Menschen, die auf Gott (das Maskuline) antwortet (als das Feminine). Über unsere feminine Beziehung zu unserem maskulinen Gott schreibt Donald Bloesch:

> *»Gott ist kein Mann, aber meist begegnet er uns als maskulin. Jahweh besitzt, im Gegensatz zu den Göttern und Göttinnen der heidnischen Religionen, keine Gemahlin. Wir, die Kirche, sind seine Gemahlin, und das bedeutet, daß die Kirche die feminine Dimension des Heiligen darstellt. Israel wird im Alten Testament als die Frau Jahwehs (vgl. Jes*

*54,5; Hos 2,2.7.16) und als die Tochter Zions (vgl. Jes 16,1; 62,11; Jer 6,2.23; Klgl 1,6; 2,18) dargestellt. Im Neuen Testament wird die Kirche als die Braut Christi beschrieben.«*[103]

Kevin, dessen Geschichte am Anfang dieses Kapitels stand, und ich hatten eines gemeinsam – wir waren der Frau und dem Femininen in uns selbst entfremdet. Als Folge davon waren wir Aspekten unserer Seelen entfremdet. Sie werden sich daran erinnern, daß Romeo Julia als seine »Seele« bezeichnete. Über die feminine Natur der Seele schreibt Ruth Tiffany Barnhouse:

*»Es ist kein Zufall, daß sowohl in individuellen Träumen als auch in Mythen (den Träumen eines Volkes) immer feminine Gestalten gewählt werden, um die Seele zu repräsentieren. Die heutigen feministischen Autoren sind häufig wütend über einige der mittelalterlichen Debatten, ob die Frau nun eine Seele besitzt oder nicht; männliche Theologen empfinden die damaligen Diskussionen als peinlich. Was dabei vergessen wird, ist die Tatsache, daß einer der wichtigsten Gründe dafür, warum man meinte, die Frau könne keine Seele besitzen, darin bestand, daß die Frau Seele ist.«*[104]

Karl Stern zeichnet in seinem Buch *The Flight from Woman* eine geschichtliche Chronik über die Flucht des Mannes vor dem Femininen auf. Als Folge davon haben wir Männer nicht nur das Gute der femininen Eigenschaften verloren, das in jedem Menschen existiert, sondern wir haben auch den Kontakt zu unserer eigenen Seele verloren. Im Kontext der christlichen Ehe höre ich Männer häufig sagen: »Meine Frau ist diejenige, die im Gebet von Gott Worte empfängt; ich empfange meine Wegweisung immer aus der Schrift« (d. h. durch rationale Analyse der Bibel, die für ein gesundes Christenleben notwendig ist, aber nicht unsere einzige Art sein sollte, Gott zu begegnen). Diese Männer denken allesamt, Frauen seien primär intuitiv und Männer primär rational. Obwohl die feminine Weisheit intuitive Aspekte beinhaltet, genauso wie maskuline Weisheit rationale Aspekte umfaßt, wäre es falsch, wenn wir eine dieser Formen der Weisheit aufgrund unseres biologischen Geschlechts aufgeben würden.

Die Frauen in solchen Ehen stimmen ihren Männern häufig zu und sagen auf diese Weise ihrem Verstand ab, indem sie sich einfach seinem Denken »unterordnen«. Sie üben den maskulinen, analytischen Teil ihres Verstandes nicht aus, genauso wie ihre Männer den femininen, intuitiven Teil ihres eigenen Verstandes nicht nutzen. Leanne Payne schreibt:

*»Wir können nicht das feminine Prinzip verlieren, ohne dabei auch das Männliche zu schwächen und schließlich ganz zu verlieren. Wir können nicht das Gute des maskulinen, logischen Verstandes behalten ohne die feminine, intuitive Vernunft und das Herz. All die kostbaren und farbenfrohen Stränge der Wirklichkeit sind auf wunderbare Weise miteinander verwoben. Einen Strang aufzugeben bedeutet, den Gesamtrahmen unseres Lebens aufzulösen und zu gefährden.«*[105]

Wenn Männer, die ihrer femininen Seite entfremdet sind, zu mir kommen, um Hilfe zu finden, so berichten sie häufig mit großem Bedauern, wie wenig einladend ihr Gebetsleben ist. Da sie nur mit dem maskulinen Verstandesdenken in Berührung stehen, bestehen unter Umständen die Gebete eines solchen Mannes nur aus einer Aneinanderreihung trocken-rationaler Aussagen über Gott. Im Gebet übernimmt ein solcher Mann meist das Reden und wartet selten auf eine Antwort (das Feminine), um von Gott das Wort zu empfangen, das dieser ihm schenkt. Abgetrennt von den femininen Eigenschaften, die in ihm schlummern, wird ein solcher Mann seine feminine Seite auf seine Frau projizieren und von ihr erwarten, daß sie diesen Teil ihrer gemeinsamen Beziehung zu Gott trägt, den eigentlich er selbst auch erfahren sollte. Wenn ein Mann mit der Frau nicht auf rechte Weise in Beziehung treten kann, so wird er auch seiner eigenen Seele (dem Femininen in sich selbst) nicht recht begegnen können. Verzerrte Ansichten über die Frau, die in seinem Herzen sitzen, gehen mit Problemen in seiner Beziehung zu Gott einher.

Wenn ein Mann mit seiner Ambivalenz gegenüber dem anderen Geschlecht konfrontiert und diese durch das Gebet in das Licht der Wahrheit Gottes gestellt wird, so löst sich das zugrundeliegende konfuse Symbolverständnis auf. Die Erinnerungen an Sünden, die Frauen an ihm begangen haben oder die er an Frauen begangen hat, werden sein bewußtes Denken überfluten. Der Schmerz, nie eine rechte Beziehung zur eigenen Mutter gehabt zu haben, nie das Gefühl gehabt zu haben, in ihrer Liebe geborgen zu sein, wird zutage treten. Im Gebet am Kreuz kann dieser Mann die Übertretungen der Vergangenheit vergeben, Vergebung für seine Schuld gegenüber Frauen empfangen und von den Folgen einer Kindheit, in der seine Mutter niemals wirklich für ihn da war, geheilt werden. Er kann auch seine Sünden gegenüber Frauen bekennen. Auf diese Weise wird ein solcher Mann frei von den polarisierten Frauenbildern, die tief in seinem Herzen wohnen. Der extremste dieser Gegensätze ist – wie gesagt – der klassische Komplex von Jungfrau und Hure, doch die Ambivalenz gegenüber dem anderen Geschlecht kennt viele feine Abstufungen. Oft genügt es, wenn dieser Mann erkennt, daß sich seine Hoffnung auf die vollkommene, idealisierte Frau nicht erfüllen wird oder daß sein Bild von der gefürchteten und verabscheuten Frau sich niemals als wahr erweisen wird, damit dieser Mann Heilung erfährt.

Als ich Leanne und Melanie erst einmal richtig sehen konnte und nicht mehr die krankhaften Dimensionen des Femininen in mir auf sie projizierte, geschah etwas Bemerkenswertes. Mein Empfinden für mein eigenes Sein nahm sehr stark zu. Wenn wir durch die Liebe des Femininen (der Mutter) Gewißheit über unser eigenes Sein empfangen, dann folgt daraus, daß unser Empfinden für unser eigenes Sein an Tiefe gewinnt, wenn wir dem Femininen in uns selbst und in anderen auf rechte Weise begegnen. Statt einen Teil meiner selbst auf Frauen zu projizieren, fand ich zu einer Integration dieser »Dame Seele« in mir, und sie fand bei mir ein Zuhause.

## Die Integration des Femininen

Als meine Heilung von der Ambivalenz gegenüber dem anderen Geschlecht bereits deutlich begonnen hatte, entdeckte ich, daß mein Interesse an Frauen immer stärker von mir weg und nach außen gerichtet war. Zum ersten Mal in meinem Leben wollte ich Frauen gegenüber der Gebende und Segnende sein. Ein Mann, der sich in den Fängen der Ambivalenz gegenüber dem anderen Geschlecht befindet, kann der Frau nichts geben. Er betrachtet sie entweder als unnahbar und für ihn unerreichbar oder als jemanden, den man fürchten und kontrollieren muß, damit sie einem nicht aus den Fingern gleitet, oder als jemanden, den man ganz einfach meiden muß.

Nachdem ich nicht mehr an die alten verzerrten Bilder gebunden war, die mein Herz über Frauen besessen hatte, war ich nun frei, all die unterdrückten Emotionen, die ich Frauen gegenüber besaß, zu empfinden. Die meisten dieser Gefühle waren gut – mit einigen Ausnahmen. Während sich das konfuse Symbolverständnis meines Herzens klärte, überschwemmten all die unlogischen Haltungen, Emotionen und Verhaltensweisen, die aus diesen zerbrochenen Frauenbildern aufstiegen, mein Bewußtsein.

In meiner Beziehung zu meiner Mutter konnte ich nun die negativen Gefühle ihr gegenüber, die ich seit meiner Kindheit unterdrückt hatte, zutage treten lassen. Doch inzwischen wußte ich, daß ich sie nicht mit meinen Gefühlen vernichten oder diese Gefühle auf sie projizieren durfte, nur um ihr die Schuld dafür zu geben. Statt dessen brachte ich diese Erinnerungen ans Kreuz, indem ich ihr vergab oder für mich Vergebung erbat, so wie es nötig war.

Ich sah nun der Tatsache ins Auge, daß meine Mutter in den widrigen Umständen, die bei uns zu Hause vor allem durch das Verhalten meines Vaters herrschten, uns Kindern emotional nichts geben konnte, weil sie selbst emotional ausgelaugt war. Ich erkannte auch, daß ich eine negative Art der Bindung zu ihr eingegangen war, um sie vor meinem Vater zu schützen. Oft hatte sie mir Dinge anvertraut, die eine Mutter ihrem Sohn nicht erzählen sollte. Ich mußte die für einen erwachsenen Sohn gegenüber seiner Mutter angemessene Grenzen ziehen.

Um zu gesunden mußte ich meine Identität von der ihren loslösen. Dies wäre ganz natürlich geschehen, wenn mein Vater meine Identität als Mann bestätigt hätte und so zwischen mich und meine Mutter getreten wäre. Doch genau dies hatte er nicht getan. Außerdem war ich es gewöhnt, ständig für meine Mutter da zu sein – in einer Weise, wie dies Pflicht eines Mannes gegenüber seiner Frau entspricht. Schließlich mußte ich mein Bedürfnis aufgeben, sie zu schützen und sie der Fürsorge Jesu anbefehlen. Dies war für meine Mutter sehr schmerzhaft. Sie hatte das Gefühl, ich würde sie im Stich lassen. Doch dieser Schritt war für mein emotionales Wohlbefinden und für meine Reife als Mann notwendig.

Vor dem Herrn bewältigte ich meine Gefühle meiner Mutter gegenüber, die negativen wie die positiven. Im Gebet mit vertrauten Freunden wie Leanne und denen, die zu meinem Hauskreis gehörten, brach in mir langsam eine tiefere Liebe für meine Mutter hervor. Ich begann zu erkennen, auf wie vielerlei Weise sie mich beschenkt hatte, als ich noch ein Kind gewesen war. Nun, da ich ihr wirklich dankbar war, konnte ich ihr auch bedingungslos meine Liebe schenken.

In den darauffolgenden Jahren war ich mit einigen Frauen befreundet. Diese Beziehungen waren gesund und beruhten auf gegenseitiger Achtung, gemeinsamen Interessen und der Liebe zu Jesus. Nachdem eine dieser Beziehungen bereits einige Monate angedauert hatte, sagte meine Freundin zu mir: »Mario, manchmal, wenn wir miteinander reden, ist es, als würdest du eine Mauer hochziehen, und wir können nicht wirklich miteinander kommunizieren.« Da ich diese unsichtbare Mauer selbst schon gespürt hatte, wußte ich, daß es in meinem Herzen gegenüber Frauen noch etwas Unbewältigtes gab. Einige Jahre später zeigte mir Jesus, woraus diese Mauer bestand. Ein tiefes Gefühl, von der Frau verlassen worden zu sein, verhinderte, daß ich Frauen mit meinem ganzen Sein vertrauen konnte. Aus diesem Grund konnte ich mein Herz nie ganz öffnen, um mich einer Frau gegenüber in der Ehe zu verpflichten.

Diese Angst, eine Frau könne mich verlassen, wurzelte in der Trennung von meiner Mutter, als ich in meiner frühen Kindheit mehrere Monate im Krankenhaus war. Ich entwickelte eine kindliche Trennungsangst, die zu den genitalen Anspannungen führte, die sich später in meinem Leben als von der Angst getriebene Masturbationen äußerten. Auch kam es zu einem unbestimmten Gefühl der Verlassenheit.

Wieder einmal benutzte der Herr meine Beziehung zu Leanne Payne als Rahmen, in dem er dieses Beziehungsproblem zwischen mir und Frauen sichtbar machte und heilte. Nur sechs Jahre zuvor hatte sich meine Ambivalenz gegenüber dem anderen Geschlecht in einer Projektion auf Leanne gezeigt, und so geschah es nun auch bei dieser so lange verdrängten infantilen Angst, verlassen zu werden.

Zu diesem Zeitpunkt kannte ich Leanne schon fast acht Jahre. In diesen Jahren war zwischen uns eine vertrauensvolle Freundschaft gewachsen. Ursprünglich hatte ich Leanne als Seelsorgerin kontaktiert, um von ihr Hilfe zu erfahren. Danach war unsere Beziehung zu einer unkomplizierten Freundschaft herangewachsen. Mit der Zeit hatte sich diese Freundschaft vertieft, und Leanne wurde eine geistliche Mutter für mich. Außerdem hatte Gott mich berufen, bei *Pastoral Care Ministries* sehr eng mit ihr zusammenzuarbeiten, und sie betrachtete mich als einen Kollegen, dem sie vertraute.

Das Vertrauen, das in diesen acht Jahren zwischen uns gewachsen war, erwies sich als äußerst therapeutisch. Durch diese Beziehung baute der Herr in mir Vertrauensstrukturen wieder auf, die zuvor zerbrochen waren. Solche Vertrauensstrukturen entstehen normalerweise in der frühesten Kindheit. Doch da meine Mutter emotional an so schweren Entbehrungen litt und aufgrund des Traumas, das mein Vater mir durch den ständigen Mißbrauch zugefügt hatte, wie auch durch meine eigene Trennungsangst, hatte sich dieses normale Vertrauensverhältnis zwischen Mutter und Kind nie gebildet. Tatsächlich war Leanne die erste Frau, der ich völlig vertraute. Meine Fähigkeit, einer älteren, weiseren Frau wie Leanne zu vertrauen, machte es möglich, daß ich anderen Frauen zu vertrauen begann.

In der Terminologie der klassischen Psychologie beinhaltete meine Beziehung zu Leanne starke Elemente der Übertragung. Übertragung ist – wie wir schon gesehen haben – ein häufig auftretender, psychologischer Prozeß, bei dem Menschen, denen wir in der Vergangenheit begegnet sind, durch Menschen aus unserer Gegenwart ersetzt werden. Übertragungen geschehen tagtäglich innerhalb von Freundschaften, Arbeitsbeziehungen, christlicher Gemeinschaft und Ehen. Übertragungen geschehen oft im gemeindlichen Rahmen, wo die Bedingungen, emotional verwundeten Menschen zu dienen, besonders günstig sind.

Wenn die Gemeinde gesund ist, wird sie zu einer neuen Familie, in der wir zu Reife heranwachsen können. Paulus schreibt an Timotheus: »Einen älteren Mann sollst du nicht grob behandeln, sondern ihm zureden wie einem Vater. Mit jüngeren Männern rede wie mit Brüdern, mit älteren Frauen wie mit Müttern, mit jüngeren wie mit Schwestern, in aller Zurückhaltung« (1 Tim 5,1-2).

Manche Übertragungen sind stärker als andere, je nachdem, wie verletzt derjenige ist, der die Übertragung vollzieht. In meinem Fall führte meine emotionale Verletztheit dazu, daß ich Leanne unbewußt zu einem Mutterersatz machte.

Es gibt sowohl positive als auch negative Übertragungen. Zunächst sind alle Übertragungen positiv. Echte, positive Eigenschaften eines Menschen ermöglichen positive Übertragungen zwischen diesem Menschen und einer emotional verwundeten Person. Ursprünglich betrachtete ich Leanne in positiver Weise als äußerst liebevoll, freundlich, glaubensstark und freigebig. In der Tat sind dies wirkliche Tugenden, die sich in Leannes Charakter finden. Positive Übertragungen machen es einem emotional verletzten Menschen möglich, andern zu vertrauen. Aus diesem Grund versuchen viele Therapeuten, ihren Klienten ein Vorbild an bedingungsloser Annahme zu sein – sie suchen Mitgefühl und Respekt gegenüber ihrem Klienten, um eine Atmosphäre zu schaffen, in der positive Übertragungen geschehen können. Solche Übertragungen können sich in eine Idealisierung dessen verwandeln, auf den die Übertragung gerichtet ist. Auch dies geschah in meiner Beziehung zu Leanne, und die Idealisierung wurde auf rechte Art behandelt.

Positive Übertragungen werden fast immer zu negativen Übertragungen. Dies ist Teil des Heilungsprozesses. Dies geschah ursprünglich, als ich auf Leanne das verwirrte Bild der Frau als kontrollierend und verhexend projizierte, das sich in meinem Herzen befand. Während ich an dieser Verwirrung arbeitete, verbesserten sich meine Beziehungen zu Frauen im allgemeinen. Jahre später trat meine verdrängte Angst, verlassen zu werden, zutage. Dies konnte nur im Kontext einer vertrauensvollen Beziehung (einer positiven Übertragung) geschehen. Je mehr ich Leanne vertraute, um so verletzlicher wurde ich, wenn ich ihr von Verletzungen der Vergangenheit erzählte, und umso wahrscheinlicher wurde es, daß sich diese verdrängte Verlassenheit offenbarte.

Meine negativen Übertragungen in bezug auf die Angst, verlassen zu werden, trugen sich während mehrerer Heilungsdienste innerhalb eines

Zeitraums von einem Jahr zu. Dieser Heilungsdienst wuchs sehr schnell, und mit dem Wachstum kamen Konflikte. Im Zusammenhang mit diesen Konflikten kam es zwischen Leanne und mir zu mehreren Meinungsverschiedenheiten. Statt offen zu sagen, wo ich ihre Meinung nicht teilte, reagierte ich feindselig auf Leanne (Feindseligkeit findet sich bei negativen Übertragungen häufig). Zuerst unterdrückte ich meine feindseligen Reaktionen und meine Meinungsverschiedenheiten aus der Angst heraus, verlassen zu werden. Ich glaubte, sie würde nicht länger mein Freund sein, wenn sie wüßte, daß ich nicht ihrer Meinung war. Wenn ich zu Hause mit meinem Vater uneins war, dann hatte der Rest der Familie, meine Mutter eingeschlossen, mich immer im Stich gelassen, um Vater zu verteidigen.

Nach einem unserer Heilungsdienste brach meine verdrängte Feindseligkeit plötzlich hervor, als Leanne und ich eine unserer Meinungsverschiedenheiten diskutierten. Zu meiner Überraschung begegnete ich Leanne mit solcher Wut, daß ich sie ernsthaft verletzte. Da gab mir Leanne zu verstehen, daß ich gerade mitten in einer psychologischen Übertragung stecken würde, was ich damals nicht so ohne weiteres annehmen konnte.

Wenn Übertragungen ins Negative umschlagen, zeigt sich auch Widerstand (ein psychologischer Begriff). Der Widerstand dient mindestens drei neurotischen Zwecken. Erstens dient er dazu zu leugnen, daß die Übertragung ins Negative umgeschlagen ist. Meine ursprüngliche Verdrängung der Feindseligkeit war an sich auch ein Versuch, die negative Übertragung zu leugnen. Zudem war auch meine Unfähigkeit, die negative Übertragung ganz zu erkennen, nachdem sie erst einmal in der offenen Wut zutage getreten war, ein Teil dieser Verleugnung. Zweitens dient der Widerstand als Schutz dagegen, verdrängte Dinge aufzudecken. Der Widerstand diente mir dazu, die wichtige unbewältigte Frage des Verlassenwerdens und der damit verbundenen Wut zu unterdrücken. Drittens dient der Widerstand dazu, die Person zum Sündenbock zu machen, gegen den die Übertragung gerichtet ist. Zunächst glaubte ich, daß meine feindselige Reaktion auf Leanne teilweise berechtigt war. Wieder wende ich mich Dr. Gerard van den Aardwegs Kommentar über das Phänomen des Widerstandes zu:

> *»Wir können verstehen, was Freud gemeint hat, als er das Phänomen des Widerstandes diskutierte, das er bei der Behandlung vieler Neurotiker beobachtete und das bei ihm ›den tiefsten Eindruck‹ hinterließ; er bekam dadurch ›das Gefühl, daß hier eine Kraft am Wirken ist, die sich selbst mit allen ihr zur Verfügung stehenden Mitteln dagegen verteidigt, geheilt zu werden und die hartnäckig an Krankheit und Leiden festhält‹.«*[106]

Den Widerstand zu überwinden ist für die psychische Heilung zentral. Wenn ein Mensch, der psychische Heilung sucht, sich nicht durch den Widerstand hindurcharbeitet, so bleibt er in einem feindseligen Zustand negativer Übertragungen gefangen.

Nachdem ich von diesem Heilungsdienst nach Hause zurückgekehrt war, traten die Themen zutage, die dieser negativen Übertragung zugrunde lagen. Ich versuchte, die Verletzung zu klären, die ich Leanne durch meine Wut zugefügt hatte, und wir telefonierten mehrmals miteinander und schrieben uns mehrere Briefe. In einem ihrer Briefe drückte sie aus, warum sie verletzt war, und meinte, das Vertrauen, das zwischen uns geherrscht habe, sei nun zerbrochen. Ich verstand diese Aussage so, daß unsere Freundschaft zu Ende war. Dieses Mißverständnis war selbst schon wieder eine Projektion. Ich interpretierte Leannes Brief fälschlicherweise so, daß sie mich verlassen hatte. Weil sie eine geistliche Mutter für mich gewesen war und ich sie unbewußt an die Stelle meiner leiblichen Mutter gesetzt hatte, meinte ich, eine Mutterfigur zu verlieren. Dies zeigte den Verlust, den ich als Kleinkind erlebt hatte, als ich im Krankenhaus von meiner Mutter getrennt worden war.

Verdrängte Erinnerungen aus dieser Zeit wurden wach. Ein Kleinkind, das längere Zeit von seiner Mutter getrennt ist, nimmt ihre Abwesenheit als einen Verlust ähnlich dem des Todes wahr. Das Kind fühlt sich nicht nur verlassen und empfindet Trennungsangst; es erlebt auch tiefe Trauer. Die Erinnerung an diese lange Trennung von seiner Mutter zeigt sich eher in verdrängten Gefühlen als in erinnerten Bildern aus der Vergangenheit. Der vermeintliche Verlust meiner Freundschaft zu Leanne brachte in mir diese verdrängten Gefühle der Verlassenheit und der tiefen Trauer zutage.

Als diese mächtigen Gefühle auftraten, wußte ich nicht, was das war. Zunächst packte mich Angst. Mein Herz schlug so schnell, daß ich im Liegen beobachten konnte, wie sich meine Brust hob und senkte. Ich schlief nachts nur wenige Stunden. Da ich voller infantiler Angst war, erschrak ich sehr leicht. Das leiseste Geräusch ließ mich hochschrecken, als sei hinter mir eine Bombe hochgegangen. Eine tiefe Einsamkeit und innere Leere blieben meine einzigen Begleiter.

Seit ich aus der Verleugnung des Bösen im Leben meines Vater herausgefunden hatte, war ich keinem so intensiven Schmerz mehr ausgesetzt gewesen. Der einzige Unterschied bestand darin, daß der jetzige Schmerz unbarmherziger war und nicht aufhörte, nicht einmal für einen kurzen Augenblick. Ich hätte nicht gedacht, daß ein menschliches Wesen einen solch anhaltenden mentalen und emotionalen Schmerz ertragen könnte. Während ich schon zuvor mit emotionalem Leiden konfrontiert gewesen war, war ich mir diesmal nicht sicher, ob ich nicht verrückt werden würde.

Inmitten meines Schmerzes erinnerte mich der Herr an Elizabeth Goudges Roman »Das Erbe der Miss Lindsay«. Dies ist die Geschichte einer Frau namens Mary, die an einer schweren Depression leidet, die sie aber vor der Welt verbergen möchte. Eines Tages besucht sie ein anglikanischer Pfarrer. Er befragt Mary über ihre Depression: »Sie haben Angst?«

Sie antwortet: »Natürlich, schreckliche Angst.«

»Warum?« fragt er. »Wenn Sie Ihren Verstand verlieren, dann verlieren Sie ihn in Gottes Hand.«[23]

Dies war Marys geheime Angst, ihren Verstand zu verlieren. Sie hatte Angst, darüber zu sprechen, um es nicht herbeizubeschwören.

Jung hat gesagt: »Die Neurose ist immer ein Ersatz für legitimes Leiden.« In den vergangenen acht Jahren meiner homosexuellen Schutzmechanismen der Ambivalenz gegenüber dem gleichen Geschlecht hatte sich die Ambivalenz gegenüber dem anderen Geschlecht und das damit verbundene konfuse Symbolverständnis herausgelöst. Die homosexuelle Neurose war nicht mehr intakt genug, als daß ich anstelle eines legitimen Leids darauf hätte zurückgreifen können. Ich mußte einfach leiden und mich meiner tiefsten, geheimsten Angst stellen. Solche Ängste nennen manche Psychoanalytiker »pathogene Geheimnisse«. Manchmal erheben sie sich, um dann wieder in einem Meer von Abwehrmechanismen zu versinken.

Wie im Falle von Mary in »Das Erbe der Miss Lindsay« bestand mein pathogenes Geheimnis in der Angst, meinen Verstand zu verlieren. Der anglikanische Pfarrer sagt schließlich zu Mary:

> *»Mein liebes Fräulein. Ihr Gott, die Liebe, ist eine Dreieinigkeit, es gibt drei notwendige Gebete, und jedes besteht nur aus wenigen Worten. Das sind sie: ›Herr, hab Erbarmen.‹ ›Ich bete dich an.‹ ›In deine Hände empfehle ich meinen Geist.‹ Wenn Sie in Zeiten der Betrübnis sich an diese halten, dann werden Sie nicht zu Schaden kommen.«*[107]

Nach zwei Wochen endloser Angst und wenig Schlaf stellte ich mich dieser pathogenen geheimen Angst, aufgrund des Schmerzes der Verlassenheit meinen Verstand zu verlieren. Ich lag auf meinem Bett und mein Kopf baumelte über den Matratzenrand hinaus, während ich zu Jesus betete: »Jetzt ist es soweit, Herr. Ich bin dabei, meinen Verstand zu verlieren. Es fühlt sich an, als würde mein Kopf jeden Moment von meinem Körper abfallen. Ich denke, du wirst da sein, um ihn aufzufangen.« Dann erinnerte ich mich an die Gebete des Pfarrers und sprach sie aus: »Herr, hab Erbarmen. Ich bete dich an. In deine Hände empfehle ich meinen Geist.« Während ich diese kurzen Gebete wiederholt aussprach, verließ mich allmählich die Angst, den Verstand zu verlieren. Dann sprach der Herr in mein Herz hinein und forderte mich auf, Phil anzurufen, einen meiner Gebetspartner.

An diesem Abend traf ich mich mit Phil zum Gebet. Ich erinnerte mich an eine Narbe an meinem rechten Fußgelenk, die durch ein Implantat zur intravenösen Ernährung während meines monatelangen Krankenhausaufenthaltes in meiner Kindheit zurückgeblieben war. Wir riefen den Namen Jesu an und ließen uns bewußt auf seine Gegenwart ein. Dann salbte Phil die Narbe an meinem Fuß mit geweihtem Öl. Sofort stieg eine Erinnerung in mir hoch. Ich sah einen Metallpfosten, an dessen oberem Ende sich ein nach oben geschwungener Haken befand. Mein rechter Fuß hing an diesem Haken, und ich konnte sehen, wie die intravenöse Leitung in meinem Fußgelenk verschwand. Ein Gurt an meinem Becken hielt mich fest, so daß ich mich nicht bewegen konnte. Ich war ganz allein. Dies war eine wirkliche Erinnerung an meine Verlassenheit im Krankenhaus.

Im weiteren Verlauf des Gebetes sah Phil ein kräftiges, unterirdisches Wurzelsystem, das sich um meine Wirbelsäule wand. Auch ich sah diese gewundene Wurzel und benannte sie als die Angst davor, verlassen zu werden. Als Phil für mich um Freisetzung von dieser Angst bat, begann sich meine ganze Wirbelsäule auf äußerst ungewöhnliche Weise zu bewegen. Ich spürte, wie mich eine dämonische Gegenwart verließ. Allmählich zog sich die Wurzel der Verlassenheit zurück und verschwand aus meinem Körper. Das dauerte einige Zeit. Nachdem die Wurzel verschwunden war, sah Phil, wie Jesus winzige, wie Haare aussehende Follikel entfernte, die Teil der Wurzel waren. Dann füllte Jesus jeden offenen Spalt mit seiner Liebe. Als nächstes vergab ich den verantwortlichen Medizinern, daß sie es meiner Mutter nicht gestattet hatten, mich während meines Krankenhausaufenthaltes zu besuchen. Auch bat ich den Herrn, mir meine Sünden gegenüber Leanne zu vergeben. Schließlich erkannte ich, daß die Wut, die ich auf sie hatte, eine verdrängte infantile Wut darüber war, verlassen worden zu sein.

In dieser Nacht schlief ich zum ersten Mal seit zwei Wochen wieder acht Stunden ohne Unterbrechung. Als ich am nächsten Morgen aufwachte, wußte ich, daß sich bei meiner Heilung ein entscheidender Schritt vollzogen hatte. Zum ersten Mal seit Wochen war ich geistig dazu in der Lage, meine morgendliche Zeit mit Gott zu halten. Mein Bibeltext schloß an diesem Tag unter anderem mit den Worten:

> »Richtet euren Sinn auf das Himmlische und nicht auf das Irdische! Denn ihr seid gestorben, und euer Leben ist mit Christus verborgen in Gott. ... Jetzt aber sollt ihr das alles ablegen: Zorn, Wut und Bosheit; auch Lästerungen und Zoten sollen nicht mehr über eure Lippen kommen. Belügt einander nicht; denn ihr habt den alten Menschen mit seinen Taten abgelegt und seid zu einem neuen Menschen geworden, der nach dem Bild seines Schöpfers erneuert wird, um ihn zu erkennen. ... Ihr seid von Gott geliebt, seid seine auserwählten Heiligen. Darum bekleidet euch mit aufrichtigem Erbarmen, mit Güte, Demut, Milde, Geduld! Ertragt euch gegenseitig, und vergebt einander, wenn einer dem andern etwas vorzuwerfen hat. Wie der Herr euch vergeben hat, so vergebt auch ihr! Vor allem aber liebt einander, denn die Liebe ist das Band, das alles zusammenhält und vollkommen macht«
> (Kol 3,2-3.8-10.12-14).

Ich zog Gottes Liebe und Demut an, schrieb Leanne und bat sie um Vergebung dafür, daß ich meine, von der Verlassenheit herrührende Wut auf sie übertragen hatte. Indem ich sie um Vergebung bat, durchbrach ich den Widerstand, der die negativen Übertragungen bewahrt hatte. Sie vergab mir gerne.

In den folgenden Jahren machte ich eine Therapie, um die Dynamik solcher Übertragungen besser verstehen zu können. Ich erkannte, daß meine positiven Übertragungen auf Leanne die Basis für das Vertrauen darstellten, auf der meine infantilen Erinnerungen der Verlassenheit – diesmal als negative Übertragung – ganz zutage treten konnten. Leanne ist für mich eine teure Freundin, Kollegin, Lehrerin und geistliche Mutter geblieben. Doch nun wird meine Beziehung zu ihr von mehr Reife gekennzeichnet und ist frei von negativen Übertragungen.

Sechs Jahre zuvor hatte meine erste Heilung von der Ambivalenz gegenüber dem anderen Geschlecht meine Beziehungen zu Frauen positiv verändert. Dies hatte mich fähig gemacht, Frauen auf rechte Weise zu lieben. Mit der Zeit offenbarte der Herr, daß meine Verwirrung bezüglich der Frau aus mehreren Schichten bestand. Zur rechten Zeit führte er mich zurück ins Leid und in die Verlassenheit, um mich noch tiefer zu heilen. Dies befreite mich um so mehr dazu, Frauen auf rechte Weise zu lieben.

Die Befreiung von dieser Verwirrung der Ambivalenz gegenüber dem anderen Geschlecht erreichte mich auf mindestens viererlei Weise. Erstens ließ ich mich bewußt auf die Gegenwart Gottes ein und gestattete es ihm, mein Herz nach Zerrbildern des anderen Geschlechts zu durchforschen.

Mehr als alles andere benötigte ich Geduld und Gnade, um all das, was aus meinem Herzen hochstieg, zu verarbeiten. Als eindeutig verzerrte Bilder, Gefühle und Gedanken über Frauen hochkamen, bat ich Gott, diese Verzerrungen wegzunehmen und sie durch gute und wirkliche Bilder des anderen Geschlechts zu ersetzen. Manchmal mußte ich in seiner Gegenwart einfach lange Zeit nur abwarten – Tage, Wochen, Monate –, bevor dies geschah.

Zweitens fand ich innerhalb des Leibes Christi zu rechten Beziehungen mit Frauen. Denken Sie an Martin Bubers Worte: »Alles wirkliche Leben ist Begegnung.« Wenn wir nicht bereit sind, Menschen zu begegnen und unsere Beziehungsprobleme aufzuarbeiten, werden wir niemals heil genug sein, um wirklich lieben zu können. Die christliche Gemeinschaft spielte die wichtigste Rolle bei der Veränderung der Bilder, die mein Herz über Frauen hatte. In der Kirche konnte ich emotional gesunde Männer und Frauen beobachten, die einander auf gute Art begegneten. Doch ich lernte auch zu erkennen, wo ihre Beziehungen nicht stimmten. Zunächst fiel es mir schwer, das normale Verhalten zwischen den Geschlechtern zu erkennen, weil ich nicht wußte, was das Normale war. Wenn ich Fragen hatte, stellte ich sie vertrauenswürdigen christlichen Freunden.

Drittens ging ich manchmal direkt auf Frauen zu und bat sie um Vergebung, wo ich sie verletzt hatte. Vor fünf Jahren kam es zu einer lebensverändernden Versöhnung zwischen mir und einer Frau namens Allison. Wir hatten uns angefreundet, als wir im Sommer 1980 beide in einem französischen Restaurant in Milwaukee arbeiteten. Kurz nachdem ich im Herbst 1981 nach Boston gezogen war, kam auch Allison nach Boston. In Boston teilten wir ein hübsches kleines Apartment und lebten etwa ein Jahr zusammen. In dieser Zeit entdeckten wir, daß wir sehr ähnliche Interessen besaßen. Unsere Beziehung nahm etwas von einer Ehe an, mit einer Ausnahme – wir kamen uns nie körperlich nahe. Es war sowohl für Allison als auch für mich sehr schmerzhaft zu sehen, daß das einzige, was eine romantische Beziehung zwischen uns verhinderte, meine Homosexualität war. Wir hatten mit dem Feuer einer Mann-Frau-Beziehung gespielt, doch statt uns im gegenseitigen Geben unsere Herzen zu wärmen, verbrannten wir beide bis aufs Herz. Sobald ich erkannte, was in unserer Beziehung geschah, suchte ich mir hastig ein neues Apartment und zog aus.

Nachdem ich einige Heilung von der Homosexualität empfangen hatte, zeigte mir der Herr, wie sehr ich an Allison gesündigt hatte. Ich hatte von ihr die normale Liebe, die eine Frau einem Mann entgegenbringt, genommen, ohne ihr wirkliche Liebe zurückzugeben. Außerdem hatte ich sie, ohne es zu wissen, in Gefahr gebracht, wenn ich manchmal für eine Nacht jemanden aus einer Schwulenbar mit zu mir brachte. Und als ich so schnell aus dem Apartment ausgezogen war, hatte ich ihr das Gefühl gegeben, abgelehnt zu sein.

Nun, Jahre danach, flog ich von einem Heilungsdienst nach Hause und hatte einen vierstündigen Zwischenstop in San Francisco. Als das Flugzeug landete, sprach der Herr zu meinem Herzen: »Ruf Allison an.« Ich hatte vergessen, daß Allison nach San Francisco gezogen war. Nachdem ich ihre Nummer im Telefonbuch nachgeschlagen hatte, rief ich sie an und fragte, ob wir uns treffen könnten. Sie versprach, zum Flughafen zu kommen, falls ihr Auto nicht streikte. Als sie am Flughafen ankam, erzählte sie mir, daß sie an diesem Abend schon einmal hatte wegfahren wollen, aber Probleme mit dem Wagen gehabt hätte und deshalb nach Hause zurückgekehrt war. Überraschenderweise funktionierte ihr Auto auf dem Weg zum Flughafen tadellos. (Es schien, als hätte der Herr unser Treffen arrangiert.) Während ich ihr erzählte, wie der Herr mich von der Homosexualität geheilt hatte, sagte ich ihr auch, wie schwer mein Herz wurde, als ich an die gemeinsame Zeit in Boston zurückdachte. Dann bekannte ich ihr meine Schuld ihr gegenüber und bat sie um Vergebung.

»Mario, jedesmal, wenn wir uns getroffen hatten, nachdem du bei mir ausgezogen warst, hatte ich das Gefühl, du wärst von einer Wolke von Schuldgefühlen eingehüllt. Natürlich vergebe ich dir«, antwortete sie.

»Danke Allison. Jetzt könnte ich in Frieden sterben.«

Viertens, als meine Beziehungen zu Frauen reifer wurden, lernte ich, unerwartete Beziehungen zu Frauen zu Ende zu denken. Die Worte aus dem Hohelied wurden mein Motto für romantische Beziehungen: »Stört die Liebe nicht auf, weckt sie nicht, bis es ihr selbst gefällt« (2,7). Um meiner selbst willen habe ich mir geschworen, die Heirat mit einer Frau nicht in Betracht zu ziehen, bevor ich nicht mindestens ein Jahr lang eine gesunde Freundschaft mit ihr gelebt habe.

Als ich Jesus als Jugendlicher zum ersten Mal begegnete, bot mir die Gemeinde keine Heilung von der Homosexualität an. Folglich fürchtete ich, daß die Dinge, die ich über das Evangelium Jesu glaubte, nicht wahr sein könnten. Obwohl ich vom Glauben abkam und mich auf den schwulen Lebensstil einließ, blieb Jesus mir treu. Er suchte mich. Er führte mich aus meiner Homosexualität heraus und führte mich zu liebevollen Christen, die wußten, wie sie mir in meinen sexuellen Problemen dienen konnten. Jesus prophezeite mir, daß ich ihm helfen würde, Homosexuelle von der Knechtschaft ihrer Sünde freizumachen. In den letzten zehn Jahren hat er mich benutzt, um Tausenden von Menschen zur Heilung und Freiheit von ihrer sexuellen Zerbrochenheit zu verhelfen. Heute weiß ich, daß alles, was ich jemals über die Güte Gottes und die Treue Jesu geglaubt hatte, wahr ist.

Jesus hat gesagt: »Ein neues Gebot gebe ich euch: Liebt einander! Wie ich euch geliebt habe, so sollt auch ihr einander lieben« (Joh 13,34). Auf meinem Weg von der Homosexualität zur Heterosexualität hat Gott mich gelehrt, recht zu lieben. Das Ziel des christlichen Lebens besteht darin, zu werden wie Jesus und zu lieben, wie er geliebt hat. Jesus wirkt sein Leben in uns hinein, indem er die Ordnung der Liebe widerherstellt.

Gott allein sei die Ehre.

# ANMERKUNGEN

## Kapitel 1

1 Bergner verwendet im Amerikanischen ab und zu das Wort *gay* für den männlichen Homosexuellen, was eine inzwischen in den allgemeinen Sprachgebrauch übergegangene Selbstbezeichnung dieser Gruppe darstellt. Die deutsche Entsprechung ist das Wort »schwul«, das von Homosexuellen inzwischen vehement als Selbstbezeichnung propagiert wird, so daß seine Verwendung hier trotz eines manchmal noch empfundenen abwertenden Beiklangs gerechtfertigt erscheint (Manfred Schmidt).

2 William Barclay. Matthäusevangelium. Band 1. Wuppertal, 1971. S. 55

## Kapitel 2

3 Hemfelt, Minirth, Meier. *Love Is a Choice.* Nashville, 1989. S. 57.

4 Dick Keyes. *Beyond Identity.* Ann Arbor, Mich., 1984. S. 69.

5 Deprivation: in der Psychologie Bezeichnung für Mangel, Verlust, Entzug von Erwünschtem. Die Deprivation elementarer Funktionen (z. B. Bewegungsmangel) und Bedürfnisse (z. B. Liebesentzug) kann zu Entwicklungsstörungen führen. (Meyers Neues Lexikon)

6 Baars, Terruwe. *Healing the Unaffirmed: Recognizing Deprivation Neurosis.* New York, 1972. S. 36.

7 ebd., S. 13.

8 paranoid: der Paranoia (System von Wahnvorstellungen) ähnlicher Geisteszustand mit mehr oder weniger stark auftretenden Wahnideen.

9 posttraumatisch: nach einer Verletzung auftretend (Duden).
*Diagnostic and Statistical Manual of Mental Disorders.* American Psychiatric Association, Washington, DC., 1987, S. 247.

10 Scott Peck. *Die Lügner.* München, 1990. S. 8.

11 Footer, Ronayne. *I Catherine – Selected Writings of Catherine of Siena.* London, 1980. S.43.

12 Leanne Payne. *Krise der Männlichkeit.* Neukirchen-Vluyn, 1991. S. 66-67.

13 Corrie ten Boom. *The Hiding Place.* Minneapolis, 1971. S. 215.

14 Gary R. Sweeten. Breaking Free from the Past. Cincinnati, 1980.

15 Gerard van den Aardweg. *Homosexuality and Hope.* Ann Arbor, Mich., 1985. S. 62.

16 Augustinus. *On Christian Doctrine.* New York, 1958, 1976. S. 54.

## Kapitel 3


17 Leanne Payne. *Krise der Männlichkeit.* S. 20-21.
18 Ruth Tiffany Barnhouse. *Homosexuality: A Symbolic Confusion.* New York, 1977. S. 76.
19 Leanne Payne. *Heilende Gegenwart.* Neukirchen-Vluyn, 1994. S. 141.
20 Ray S. Anderson. *On Being Human.* Grand Rapids, 1982. S. 110.
21 C. S. Lewis. *Perelandra.* New York, 1965. S. 200.
22 Donald Bloesch. *The Battle for the Trinity.* Ann Arbor, Mich., 1985. S. 32-33.
23 Donald Bloesch. *Is the Bible Sexist?* Wheaton, 1982. S. 66.
24 Paul Ricoeur, zitiert in: Donald Bloesch, *The Battle for the Trinity.* S. 37.
25 ebd., S. 39.
26 C. S. Lewis. *That Hideous Strength.* New York, 1962. S. 316.
27 Andrew Comiskey. *Unterwegs zur Ganzheitlichkeit.* Wiesbaden, 1993. S. 113.
28 Leanne Payne. *Krise der Männlichkeit.* S. 96-97.
29 C. S. Lewis, zitiert in: Leon Morris. *Testaments of Love.* Grand Rapids, 1981. S.114-115
30 Karl Stern. *The Flight from Woman.* New York, 1985. S. 32.
31 Leanne Payne. *Krise der Männlichkeit.* S. 88.
32 Karen L. Freiberg. *Human Development: A Life-Span Approach.* Monterey, Calif., 21983. S. 205.
33 Leon Morris. *Testaments of Love.* S. 118.
34 ebd., S. 120;
35 C. S. Lewis. *Was man Liebe nennt.* Basel/Gießen, 1990, S. 96.
36 Leanne Payne. *Heilende Gegenwart.* S. 142.


## Kapitel 4


37 Margery Williams. *The Velveteen Rabbit.* Garden City, N.Y., ohne Jahr. S. 17.
38 In dem hier und auch sonst öfter verwendeten englischen Begriff *wholeness* schwingen neben dem Aspekt der Ganzheit bzw. Ganzheitlichkeit auch noch die Aspekte von Heilsein und Integrität mit (Manfred Schmidt).
39 Leanne Payne. *Krise der Männlichkeit.* S. 21.
40 Leanne Payne. *The Broken Image.* Wheaton, 1981. S. 46-47.
41 Ruth Tiffany Barnhouse. *Homosexuality: A Symbolic Confusion.* New York, 1977. S. 52.
42 Zitiert in Jonathan Bloom-Feshbach. *The Psychology of Separation and Loss.* San Fransisco, 1987. S. 91.
43 ebd., S. 112.

44 David Benner. »The Incarnation as a Metaphor for Psychotherapy« in: *The Journal of Psychology and Theology.* 11, Nr. 4, 1983. S. 287-294.
45 Leanne Payne. *The Broken Image.* S. 59.
46 Josh Bancroft. *Human Sexuality and Its Problems.* New York, 21989. S. 129.
47 Melodie Beattie. *Codependent No More.* New York, 1987. S. 56-57.
48 David Shorewood. »A Discarded Son« in: *New York Times Magazine*, 9. Februar, 1986.
49 Frank Lake, *Clinical Theologie,* (gekürzt von Martin H. Yeomans) New York, Crossroad Publishing, 1987, S. 4

## Kapitel 5

50 Kallistos Ware. *The Orthodox Way.* Crestwood, N.Y., 1979. S. 28.
51 Donald Bloesch. *The Struggle of Prayer.* Colorado Springs, 1988. S. 36.
52 Justo L. Gonzales. *The Story of Christianity.* San Francisco, 1984. S. 84.
53 William Bauer. *A Greek-English Lexicon of the New Testament.* Chicago, 1979. S. 809.
54 Will Herbery (Hrsg.). *The Writings of Martin Buber.* New York, 1956. S. 46.
55 Cyril Richardson. »Irenaeus Against Heresies«. in: *Early Christian Fathers.* Philadelphia, 1970. S. 386.
56 ebd., S. 377.
57 Athanasius. *The Incarnation of the Word of God.* New York, 1947. S. 46.
58 Oswald Chambers. *Mein Äußerstes für sein Höchstes.* Bern, 1990, S. 322; Hervorhebung durch den Autor.
59 Henri Nouwen. *Behold the Beauty of the Lord.* Notre Dame, Ind., 1987. S. 22.
60 Emil Brunner. *The Word and the World.* New York, 1931. S. 73.
61 Donald Bloesch. *The Struggle of Prayer.* S. 6.
62 Bernhard W. Anderson. *Out of the Depths.* Philadelphia, 1983. S. 107.
63 Emil Brunner. *The Word and the World.* S. 72.
64 Oswald Chambers. *Mein Äußerstes für sein Höchstes.* S. 115.

## Kapitel 6

65 Kenneth Barker (Hrsg.) *The NIV Study Bible.* Grand Rapids, 1985. Anmerkung S. 403.
66 J. P. Chaplin (Hrsg.). *The Dictionary of Psychology.* New York, 21985. S. 22.
67 William G. Niederland. *The Schreiber Case: Psychoanalytic Profile of a Paranoid Personality.* New York, 1974. S. 25.
68 Frank Lake. *Clinical Theology.* S. 988.

69 Gerard van den Aardweg. *On the Origins and Treatment of Homosexuality: A Psychological Reinterpretation.* New York, 1986. S. 32.
70 Josh Bancroft. *Human Sexuality and Its Problems.* New York, 21989. S. 130.
71 Andrew Comiskey. *Arbeitsbuch Befreite Sexualität.* Wiesbaden, 1996. S. 47.
72 Ruth Tiffany Barnhouse. *Homosexuality: A Symbolic Confusion.* S. 52.
73 George C. Papademetriou. »Exorcism and the Greek Orthodox Church«. in: Nauman (Hrsg.). *Exorcism Through the Ages*. New York, 1974. S. 49-50.
74 ebd., S. 52.
75 ebd., S. 53.
76 ebd., S. 50.

## Kapitel 7

77 Leanne Payne. *Real Presence.* Wheaton, 1979. S. 83-84.
78 Margaret J. Rinck. *Christian Men Who Hate Women*. Grand Rapids, 1990. S. 103.
79 Donald Bloesch. *Is the Bible Sexist?* S. 32.
80 Richard Lovelace. *Homosexuality and the Church.* Tarrytown, N.Y., 1978. S. 93.
81 J. B. Skemp. *The Greeks and the Gospel.* Großbritanien, 1964. S. 37.
82 Sarah B. Pomeroy. *Goddesses, Whores, Wives and Slaves.* New York, 1975. S. 219.
83 Dennis Prager. *Ultimate Issues.* April/Juni, 1990. S. 3
84 Donald Bloesch. *Is the Bible Sexist?* S. 32.

## Kapitel 8

85 Hemfelt, Minirth, Meier. *Love Is a Choice.* S. 11.
86 Janet G. Woitiz. *Struggle for Intimacy.* Pompano Beach, Fla., 1985. S. 27-28.
87 Walter Trobisch. *I Married You.* New York, 1971. S. 13.
88 Leanne Payne. *The Broken Image*. S. 105-106.
89 Karl Stern. *The Flight from Woman.* S. 19.
90 Walter Trobisch. *I Married You.* S. 73
91 Karl Stern. *The Flight from Woman.* S. 10.
92 William Shakespeare. *Sämtliche Dramen und Tragödien.* München, 1967.
93 ebd.
94 ebd.
95 ebd.
96 ebd.
97 ebd.
98 ebd.
99 ebd.

100 Walter Trobisch. *All a Man Can Be.* Downers Grove, Ill., 1983. S. 18.

101 ebd., S. 64.

102 Dick Keyes. *Beyond Identity.* S. 46.

103 Donald Bloesch. *The Battle for the Trinity.* S. 33.

104 Ruth Tiffany Barnhouse. *Homosexuality: A Symbolic Confusion.* S. 87;

105 Leanne Payne. *Krise der Männlichkeit.* S. 105.

106 Gerard van den Aardweg. *On the Origins and Treatment of Homosexuality: A Psychological Reinterpretation.* S. 32.

107 Elizabeth Goudge. *Das Erbe der Miss Lindsay.* Freiburg, 1964. S. 108.

108 ebd., S. 110.

## *Das Seelsorge- und Selbsthilfeprogramm im Projektion J Verlag*

William Backus/Marie Chapian

# Befreiende Wahrheit

Teil I

Praxis kognitiver Seelsorge

Pb., 198 Seiten ISBN 3-89490-001-6

24,80 DM/sFr 194,– öS

William Backus

# Befreiende Wahrheit

Teil II

Vom aufrichtigen Umgang miteinander

Pb., 208 Seiten ISBN 3-925352-81-3

24,80 DM/sFr 194,– öS

William Backus

# Disziplin und Freiheit

Vom richtigen Umgang mit Gefühlen
Freiheit von alten Gewohnheiten
Ratschläge für ein ausgeglichenes Leben

Pb., 149 Seiten ISBN 3-89490-002-4

21,80 DM/sFr 170,- öS

Projektion J Buch- und Musikverlag GmbH, Rheingaustraße 132, 65203 Wiesbaden
Bestell-Telefon 06 11 / 9 67 96-70, Bestell-Fax 06 11 / 9 67 96-77
(Oder in Ihrer Buchhandlung)